Ein Kaninchen haßt seinen Käfig und wagt den Sprung in die Freiheit... Eine Nachbarin will eigentlich nur Blumen gießen und macht eine makabre Entdeckung... Eine Frau mit Strohhut stellt sich vor einen Schalter und verlangt eine Fahrkarte nach irgendwo...

Alles beginnt an einem ganz normalen Samstag im Juli. Mit Paaren, die heiraten, ganz in Weiß, mit grölenden Fußballfans, mit Familien auf dem Weg zum Feuerwerk im Park, mit Katzen, die Mülltonnen plündern, und der alltäglichen Gewalt, die zum Wochenende wild eskaliert. Mit einer Kriminalkommissarin, die ihren Liebhaber frustriert und eine nicht mehr ganz taufrische Leiche findet...

Kein ganz normaler Einsatz in Sachen Mord für Kriminalkommissarin Beate Stein. Sie hat mehr als eine Leiche gesehen. Doch was sie an diesem Samstag zu sehen bekommt, zieht ihr die Magenwände zusammen. Kaum vorstellbar, daß das einmal ein Mensch war, ein Mann. Wer hat ihn umgebracht und so zugerichtet? Und vor allem, warum?

Hinter den Türen ganz normaler Familien stößt sie bei ihren Ermittlungen auf Fragen, die ihr eine Gänsehaut über den Rücken jagen. Wieso interessiert sich eine Mutter nicht für ihre Tochter? Was bringt eine junge Frau dazu, aus dem Ehebett auf die Couch im Kinderzimmer zu flüchten? Warum flieht eine Motorradfahrerin vor sich selbst?

Der Schmutz, den Beate Stein bei sauberen Familien findet, bereitet ihr unruhige Nächte. Alles deutet in eine Richtung... Schafft sie es, ihre Pflicht als Polizistin zu tun, ohne sich selbst dafür zu hassen? Gelingt ihr der Drahtseilakt, sich in einer Männergesellschaft durchzusetzen, ohne abzustürzen?

Sabine Deitmer, Jahrgang 1947, studierte Anglistik und Romanistik. Seit mehr als zehn Jahren lebt sie in Dortmund. Vorher Vagabundieren in Bonn, Brighton, Bristol, Berlin und am Bodensee. Im Fischer Taschenbuch Verlag erschienen bisher »Bye-bye, Bruno. Wie Frauen morden. Kriminalgeschichten« (Band 4714), »Auch brave Mädchen tun's. Mordgeschichten« (Band 10507) sowie »Dominante Damen« (Band 12094), der zweite Kriminalroman mit der Kommissarin Beate Stein.

Sabine Deitmer

Kalte Küsse

Kriminalroman

Fischer Taschenbuch Verlag

Die Frau in der Gesellschaft
Herausgegeben von Ingeborg Mues

41.–50. Tausend: November 1994

Originalausgabe
Veröffentlicht im Fischer Taschenbuch Verlag GmbH,
Frankfurt am Main, März 1993

Umschlaggestaltung: Ingrid Hensinger, Hamburg
Gesamtherstellung: Clausen & Bosse, Leck
Printed in Germany
ISBN 3-596-11449-7

Gedruckt auf chlor- und säurefreiem Papier

Prolog

Der Käfig mit dem Zwergkaninchen stand auf rosafarbenen Keramikplatten. Es war ein hübscher Käfig. Mit einem Porzellantopf für das Wasser, einem Napf für das Fressen und Gitterstäben, die golden blinkten. Das Kaninchen hockte auf einer Lage Heu in der hintersten Ecke und knabberte mit schräggestelltem Kopf an einem der Gitterstäbe. Leise machte es klack, klack, klack, wenn die Zähne an das Metall schlugen. Um den Käfig herum lagen trokkene Grashalme verstreut, die das Kaninchen aus dem Käfig geworfen hatte. Als es im Schloß der Wohnungstür knackte und die Tür aufging, duckte sich das Kaninchen und saß wie versteinert in seiner Ecke.

Eine Frau in hellblauem Kittel trat ein, schloß die Tür hinter sich und drückte den Lichtschalter herunter. Die Neonröhren in der Küchenzeile zuckten und warfen ihr gleißendes Licht. Die Frau legte den Schlüssel auf die Marmorplatte neben die Espressomaschine. Sie zog ihre Strickjacke aus und hängte sie über den Lederrücken des Drehstuhls, der vor der Arbeitsplatte mit dem Gewürzregal stand.

Neugierig nahm die Frau eine Flasche in die Hand. Sie hielt die rote Flüssigkeit, in der ein Gewürzzweig schwamm, vors Licht und las das Etikett. Dann nahm sie ein Glas aus dem Regal, schraubte es auf und roch daran. Sie verzog das Gesicht und stellte das Glas an seinen Platz zurück. Sie machte einen Wandschrank auf und ließ ihren Blick über den Inhalt fliegen. Nichts, was sie reizte. Sie öffnete den Schrank daneben. Die Frau nahm einen Teller heraus und hielt die Rückseite gegen das Licht. Sie drehte ihn um und betrachtete ihn begehrlich. Nach einer Weile stellte sie ihn zurück in den Schrank.

Die Frau seufzte und ging zu den beiden Messingkannen, die neben dem Waschbecken standen. Sie drehte den Wasserhahn auf und füllte die Kannen. Eine Kanne in jeder Hand lief sie zu der breiten Fensterfront und wässerte drei Grünpflanzen, die dort in rollbaren Kästen aus Spiegelglas standen. Mit der Hand prüfte sie, ob die Erde naß genug war. Sie ging zurück zum Waschbecken und füllte die Kannen ein zweites Mal.

Die Frau trug die leeren Gießkannen zurück zur Küchenzeile und ließ ihre Augen unschlüssig durch das große Eßzimmer streifen. Zu dem Ledersofa mit den Sesseln und dem Couchtisch vor dem Kamin, zu der Eßgruppe mit der Anrichte aus dunkelrotem Holz. Sie durchquerte den Raum und trug eine Vase mit langstieligen gelben Rosen zum Waschbecken. Mit einem Griff faßte sie die verblühten Blumen und warf sie durch die silberne Klappe in den Abfallkübel. Sie spülte die Vase und stellte sie neben den Mixer auf die Küchenplatte. Anschließend wischte die Frau mit einem Papiertuch Waschbecken und Marmorplatte blank. Sie warf das Papier in den Abfallkübel. Ihr Blick fiel auf das Kaninchen im Käfig.

Mit beiden Händen zog sie den Käfig nach vorne und beugte sich darüber. Das Kaninchen fiepte in Todesangst. Die Frau machte beruhigende Schnalzlaute mit der Zunge. Das Kaninchen fiepte weiter. Sie füllte erneut eine Kanne und versuchte, das Wasser durch die Gitterstäbe in den Trinknapf zu gießen. Der Wasserstrahl traf das Kaninchen. Es flüchtete in die gegenüberliegende Käfigecke. Dort preßte es sich stumm mit anliegenden Ohren auf den Boden. Die Frau seufzte und hockte sich vor den Käfig. Sie öffnete die Käfigtür und stellte fest, daß die Gießkanne nicht durch die Tür paßte. Sie seufzte ein weiteres Mal und starrte ratlos auf das Kaninchen, das mit weitaufgerissenen Augen in seiner Ecke lag. Schließlich stand sie auf und ging zur Küchenzeile, um ein Glas aus dem Schrank zu nehmen. Sie drehte den Wasserhahn auf.

Das Kaninchen zögerte keinen Moment. Mit drei Sätzen war es an der Käfigtür und sprang in die Freiheit.

1

Die Santa Monika schaukelte im Hafenbecken und wartete auf Kunden. Eine Hochzeitsgesellschaft zog ihr entgegen. Vorneweg die Braut in einem Traum aus Weiß, neben ihr zwei Männer in schwarzen Anzügen. Dahinter der Rest der Gesellschaft, Kinder, Frauen, Männer. Ein Tag wie gemacht zum Heiraten. Strahlender Sonnenschein. Keine Wolke am Himmel. Über ein schwankendes Brett kletterten sie einer nach dem anderen an Bord. Die Santa Monika tutete. Gleich würde sie ablegen.

Faul wie eine satte Katze streckte ich mich in meinem Lieblingsstuhl am Fenster. Die Arme hinter dem Kopf verschränkt, die Füße auf der Fensterbank abgelegt, sah ich nach draußen. Die Santa Monika tuckerte los. Möwen schwangen sich aus den Wellen und folgten dem Boot laut kreischend. Hinter meinen roten Zehennägeln tauchte ein Mann in Jeans und dunkelblauem Hemd auf. Die Verpackung war ungewohnt. Ich sah ihn häufiger nackt. Zwischen meinen Bettlaken. Die letzte Nacht hatten wir gemeinsam unter einer Bettdecke verbracht.

Er winkte und zeigte auf einen Berg Tüten zu seinen Füßen. Mir wurde ganz anders. Was mochte da drin sein? Bei der Hitze konnte ich mit Lust nur an Trinkbares denken. Mineralwasser, Tonic, Berliner Weiße. Ich winkte zurück. Was immer er anschleppte, wurde nicht appetitlicher, wenn er noch länger da stehenblieb und mit den Armen in der Luft herumruderte.

Es schellte. Auf dem Fußabtreter stand mein Mann für gewisse Stunden. Schmalhüftig, schwitzend und mit vollen Tüten.

»Ich war einkaufen.«

Darauf wäre ich nie gekommen. Er verschwand mitsamt den Plastiktüten in meiner Küche und machte die Tür hinter sich zu. Ich schleppte ein Pfund Papier zu meinem Platz ans Fenster und vertiefte mich in die Kriminalstatistiken des vergangenen Jahres, die ich mir am Freitag noch als Wochenendlektüre mit in die Tasche gestopft hatte.

Keine Gefahr, arbeitslos zu werden. Raubdelikte, Sexualdelikte, Gewaltverbrechen, Trend weiter steigend. Geschätzte Dunkelziffer zwischen 1 : 3 und 1 : 10. Ein krisenfester Arbeitsplatz. Wenn ich schön brav blieb. Keine silbernen Löffel bei der Weihnachtsgala zugunsten der Polizeiwaisen klaute.

Eigentlich ist es Zufall, daß ich bei dem Verein gelandet bin. Mehr aus Jux habe ich einen Einstellungstest gemacht, und sie wollten mich gleich haben. Ich habe drei Tage Bedenkzeit ausgehandelt, um mir zu überlegen, ob ich sie auch wollte. In der Zeit habe ich mir Informationen besorgt und mit ein paar Leuten geredet. Danach war ich im Bilde. Die Bezahlung war mies, das Image beschissen, ein Männerhaufen, der auf weibliche Neuzugänge keinen Wert legte. Ich sagte zu. In einem Job, aus dem Männer eine Frau raushalten wollten, gab es mit Sicherheit jede Menge zu lernen.

Er war immer noch in der Küche. Verdächtig lange schon. Mein Instinkt sagte mir, daß irgend etwas nicht stimmte. Wenn ein Mann, der sonst die Wochenenden im Bett lümmelt, Aschenbecher mit seinen Kippen füllt und Weingläser neben dem Nachttisch sammelt, auf einmal Großeinkäufe tätigt und in einer fremden Küche verschwindet, ist mit dem Schlimmsten zu rechnen. Es hätte mir ja egal sein können, was er da trieb, wenn ich gestern nicht drei Stunden damit zugebracht hätte, meiner Küche ein strahlendes Aussehen zu verpassen.

Ich öffnete die Tür einen Spalt.

»Komm ruhig rein«, forderte er mich auf.

Er hatte ganze Arbeit geleistet. Vor dem Kühlschrank stapelten sich unausgepackte Tüten, die Türen der Hängeschränke standen offen, im Gewürzregal flogen die Gläser durcheinander, und auf meiner Tortenplatte mit den Blümchen lag ein nacktes Tier, aus dessen Körper Blut und Fleischsaft tropften. Neben dem Abfalleimer war ein zusammengeknüllter Haufen Papier, um den herum sich ein feuchter hellroter Fleck gebildet hatte. Das Einwickelpapier der Tierleiche.

»Magst du Kaninchen?« fragte er mich.

»Das kommt darauf an«, antwortete ich vorsichtig.

Nichts hatte mich darauf vorbereitet, daß der Mann, mit dem ich seit ein paar Wochen in unregelmäßigen Abständen die angenehmsten Nächte verbrachte, sich für etwas anderes als schnelle Autos, trockenen Weißwein und guten Sex interessierte. Ich mußte die Information verdauen.

»Richtig sexy, mein Kaninchen. Schau mal, die zarten Schenkel.«

Er massierte dem toten Vieh mit einer Ladung Senf die Läufe und sah mir dabei in die Augen. Ich dachte an letzte Nacht und war auf der Hut. Auch von einem begabten Liebhaber wollte ich mir nicht die Küche besetzen lassen.

»Ich hasse Leichen, die noch tropfen«, sagte ich schroff, bückte mich und warf das feuchte Einwickelpapier in den Mülleimer.

In diesem Augenblick schellte das Telefon.

»Geh nicht dran«, sagte er, hob das Kaninchen hoch und massierte es mit seinen Senfhänden. »Wir machen uns einen schönen Abend.«

Ich sah auf die Hände, die dem Kaninchen die Schenkel rieben. Das Telefon klingelte weiter.

»Ich hab' Bereitschaft. Ich muß drangehen.«

Er legte das Kaninchen zurück auf die Tortenplatte und trocknete sich die Hände an einem Stück Küchenkrepp. Dann zog er die Schublade mit den Bestecken heraus, wühlte darin herum, fand, was er suchte.

»Jawohl, Frau Kommissar.«

Er setzte die Geflügelschere an und schnitt dem Kaninchen die Rückenwirbel durch. Es knackte grell.

Ich flüchtete ans Telefon.

Weber, wie ich vermutet hatte.

»Eine Leiche. Arneckestraße fünfzehn. In fünf Minuten bin ich bei dir.«

»Alles klar, ich komm' runter.«

Ich warf den Kimono mit dem Drachen aufs Bett und machte den Kleiderschrank auf. Acht Jahre in einer grünen Uniformjacke und senfgelben Hosen hatten geschafft, was meine Mutter nicht geschafft hatte. Ich interessierte mich für Klamotten. Hauptsache schön bunt. Und nicht grün oder senfgelb. Mit den Fingern klapperte ich die Kleiderbügelfront ab. Dann hatte ich das Richtige. Für dreißig Grad im Schatten und den Erstkontakt mit einer Leiche. Eine Röhrenhose in coolem Türkis und ein Herrenhemd wie Erdbeereis.

Das Gesicht im Spiegel war umwerfend. Straffe Haut, keine Ringe unter den Augen. Mit fünf Fingern fuhr ich durch die Haarstoppeln. Es geht nichts über ein paar Stunden Schlaf und eine Auffrischung der Hormone. Ich pinselte mir die Lippen rot und verteilte die Parfümtropfen hinter den Ohren. Der Dienstausweis, den ich am Zahnputzglas geparkt hatte, zeigte eine Dame, die mir häufiger im Spiegel begegnet. Müde, abgespannt, Schatten unter den Augen. Ich griff die Plastikkarte. Name: Beate Stein, Größe: 178 cm, Alter: 32, Haarfarbe: Blond, Augenfarbe: Grün, besondere Kennzeichen: Narbe am linken Schulterblatt. Ich schob den Ausweis in die hintere Hosentasche. Dann stach ich mit dem Draht durch das Loch in der Haut. Ein Spiegelstück mit scharfen Kanten baumelte von meinem Ohr.

Als ich mich in der Küche von ihm verabschiedete, lag das Tier in fünf Teile zerlegt auf der Platte neben dem Ofen. Kurz davor, im Bratentopf zu enden. Das Öl brutzelte. Was für eine Idee bei der Hitze.

»Wann kommst du wieder?«

»Es kann dauern. Mord.«

»Das war's ja dann wohl«, sagte er und stellte die Flamme aus.

»Tut mir leid«, sagte ich, mehr der Form halber, schnappte mir meine Tasche mit der Pistole und warf die Tür hinter mir zu.

Ich mag meinen Job, und ich bin gut darin. Es gab einmal eine Zeit, da habe ich mich gefragt, ob ich nicht lieber auf einen Job mit geregelten Arbeitszeiten und geregeltem Liebesleben umsteigen sollte. Aber das ist schon lange her.

2

Ich öffnete die Haustür. Heiße Luft schlug mir entgegen. Auf der Uhr am Taxistand war es zehn vor vier. Eine Handvoll Kinder hatte die Anlegestelle der Santa Monika zu einem Schwimmbad umfunktioniert. Mit bloßen Füßen rannten sie über den Schotter und sprangen in das von Ölflecken glänzende Wasser. Es war dieselbe Stelle, an der die Kollegen von der Wasserpolizei mit ihren Booten anlegten, wenn sie die Leichen, die sie aus dem Kanal gefischt hatten, an Land brachten.

Vielleicht war ich ja verrückt, hier in der Hitze zu stehen. Andere Leute ließen sich bei dem Wetter von der Santa Monika über das Wasser schaukeln, gingen mit ihren Liebsten spazieren oder machten es sich zu Hause gemütlich. Ich stand neben einem Mercedes mit Tüllschleifen und wartete auf mein Taxi zum Tatort.

Immer noch besser, als mit dem Objekt meiner Begierde eine Beziehungsdiskussion zu führen. Über Männer, die Küchen verwüsten und sich in fremden Wohnungen breitmachen, über unterschiedliche Vorstellungen von Nahrungsaufnahme bei dreißig Grad im Schatten.

Weber hielt neben der Hochzeitskutsche. Er stieß die Tür auf. Die Sonne knallte durch die Scheibe und beleuchtete jede Pore seiner Haut. Auf seiner Stirn standen Schweißperlen. Mit dem dunklen Bart auf der Oberlippe sah er aus wie ein trauriger Seehund.

»Schrott, saublöder«, fluchte er und fegte ein flaches Teil vom Beifahrersitz. »Jetzt kannst du.«

Ich sprang rein und kurbelte die Scheibe herunter.

»Entschuldige die Verspätung. Autokorso am Wall, war kaum durchzukommen.«

Mit den Schuhspitzen hob ich das Teil, das er vom Sitz gefegt hatte, nach oben. Auf buntem Karton war eine komplette Juwelengarnitur in Plastik eingeschweißt. Halskette, Armband, Ring, Zopfspangen mit Herzen. Alles in Pink. Entzückend.

»Für die kleine Lady«, las ich.

Weber stoppte vor der roten Ampel an der Ecke.

»Gib her.« Er nahm mir die Erstausstattung für die kleine Lady aus der Hand und warf sie auf den Rücksitz.

Die Ampel sprang auf Grün. Er gab Gas.

»Ich wollte das Teil schon längst wegschmeißen.«

»Inga?«

Er nickte. »Du kennst sie ja.«

Seine Frau war Kinderärztin und hatte ziemlich genaue Vorstellungen, was geeignetes Spielzeug für ein Zwillingspärchen im Vorschulalter anging. Die Erstausstattung für die kleine Lady gehörte nicht dazu. Ich konnte es ihr nicht verdenken.

Ein Motorradfahrer in schwarzer Lederkluft bretterte rechts an uns vorbei, direkt vor meinem Fenster. Ich fing einen Blick aus den Augen unter dem weißen Helm auf. Er drehte das Gas auf und fuhr in Schlangenlinien neben uns her. Die Sonne tanzte auf den Metallteilen der Maschine.

Weber haute mit der Hand auf das Lenkrad und rief mir irgend etwas zu. Ich verstand kein Wort bei dem Geknatter der Maschine.

»Was?« rief ich zurück und machte das Fenster zu.

»Was ist das für ein Idiot?« schrie er.

»Warum schreist du denn so?« fuhr ich ihn an.

Er schwieg beleidigt.

Der Typ auf dem Motorrad breitete die Arme aus und fuhr freihändig. Ich sah schnell weg. Sonst machte er noch einen Handstand auf dem Lenker.

»Unsere Leiche, ist das ein ER oder eine SIE?« wandte ich mich an Weber.

»Keine Ahnung.«

»Hoffentlich ein ER«, sagte ich mit Inbrunst. »Ein Idiot weniger.«

Der Ledermann gab auf und donnerte vor unserer Frontscheibe davon. Ich kurbelte das Fenster wieder herunter.

Ein Duft von Benzin und Abgasen stieg mir in die Nase.

»Angerufen hat eine Nachbarin bei uns. Frau Kunze. Etwas wirr. Sie wollte Blumen gießen in der Wohnung. Die Bewohner sind verreist.«

Wir wurden von einem Käfer überholt, aus dessen Schiebedach die nackten Oberkörper von drei Jungs ragten, die etwas schrien, was bei mir wie ›hey, hey‹ ankam.

»Da ist ihr so ein komisches Tropfen aufgefallen.«

Weber trat auf die Bremse. Die Jungs hatten ihn geschnitten.

»Scheiße«, fluchte er. »Sind denn heute nur Idioten unterwegs?«

»Das Tropfen«, erinnerte ich ihn.
»Es tropfte aus einer beknackten Gefriertruhe.«
Normalerweise drückt er sich etwas gewählter aus.
»Und dann?« fragte ich.
»Dann hat sie die Tür aufgemacht. Und da war halt nicht das, was eine Hausfrau erwartet.«
»Am Stück oder in Scheiben?«
»In Scheiben. In Tüten, sagt sie. Ordentlich verpackt.«
Auf dem Zebrastreifen überquerten Fußballfans mit gestreiften Schals die Straße. Sie hielten sich an ihren Bierflaschen fest und grölten: »We are the champions. The champions of the world.«
Kein Wunder, daß es so schlimm um die Welt bestellt war.
»Ich denke, die Saison ist vorbei?«
»Freundschaftsspiel«, klärte er mich auf.
Die ganze Hohe Straße entlang wurden wir von grölenden Champs auf dem Weg zum Stadion begleitet. Dann verließen wir sie. Ich war froh, daß ich jetzt bei der Kripo war und den Champs nicht mehr die Schnapsflaschen wegnehmen mußte.
Weber bog in die Arneckestraße ein.
»Welche Nummer?«
»Fünfzehn.«
Ich suchte nach den Hausnummern neben den stattlichen Türen. Feinste Wohngegend, Jugendstil, edel saniert, Bäume auf beiden Seiten.
»Einundzwanzig. Das da drüben muß es sein.«
Die Fassade war frisch gestrichen, hellgelb, der Putz weiß abgesetzt. Der Vorgarten war groß und grün. Ein hochherrschaftlicher Eingang mit einer Kletterpflanze, die blau blühte.
Weber sagte gerade seinen Spruch in die Türsprechanlage, als mein Blick auf den betonierten Platz vor der Wohnung im Souterrain fiel. Die Mülltonnen waren umgeworfen und lagen mit offenen Klappen am Boden. Inmitten von leeren Zigarettenschachteln, Dosen und zerknüllten Verpackungsmaterialien saß eine fette schwarze Katze und schlug ihre Krallen in eine halbvolle Plastiktüte.

3

Der Raum war riesig. Irgendwo in der Ferne sah ich eine Glaswand, in der sich eine Couchgarnitur mit Kamin spiegelte. Die Küchenzeile mit dem blitzenden Chrom und den blankgeputzten Küchengeräten hätte jedem Feinschmeckerlokal Ehre gemacht. Von der Profi-Espressomaschine über dem Küchenblock bis hin zu der Sammlung von bunten Essigflaschen, in denen Gewürzzweige schwammen. Alles perfekt.

Das einzige, was nicht ins Bild paßte, waren die Wasserlachen auf den rosa Keramikplatten am Boden und die tropfenden Päckchen auf der Marmorplatte über dem Gefrierschrank.

Ich kannte nur zu gut das Gefühl, das sich jetzt in meinem Magen breitmachte. Mein Magen wußte, daß das keine Feinschmeckermenüs waren, die da in den Plastikbeuteln schwammen. Durch die beschlagenen Wände eines Beutels sah ich eine runde Fleischmuschel, die entfernt an ein menschliches Ohr erinnerte. Mein Blick glitt über die Plastiktüten. Während sich meine Magenwände zusammenkrampften, überschlug mein Verstand die Anzahl der Tüten, die in dem Gefrierschrank Platz hatten.

»Ein Toter?«

Weber nickte.

»Ein Mann. Willst du mal sehen?«

Mit spitzen Fingern packte er einen Beutel und ließ ihn vor meinen Augen baumeln. Der Mörder hatte dem männlichsten aller Körperteile ein eigenes Tütchen reserviert. In meinem Magen gurgelte es verhalten. Es ist ein Vergnügen, mit Männern zusammenzuarbeiten. Sie sind so zartfühlend.

»Schöne Schweinerei.«

Das war ich. Reden tut gut. Auf jeden Fall besser, als sich zu sehr auf die Situation einzulassen. Besser, als zu kotzen. Schon allein wegen der Zuschauer. Weber hatte zwar auch schon mal gereihert, als wir die verkohlten Reste einer Leiche in einem Schuppen gefunden hatten. Das hieß noch lange nicht, daß ich ihm den Anblick einer kotzenden Kollegin gönnte.

»Ist das schlimm, daß ich das da ausgeräumt habe?«

Die Frau, die uns hereingelassen hatte, sah mich ängstlich an.

»Das ist schon in Ordnung«, beruhigte ich sie.

»Ich mußte doch gucken, ob das noch gut war.«

Sie zeigte auf die Tüten, unter denen sich Pfützen gesammelt hatten. Das Wasser machte leise plopp, als es vom Gefrierschrank auf den Boden tropfte.

»Soll ich vielleicht das Wasser ...?«

Sie deutete auf einen roten Plastikeimer, über dem ein ausgewrungener Aufnehmer hing.

»Nein. Tun Sie das bitte nicht. Rühren Sie den Eimer nicht an. Er wird von den Kollegen noch untersucht.«

Weber warf mir einen Blick zu. Ich legte los.

»Wir brauchen die Leute von der Spurensicherung, zwei bis drei Mann. Einen Gerichtsmediziner, am besten Fleischer persönlich. Und vergiß nicht den Staatsanwalt. Fällt dir noch was ein?«

»Presse. Du kennst den Alten. Da muß morgen schon was laufen.«

»Sag ihm, er soll sich melden, wenn er uns heute noch haben will. Sonst noch was?«

Er zögerte.

»Du weißt, daß Kerner alles tun wird, um dir den Fall abzujagen. Der braucht ganz dringend was nach den letzten beiden Flops.«

»Da muß er früher aufstehen.«

»Nimm's nicht zu leicht. Der ist nicht allein. Die gönnen einer Frau so eine heiße Sache einfach nicht.«

Ich wußte nur zu gut, was er meinte. Kerner war von Ehrgeiz zerfressen. Die letzten heißen Fälle hatte alle er sich an Land gezogen. Den nackten Jungen im Wald und die Prostituierte, die von einem Freier erwürgt worden war. Sein Pech, daß er damit keine Lorbeeren ernten konnte.

»Geht der Herr Kommissar jetzt schon wieder?« fragte die Frau beunruhigt.

»Er kommt gleich zurück«, versicherte ich ihr. »Er verständigt nur die Kollegen. Wenn Sie so nett wären, mir in der Zwischenzeit ein paar Fragen zu beantworten, Frau Kunze.«

»Gerne, Frau ...«, sie zögerte.

»Kommissarin Stein. Beate Stein. Ich leite die Untersuchungen.«

Sie folgte mir zu der schwarzen Ledergruppe vor dem Kamin.

4

Ich schätzte die Frau im Nylonkittel mit den kurzen grauen Haaren auf Anfang Sechzig. Sie konnte zupacken. Das verrieten mir die Oberarme und die kräftigen Hände. Die Finger sahen aus, als ob sie häufig mit Wasser in Berührung kämen, aufgeplatzte Haut, stumpf und geschwollen. Sie saß steif vor mir auf der Kante des Sofas. Ihre Augen wanderten unruhig im Zimmer umher.

»Sie haben uns angerufen«, begann ich freundlich. »Können Sie mir sagen, wie Sie die«, ich zögerte einen Moment, »Leiche gefunden haben?«

Sie sah an mir vorbei. Ich folgte ihrem Blick zu den Grünpflanzen vor dem Fenster.

»Wie ich die Blumen gießen wollte.« Sie machte eine Pause. »Da habe ich das Wasser auf dem Boden gesehen.«

Ihre Augen wanderten von den Blumen zu der Marmorplatte über dem Gefrierschrank.

»Ist das nicht furchtbar?« Sie seufzte.

Sie sah auf den Eimer.

»Ich habe das Wasser gleich aufgewischt. Aber da kam immer mehr.«

Sie machte wieder eine Pause. Ich ließ ihr Zeit.

»Ich habe dann die Tür aufgemacht, und da kam es herausgeschwappt. Das habe ich alles aufgewischt.«

Sie hielt sich an dem fest, was sie kannte. Genau wie ich. Für sie war der Wischlappen das, was für mich die Routine vertrauter Fragen war.

»Dann habe ich die Tüten herausgenommen, um zu sehen, ob es noch gut war. Wegen der Hitze. Da habe ich erst gesehen, was es war.«

Mir war das Wort Leiche nur zögernd über die Lippen gekommen. Sie sprach von einem ES.

»Wir leben in einer schlimmen Zeit.« Sie seufzte. »Wer macht denn so was? In eine fremde Wohnung einbrechen und eine Leiche in den Gefrierschrank legen. Das ist doch krank.«

»Wer wohnt hier in der Wohnung?«

Sie wurde lebhaft.

»Das sind ganz feine Leute. Der Herr Pape und seine Frau und die Kleine. Sehen Sie selbst.«

Sie stand auf und kam mit einem Bild in einem silbernen Rahmen zurück.

Ich sah es mir näher an. Der Rahmen blinkte wie frisch poliert. Familie Pape. Herr Pape, wie er Frau und Tochter lächelnd die Hand auf die Schultern legt. Ich schätzte ihn auf Anfang Fünfzig. Das, was viele für das beste Mannesalter halten. Frau Pape sah aus wie frisch aus dem Mädchenpensionat entsprungen. Ein blonder Engel. Mitte Zwanzig. Die Tochter gefiel mir besser. Lässig beherrschte sie die linke Bildhälfte. Eine Babypuppe im Würgegriff unter dem Arm, sah sie gelassen in die Kamera. Älter als fünf war sie nicht.

»Ganz feine Leute«, wiederholte Frau Kunze mit einigem Nachdruck.

Das Gepolter an der Tür sagte mir, daß meine Kollegen in geballter Mannesstärke anrollten. Ich entschuldigte mich bei Frau Kunze und versprach, schnell wiederzukommen.

Fleischer kam als erster mit Fliege, schwarzem Anzug und zwei Kästen in der Hand zur Tür herein. Die Freude darüber, der gepflegten häuslichen Unterhaltung entgangen zu sein, strahlte ihm aus allen Poren. Man munkelte, daß Frau Fleischer regelmäßig Hauskonzerte veranstaltete. Mit ganz feinen Leuten vermutlich.

»Was ist das?« stöhnte er und zeigte auf die Plastikpäckchen. »Leiche kann man das ja nicht nennen. Wie würden Sie das nennen?«

Die Frage ging direkt an mich.

»Einzelteile«, schlug ich halbherzig vor.

Er verzog angewidert das Gesicht.

»Für so was gibt es keinen Namen.«

Ich war froh, daß er da war und die wichtigsten Untersuchungen an Ort und Stelle gemacht werden konnten. Ein Transport bei den Temperaturen hätte alles nur noch schwieriger gemacht. Er klappte die Koffer auf und fing an auszupacken.

Der Staatsanwalt sprang etwas hilflos zwischen den Kollegen herum und stand wie immer im Weg. Ich kannte ihn vom Sehen und gab ihm die Hand.

»Ein schwieriger Fall, erkennungsdienstlich.«

Er sah auf einen Fleck neben meinem linken Ohr. Dorthin, wo meine Glasscherbe baumelte.

»Sind Sie etwa mit dem Fall betraut?«

Ich bedauerte, daß ich ihm die Hand geschüttelt hatte, und ließ ihn stehen.

Ein Kollege vom Erkennungsdienst kroch auf dem Boden herum und schabte mit einem Messer Kalk aus den Fugen zwischen den Keramikplatten. Langsam ließ er den Sand von der Messerschneide in ein Plastiktütchen rieseln. Ein anderer Kollege war mit der Pinzette in der Hand auf der Jagd nach Haaren.

»Wird schwer, die Identität festzustellen«, teilte er mir mit. »Fingerabdrücke sind ja nicht mehr.«

Die Haut hatte sich schon abgelöst. Keine gute Nachricht.

Ich kehrte zu meiner Zeugin zurück.

»Wann haben Sie das Ehepaar Pape zum letzten Mal gesehen?«

»Zum 1. Juli wollten sie wegfahren. Daran kann ich mich erinnern. Und drei Tage vorher habe ich sie das letzte Mal gesehen.« Sie überlegte. »Das war gestern vor vierzehn Tagen. Da hat die junge Frau bei mir geschellt und mir den Schlüssel gegeben.«

Sie zog einen Schlüssel aus der Tasche ihres hellblauen Kittels und legte ihn auf den Tisch.

»Und da hat sie mir gesagt: ›In drei Tagen fahren wir ja. Am 1. Juli.‹ Das habe ich behalten.«

Ich machte mir ein paar Notizen.

»Ach ja, der Schlüssel.« Ich zeigte auf die Tischplatte. »Den brauchen wir. Es wäre nett, wenn Sie uns den aushändigen würden.«

Wortlos schob sie ihn zu mir herüber.

»Ist Ihnen sonst noch etwas aufgefallen, als Sie mit Frau Pape gesprochen haben?«

»Nein, sie war so wie immer. Ganz fein.«

Fein, ein Wort, gegen das ich langsam allergisch wurde.

»Hat außer Ihnen noch jemand einen Schlüssel zu der Wohnung?«

Sie überlegte.

»Ihre Eltern«, sagte sie.

Ich schrieb mir den Namen und die Adresse auf.

»Die Telefonnummer liegt neben dem Telefon.«

»Wissen Sie, wo sie hingefahren sind?«

Sie schüttelte den Kopf.

»An die See. Ich glaube, nach Holland. Da sind sie öfter hingefahren. Wohin genau, weiß ich nicht.«

»Sie haben keine Karte bekommen? Oder mit ihnen telefoniert?«

Wenn ich richtig rechnete, mußte Familie Pape seit etwa zwei Wochen verreist sein.

»Nein.« Sie schüttelte erneut den Kopf.

»Fällt Ihnen sonst noch etwas ein? Irgend etwas, das in der letzten Zeit passiert ist, was Ihnen komisch vorgekommen ist, auch wenn es vielleicht nichts mit der Sache hier zu tun hat?«

»Jetzt, wo Sie mich fragen...« Sie seufzte.

»Ja«, ermunterte ich sie zum Weiterreden.

»Die Kinder«, sagte sie, als ob das alles sagen würde.

»Welche Kinder?«

»Es ist eine ganze Gruppe, sechs oder acht. Ich kenne sie nicht. Ich sehe sie nur, wenn sie wegrennen.«

Sie seufzte wieder.

»Was machen die Kinder?«

»Sie haben Stöcke. Damit hauen sie an den Zaun, machen Lärm und schreien. Wir waren doch früher nicht so«, sagte sie und strich mit den Händen ihren Nylonkittel glatt.

»Ist das alles, Lärmen und Schreien?« fragte ich.

»Sie werfen die Mülltonnen um. Haben Sie das nicht gesehen unten bei mir vor der Tür? Ein Skandal ist das. Als nächstes kommen die Ratten. Können Sie da nicht was machen?«

Ich mußte sie enttäuschen. Es ist immer wieder erstaunlich, was für Vorstellungen die Bürger von den Aufgaben der Polizei haben.

»Haben Sie mir auch wirklich alles gesagt, was Sie wissen?«

»Ich habe nichts damit zu tun.«

Sie vergrub die Hände in den Taschen ihres Kittels.

»Ich wollte nur die Blumen gießen. Mein ganzes Leben lang habe ich nichts Unrechtes getan. Sie glauben mir doch?«

Mein Nicken kam automatisch. Dies war nicht der Moment, ihr zu sagen, daß ich so leicht niemandem glaube. Jedenfalls nicht das, was man mir erzählt. Nicht nach zwölf Dienstjahren bei der Polizei und drei Jahren bei der Kripo.

5

Die Frau trug ein ärmelloses Sommerkleid mit großen roten Blumen und einen Strohhut, aus dem ein paar verschwitzte Haarsträhnen in den Nacken fielen. Unter den Achseln waren feuchte Flecken, und sie keuchte vor Anstrengung. In jeder Hand hielt sie eine Reisetasche, deren Gewicht ihre Arme lang nach unten zog. Es sah nicht so aus, als sei sie gewohnt, schwere Taschen zu tragen. Sie war von einem kleinen Mädchen in gelben Bermudashorts und lila T-Shirt begleitet. Mit einer Hand hielt es sich an den Henkeln der Reisetasche fest. Mit der anderen hielt es den Fuß seiner Babypuppe umklammert, deren Arm über den Steinboden schleifte und eine helle Spur hinterließ.

Die Leute in der Bahnhofshalle interessierten sich nicht für die Frau mit dem Strohhut und das Mädchen mit den blonden Zöpfen. Sie sahen nicht den gehetzten Blick, mit dem die Frau sich wieder und wieder umwandte. Sie waren damit beschäftigt, die Abfahrtzeiten ihrer Züge unter den verschmierten Glastafeln zu entziffern, Gepäckstücke in Metallkarren zu heben und sich in die Schlangen einzureihen, die sich vor den Fahrkartenschaltern gebildet hatten. Ein Samstag im Juni. Hauptreisezeit.

Die Frau mit dem Strohhut stellte die Taschen ab. Das Mädchen ließ die Henkel der Tasche los und preßte die Babypuppe mit beiden Armen fest an die Brust. »Mama, mir ist heiß.«

Die Frau mit dem Strohhut bückte sich, zog den Reißverschluß der Reisetasche auf und griff nach einem Portemonnaie, das an der Seite steckte.

»Mama, kann ich ein Eis haben?« bettelte das Mädchen.

»Ich kann dir kein Eis kaufen, Mirjam. Wir haben nicht genug Geld für Eis.«

»Kein Eis«, die Mundwinkel der Kleinen begannen sich zu verziehen.

»Gleich fahren wir mit der Eisenbahn, Mirjam. Einer ganz großen Eisenbahn.«

»Eisenbahn.« Das Mädchen wiederholte das Wort ohne große Begeisterung.

»Nathalie auch?« fragte sie jetzt mit Interesse und gab der Puppe einen Kuß auf den Mund. »Fährt Nathalie auch Eisenbahn?«

»Wir fahren alle Eisenbahn. Aber du mußt brav sein, hörst du?«

Das Mädchen nickte. Die Zöpfe flogen.

Die Frau sah sich um. Ihr Blick fiel auf zwei Polizisten in Uniform, die mit Eistüten in der Hand die Halle durchquerten. Abrupt drehte sie den Kopf zur Seite.

Sie wandte sich an eine ältere Dame, die einen Koffer in einer durchsichtigen Plastikhülle auf dem Boden abstellte.

»Entschuldigen Sie bitte, könnten Sie wohl einen Moment auf meine Tochter aufpassen? Ich muß Fahrkarten kaufen.«

Die ältere Dame sah auf die große Uhr. »Gehen Sie ruhig. Ich habe noch Zeit.«

»Danke«, sagte die Frau. »Ich bin gleich wieder da.«

Die Glastüren öffneten sich automatisch. Sie stellte sich an das Ende einer langen Schlange. Durch die Scheiben sah sie, wie die ältere Dame sich zu Mirjam hinunterbückte. Dann verschwanden beide hinter einer Säule aus ihrem Blickfeld. Als sie das nächste Mal hinschaute, hatte Mirjam ein Eis und die ältere Dame eine Babypuppe in der Hand. Mit dem Eis in der Hand begann Mirjam um die Taschen zu hüpfen.

Endlich war sie an der Reihe.

Der Mann im hellblauen Hemd sah sie an. Auf seiner Stirn standen Schweißperlen.

»Guten Tag«, sagte sie schnell und leerte die Geldbörse auf der grauen Theke. Ein Fünfmarkstück rollte über den Tresen. Der Beamte fing es auf und legte es zu den anderen Geldstücken.

»Wo möchten Sie hinfahren?«

Die Frau war mit Zählen beschäftigt und blieb ihm die Antwort schuldig.

»Fünfundvierzig, sechsundvierzig, einundfünfzig.« Neben den Scheinen wuchs ein Turm aus silbernen Münzen.

Er wiederholte seine Frage eine Spur lauter.

»Wohin möchten Sie?«

Die Leute in der Schlange begannen unruhig zu werden. Ihre Koffer und Reisetaschen auf dem Boden hin- und herzuschieben, mit den Füßen zu scharren, die Metallwagen vor- und zurückzurollen.

»Einhundertzweiunddreißig Mark zweiundfünfzig.«

Die Frau war mit dem Zählen fertig.

»Ich hätte gern eine Fahrkarte für einhundertzweiunddreißig Mark. Eine Erwachsene und ein Kind unter sechs Jahren.«

»So geht das nicht, Sie müssen mir sagen, wohin Sie wollen.«

»Ich möchte weg«, sagte die Frau. »Weit weg. Wo ich mit einhundertzweiunddreißig Mark hinkomme. Was können Sie mir empfehlen?«

Der Mann begann, mit den Fingern auf die Arbeitsplatte neben dem Computer zu trommeln.

»So kommen wir nicht weiter.«

Die Hände der Frau lagen neben dem Geld und zitterten.

»Verkaufen Sie mir irgendeine Fahrkarte. Ich muß weg von hier. Ich habe einhundertzweiunddreißig Mark. Aber das wissen Sie ja schon«, sagte sie leise.

Jetzt mischte sich ein Mann in Lederjacke, der hinter der Frau stand, in die Unterhaltung.

»Das ist ein Fahrkartenschalter und kein Irrenhaus. Schicken Sie sie doch nach Hause. Da kann sie sich in Ruhe überlegen, wo sie hin will.«

Die Frau zuckte zusammen.

»Ich habe kein Zuhause«, flüsterte sie. »Nicht mehr. Geben Sie mir bitte eine Fahrkarte.«

»Sie müssen mir schon sagen, wo Sie hin wollen. Sie sehen ja, daß Sie hier den Verkehr aufhalten.«

Der Schalterbeamte sprach so laut, daß der Mann in der Lederjacke kein Wort verpaßte.

»Geht es denn hier nicht weiter?« rief eine Frau mit hochrotem Kopf aus dem hinteren Teil der Schlange. »Mein Zug fährt in drei Minuten.«

Der Mann hinter dem Schalter blickte abwechselnd auf seinen Computer, auf den Berg Silbergeld, der vor ihm lag, und auf die Hände der Frau, die zitterten.

»Tut mir leid. Sie sehen ja, daß hier Hochbetrieb ist. Gehen Sie zur Reiseauskunft. Die können Sie beraten. Ich verkaufe nur Fahrkarten.«

»Ich will nach Konstanz«, hörte sie sich sagen.

Hinter dem Mann mit dem blauen Hemd hing ein Plakat mit Palmen und blauem Wasser. ›Konstanz am Bodensee. Besuchen Sie die Blumeninsel Mainau.‹

»Hin- und Rückfahrt?« fragte der Mann mit seiner üblichen Schalterstimme und drückte die Tasten des Computers.

»Hinfahrt«, sagte die Frau. »Ich will nie mehr zurück.«

6

Fleischer stand vor der Spüle und schnitt mit einer Schere den Knoten auf, mit dem der Plastikbeutel verschlossen war. Mit einer silbernen Zange fischte er einen Brocken aus der trüben Flüssigkeit. Ich sah ein paar Zähne blitzen.

Ein widerlicher Geruch hing in der Luft. In dem Eimer mit dem Wischlappen zogen längliche Blutfäden durch das Wasser. Irgend jemand machte die Tür zur Terrasse auf. Das half ein bißchen.

»Saubere Kronen. Die waren nicht billig. Erstklassige Arbeit.« Fleischer kratzte mit einem Messer an den Zähnen herum.

Ein Kollege von der Spurensicherung fotografierte rote Spritzer, die über der Fußleiste an der Wand neben der Terrassentür klebten. Weber war dabei, den Gefrierschrank von der Wand abzurücken.

»Warum läuft das Ding nicht?« fragte ich ihn. »Kannst du das sehen?«

Er kroch hinter den Gefrierschrank.

»Die Leitung zum Thermostat ist abgerissen.«

Er zeigte mir das zerfranste Ende einer Schnur.

»Gerissen ist sie nicht«, sagte ich. »Das sieht anders aus.«

»Du hast recht.« Weber verschwand noch einmal hinter dem Gefrierschrank.

»Hoppla.« Er tauchte wieder auf. »Hier haben wir den Täter.«

Mit festem Griff hielt er ein graues Kuscheltier am Genick, das ergeben die Pfoten von sich streckte.

Mir war, als sähe ich so etwas heute nicht zum ersten Mal.

»Ein Zwergkaninchen.«

In Tieren ist Weber fit. Das machen drei Hamster und ein Streifenhörnchen. Und die Zwillinge. Und eine Frau, nicht zu vergessen.

»Was machen wir mit ihm? Fell abziehen und ab in den Kochtopf?«

Weber spielte gern mal den Abgebrühten.

»Erst manipulieren wir die Beweise, dann setzen wir es auf den elektrischen Stuhl und ziehen ihm das Fell über die Ohren. Anschließend schmoren wir es in Senfsahne.«

Ich weiß, was ich ihm schuldig bin.

Er grinste anerkennend. »Und was machen wir mit ihm bis zur Verhandlung?«

»Wenn es ein ER ist, verschärfter Strafvollzug. Ab in den Käfig und mit aufs Präsidium, bevor er noch mehr Kabel anknabbern kann.«

Die Kollegen von der Spurensicherung räumten ihre Sachen zusammen. Fleischer zog seine Handschuhe aus und fluchte.

»Ich hoffe, Sie machen sich keine Illusionen. Von wegen Todesursache, Tatzeit und so. Es ist nicht machbar. Einfach nicht machbar. Vor allem die Tatzeit. Wie lange lagen die Teile, ehe sie eingefroren wurden. Wie warm war es? Pah. Zwei Grad Unterschied können eine Woche bedeuten.«

Er klappte die Tasche zu.

Der Inhalt des Gefrierschranks steckte in einer großen schwarzen Hülle fertig zum Abtransport auf das Präsidium. Ich sah auf den schwarzen Sack und spürte das alte Grauen die Magenwände hochsteigen. Wir konnten so viele Witze reißen, wie wir wollten. Dieser Fall war anders. Ich hatte schon viele Leichen gesehen. Alles, was ich bisher gesehen hatte, war harmlos. Im Vergleich. Leichen, denen die Eingeweide aus dem Leib traten. Leichen, die an Messerstichen verbluteten. Leichen, die zerquetscht auf der Straße lagen. Aufgedunsene Leiber von Wasserleichen und Leichen mit verbranntem Fleisch und angesengten Knochen. Sie erinnerten alle noch an die Menschen, die sie einmal waren. Dies hier erinnerte an gar nichts. Mein Magen krampfte sich zusammen.

Wir verließen als letzte die Wohnung. Weber klemmte sich den Käfig mit dem Kaninchen unter den Arm. Ich steckte den Familienschnappschuß in die Handtasche. Gemeinsam klebten wir den Adler über das Türschloß.

»Hier wohnen Silke, Klaus und Mirjam Pape.«

Das getöpferte Türschild mit den geschwungenen Buchstaben kam mir irgendwie obszön vor. Schweigend stiegen wir die Treppe hinunter.

7

Jeder Sitzplatz im Gang des Zugs war besetzt. Menschen in bunten Kleidern hockten zwischen vollgepackten Koffern und Taschen. Durch die offenen Fenster drang das Pfeifen des Fahrtwinds. Häuserreihen glitten vorbei, Straßen, hohe Bäume. Kinder bauten sich im Gestrüpp am Bahndamm eine Hütte.

Die Frau mit dem Strohhut zwängte sich an den Menschen vorbei, kletterte über Gepäckteile, stolperte, fing sich wieder und taumelte mehr, als sie ging, der Plattform am Ende des Gangs entgegen. Neben den Türen lagerten junge Leute mit ihren Rucksäkken. In der Luft hingen Rauchschwaden. Glatte, junge Gesichter, braune Arme, nackte Beine unter ausgefranstem Jeansstoff hinter einem Schleier aus Rauch. Das Rauschen des Zugs schluckte die Worte aus den offenen Mündern. Die Frau hustete, stieg über einen umgefallenen Rucksack und drückte die blaue Tür auf.

Sie warf den Riegel der Tür zu, legte die Hand auf die Klinke, prüfte, ob verschlossen war. Sie atmete auf. Die Tür war zu. Die Frau lehnte sich mit dem Rücken an die Toilettentür und schloß die Augen. Das Stampfen, mit dem der Zug sich vorwärtsbewegte, ging ihr durch den Körper. Die roten Blumen auf dem Stoff ihres Kleides bebten. Es tat gut, sich den Schwingungen der Tür zu überlassen, nicht zu denken.

Der Zug machte einen Schlenker, und sie fiel nach vorn. Beide Arme auf das Waschbecken gestützt, landete sie vor dem Spiegel. Das Gesicht im Spiegel sagte ihr nichts. Ein bleiches Frauengesicht mit Ringen unter den Augen und einem Hut auf dem Kopf.

Sie stellte den Fuß auf einen silbernen Knopf am Boden und hielt die Handgelenke unter den Wasserstrahl, der zögerlich aus der Leitung trickelte. Dann drückte sie den Hebel des Seifenspenders. Flocken rieselten in ihre Handgrube. Sie rieb die Hände aneinander, die Seife schäumte. Sie rieb und rieb, hörte nicht auf zu reiben, bis ihre Hände glühten. Das Wasser, das den Schaum wegspülte, war angenehm kühl.

Sie setzte sich auf die Klobrille und beobachtete im Spiegel, wie eine Frau einen Strohhut absetzte. Ein helles Tuch mit dunklen roten Flecken kam zum Vorschein. Die Frau faßte sich an den Kopf und begann, den Stoff von einem Ende her aufzuwickeln.

Mit einem Ruck entfernte sie den Rest des Verbandes, der mit dem Blut angetrocknet war. Ein stechender Schmerz fuhr ihr durch den Kopf. Ihre Pupillen weiteten sich vor Entsetzen. Alles war wieder da. Der Schmerz, die Übelkeit, das Blut. Der Männerkörper auf den Fliesen. Ein blutverschmierter Kopf und der Brustkorb, der sich hob und senkte, bis er sich aufbäumte und in sich zusammenfiel.

Für einen Moment spürte sie nichts als Panik, ein Rauschen in den Ohren und ein Hämmern im Kopf. Dann war es vorbei. Es gab kein Zurück.

Sie hielt den Verband unter das Wasser und wusch das Blut aus. Mit einem nassen Papierhandtuch wischte sie den Schweiß vom Gesicht, kühlte den Nacken. Sie reinigte die Stirn. Die Wunden waren nur oberflächlich. Hellblau schimmernde Flecken, von Schrammen durchzogen, auf denen bereits Schorf ansetzte. Dann wickelte sie den nassen Stoff locker um den Kopf und setzte den Hut darüber. Die Enden des Verbandes versteckte sie unter der Hutkrempe. Die Frau öffnete die Tür und ging in ihr Abteil zurück.

»Mama, guck mal, was ich habe.«

Mirjam hielt ihr eine Tüte mit Bonbons entgegen. Sie saß neben einem Mann im Anzug, der einen offenen Aktenkoffer auf den Knien hatte. Daraus hatte er die Tüte mit den Bonbons gezaubert.

»Ein hübsches Mädchen. Sie können stolz auf Ihre Tochter sein.«

»Komm sofort her, Mirjam.«

Ihre Stimme klang schrill. Neugierig blickten die anderen Reisenden zu ihr.

»Lassen Sie meine Tochter in Ruhe«, sagte sie zu dem Mann mit dem Aktenkoffer.

Er würdigte sie keines Blickes und sah zum Fenster hinaus.

»Mama, ich bin müde.«

»Na komm, mein Bärchen.«

Mirjam setzte sich auf ihren Schoß und legte den Kopf auf ihre Schulter.

Die Tüte Bonbons lag neben der Babypuppe auf Mirjams Sitz. Durch das Rütteln des Zuges rutschte ein Bonbon nach dem anderen aus der Tüte und fiel in das weiche Polster. Rote, gelbe und grüne Tupfen auf blauem Velours.

8

Vor der Souterrainwohnung standen die Mülltonnen wieder in Reih und Glied. Frau Kunze fegte den Müll zusammen, der auf dem Boden lag. Schaufelweise schüttete sie den Müll in eine dunkle Tüte, die erstaunliche Ähnlichkeit mit dem Sack hatte, in dem unsere Leiche abtransportiert worden war.

»Geh schon zum Auto«, rief ich Weber zu und stieg die Treppen zum Souterrain hinunter.

»Warum füllen Sie den Müll nicht in die Tonnen?«

Frau Kunze sah erst auf mich, dann auf die Mülltonnen.

»Meinen Sie, ich wollte dauernd hier fegen? Einmal pro Tag reicht.« Sie sah mich herausfordernd an.

Ich konnte kaum glauben, daß das dieselbe Frau war, die mir gerade noch steif auf der Kante des Sofas gegenübergesessen hatte.

»Was machen Sie mit dem Müll?«

»Ich packe ihn in Tüten.«

Sie verriet mir nichts Neues.

»Und was machen Sie mit den Tüten?« fragte ich sie.

»Die stelle ich in den Schuppen im Garten.«

»Sie füllen den Müll nicht zurück in die Mülltonnen, damit er nicht hier rumfliegt, wenn die Tonnen wieder umgeworfen werden. Richtig?«

Sie nickte.

»Können Sie mir das bitte mal zeigen?«

»Aber sicher.« Sie legte Handfeger und Schaufel auf eine Stufe. »Kommen Sie. Am schnellsten ist es durch meine Wohnung.«

Sie putzte sich die Schuhe auf einem Abtreter ab, und ich folgte ihrem Beispiel. Durch eine schmale Diele, deren Wände dicht mit gerahmten Fotos vollgehängt waren, führte sie mich die Treppe hoch in den Garten.

Sie sperrte die Tür auf. An der Wand hingen Gartengeräte. Ich erkannte Spaten, Hacke, einen Rasenmäher und zwei alte Fahrräder, über die Spinnen ihr Netz gezogen hatten. Vier schwarze Säcke standen auf rostigen Metallstühlen, zwei auf dem Boden, an die Stühle gelehnt.

Ich überlegte.

»Warum stellen Sie die Tüten nicht morgens raus, wenn die Müllmänner kommen? Dann sind sie vor den Kindern sicher.«

»Wissen Sie, wann die Müllmänner kommen?«

Ich zuckte die Achsel. »An einem Vormittag, vermute ich, einmal die Woche oder einmal in vierzehn Tagen.«

»Das war früher so«, sagte sie. »Da kamen sie einmal die Woche, immer mittwochs. Ich konnte die Uhr nach ihnen stellen. Heute kommen sie, wann sie wollen.«

Die Polizei ist nicht der einzige Betrieb, der unter chronischem Personalmangel leidet. Bei der Müllabfuhr ist es genauso. An mir liegt es nicht. Ich zahle brav meine Steuern und wähle nicht die

Parteien, die das Geld in Jagdbomber stecken. Bei Frau Kunze war ich mir nicht so sicher.

Sie versuchte, einen Sack vom Stuhl zu heben.

»Lassen Sie.« Ich zeigte auf den Sack. »Den holen gleich die Kollegen, zusammen mit dem anderen Müll.«

»Was wollen Sie denn mit dem ganzen Zeug?«

»Es hilft uns vielleicht, das Verbrechen aufzuklären.«

»Dafür müssen Sie im Dreck rumwühlen?!«

Frau Kunze bekam langsam eine realistische Vorstellung von meiner Arbeit. Im Dreck rumwühlen. Das traf es so ziemlich.

»Da bin ich aber froh, wenn Sie den ganzen Müll abholen. Dann braucht Herr Pape ihn nicht wegzuschaffen, wenn er aus dem Urlaub zurückkommt.«

»Warum muß Herr Pape sich um den Müll kümmern?«

»Na, dem gehört doch das Haus«, sagte Frau Kunze.

»Das haben Sie uns ja gar nicht erzählt vorhin.«

»Ja, ist das denn wichtig?«

»Was macht Herr Pape beruflich?«

»Der hat ein Geschäft. Computer. Mit so was machen die Leute viel Geld.«

Sie schloß die Tür zu und legte den Schlüssel unter einen Blumentopf.

Weber saß samt Käfig auf dem Mäuerchen vor dem Eingang. Er stand auf, als er mich die Stufen hochkommen sah.

»Was Neues?« fragte er.

»Noch mehr Müll.« Ich erklärte ihm Frau Kunzes Abfallbeseitigungskonzept.

Er stellte den Kaninchenkäfig auf den Rücksitz.

»Die Kollegen werden fluchen, wenn sie das heute noch sortieren sollen.« Er hängte sich an das Funkgerät.

Ich stieg ein und schnallte den Sicherheitsgurt an.

»Sag mal, was versprichst du dir eigentlich davon? Glaubst du, die Kleidung des Toten ist in den Müll gewandert?«

»Könnte sein... Aber da ist noch was. Nur so eine Idee.«

Er legte die Stirn in Falten. »Noch was?« Mit zwei Fingern begann er an den dunklen Haaren seines Schnäuzers herumzuzupfen.

»In dem Gefrierschrank war nichts außer unserer Leiche. Das ist doch komisch, findest du nicht?«

»Du meinst...« Er strich den Bart auf seiner Oberlippe glatt. »Vorher waren da ganz andere Sachen drin?«

»Vermutlich«, bestätigte ich. »Dafür schafft man sich doch so ein Teil an. Oder?«

»Du glaubst also, der Mörder hat erst den Gefrierschrank ausgeräumt, eh' er eingepackt hat.« Er überlegte. »Klingt logisch.«

»Wenn überhaupt Lebensmittel drin waren«, gab er zu bedenken. »Wenn die Familie nicht vor den Ferien alles ausgeräumt hat oder verbraucht oder so.«

»Habt ihr das schon mal geschafft vor den Ferien?«

»Wir doch nicht.« Er klopfte mit drei Fingern seinen Bart platt. »Angenommen, du hast recht, und wir finden Tiefkühlzeug, das in den Müll gewandert ist. Was haben wir davon?«

»Das ist die Frage«, bestätigte ich. »Aber wenn wir nichts tun, haben wir noch weniger.«

»Wohin?« Weber bewunderte sich und seinen Bart im Autospiegel.

Ich kramte in meiner Handtasche.

»Knappenberg 34. Familie Wessel. Die Eltern von Frau Pape.«

»Schwiegereltern.« Er stöhnte.

»Was hast du gegen Schwiegereltern?«

»Wir haben Besuch von Ingas Mutter.«

Ich grunzte verständnisvoll und behielt für mich, daß er mir keine Neuigkeit verriet. Wenn Weber ein Auto fuhr, das frisch aus der Waschstraße kam, und keine leeren Flaschen hinter den Sitzen klapperten, gab es nur eine Erklärung: Die Familie war zu Besuch. Seine Eltern oder ihre Mutter. Ich hatte auf Ingas Mutter getippt. Von wegen der kleinen Lady. Inga würde kaum so genervt reagieren, wenn sie nicht selbst einschlägige Erfahrungen mit der Erziehung zur kleinen Lady gesammelt hätte.

Er fuhr los. Ich warf einen Blick nach hinten. Das Kaninchen würdigte mich keines Blickes. Den Kopf tief im Heu versteckt, fuhr es mit uns einer ungewissen Zukunft entgegen.

9

Wir stiegen aus und überließen das Kaninchen seinem Schicksal. Knappenberg 34. Das Haus, in dem Familie Wessel wohnte, war mit gelben und weißen Platten verkleidet. Der überdachte Vorbau machte den Eingang zu einem dunklen Loch. Weber zog ein Feuerzeug aus der Tasche und hielt die Flamme über die Klingelknöpfe.

»Wem dürfen wir den gemütlichen Fernsehabend vermasseln?«

Das Feuerzeug ging aus. Er drehte wild mit dem Daumen an einem Rädchen.

»Das siehst du falsch.«

Ich legte meinen Finger auf ein unscheinbares schwarzes Knöpfchen, und sofort ging über unseren Köpfen das Licht an.

»Wir sind besser als das Fernsehen. Wir sind das wahre Leben. Familie Wessel wird uns begeistert ans Herz drücken.«

Weber studierte die Namen neben den Klingelknöpfen.

»Wessel.« Die zweite Schelle von unten. Fettgedruckte schwarze Buchstaben auf sauberem weißen Papier unter Plastik neben einer cremefarbenen Sprechanlage.

Es knackte. »Hallo?«

»Wir würden gern Herrn oder Frau Wessel sprechen.«

»Wer ist da?«

»Kriminalpolizei.«

»Woher weiß ich, daß Sie wirklich von der Polizei sind?«

Gute Frage, aber schwer zu beantworten.

»Können Sie sich ausweisen?«

»Selbstverständlich. Wie wäre es, wenn Sie uns die Tür aufmachen würden? Dann könnten wir Ihnen den Ausweis zeigen.«

»In welcher Angelegenheit?« Eine neue Stimme.

»Es geht um die Familie Ihrer Tochter. Wir brauchen ein paar Auskünfte. Dringend.«

Die Tür summte, und wir konnten hinein.

Im Treppenhaus ging das Licht an.

Von oben polterte jemand die Treppe herunter. Eine junge Frau in roter Motorradkleidung rannte an uns vorbei. Die Jacke weit offen, einen Motorradhelm in der Hand. Für den Bruchteil einer

Sekunde sah ich in wache blaue Augen. Weber drehte sich um. Sein Blick klebte an dem knackigen roten Hintern, der die Treppe hinunterhüpfte.

»Heißes Teil.« Er war beeindruckt.

»Mach dir keine Illusionen. Da hängt auch ein Kopf dran.«

Weber warf mir einen genervten Blick zu. Er träumte von Arsch und Titten, und ich wagte es, ihn an den gefährlichsten aller weiblichen Körperteile zu erinnern. Böses Foul.

Das Schild an der Wand sagte uns, daß wir in der zweiten Etage richtig waren. Wessel. Ich drückte auf den Klingelknopf. Wir hörten ein metallenes Klappern, und die Tür öffnete sich.

Hinter der vorgelegten Kette sah uns eine Frau mißtrauisch entgegen. Sie war etwa 1,80 groß, schlank, mit glatten, aschblonden Haaren, die über dem Kragen der Bluse gerade abgeschnitten waren. Sie hatte verblüffende Ähnlichkeit mit der Direktorin meiner alten Schule. Wer etwas verbrochen hatte, wurde zu ihr zitiert. Ein Blick aus ihren stahlblauen Augen genügte, um alles daranzusetzen, ihr nie wieder zu begegnen.

»Können Sie sich ausweisen?«

Ich fuhr mit der Hand in die Hosentasche und reichte ihr meinen Ausweis durch den Türspalt. Sie nahm ihn in die Hand, las, drehte ihn auf die andere Seite. Welcher Betrüger würde es wagen, diesen Röntgenaugen eine Fälschung unterzuschieben?

Die Kette rasselte. Wir durften hinein.

Sie plazierte uns unter dem Kronleuchter und musterte uns von oben bis unten. Ich tat das gleiche. Früher hielt ich unter solchen Blicken meinen Kopf schamhaft nach unten gesenkt. So wie Weber heute. Er sah schuldbewußt auf die ausgetretenen Slipper, in die seine Zehen Beulen geschlagen hatten. Ich löste mich von den dunkelblauen Pumps, den grauen Seidenstrümpfen und suchte nach einer Fluse auf dem dunkelblauen Kostümrock. Ich fand keine. Als ich mich vom Rock bis zu dem Kragen ihrer blütenweißen Bluse hochgearbeitet hatte, sagte sie:

»Was wollen Sie wissen?«

»Wir hätten gern ein paar Auskünfte. Können wir uns vielleicht setzen?«

Einen Moment lang dachte ich, sie würde einen Butler rufen, um so unverschämte Gäste von ihrem Perser entfernen zu lassen. Sie tat nichts dergleichen. Bestimmt hatte sie nur keinen Butler.

»Kommen Sie«, sagte sie und führte uns in einen Raum, in dem eine Wand von einem mächtigen Schrank beherrscht wurde. Hinter dunklen Glasscheiben standen Bücher in wohlgeordneten Reihen. Die Polstergarnitur sah einigermaßen bequem aus. Eiche, altdeutsch. Grüner Samt. Igitt.

»Herr Kommissar.« Frau Wessel deutete auf einen Sessel.

Weber belohnte sie mit seinem Standardlächeln für die Damen um die Fünfzig.

»Ihre Mitarbeiterin kann sich dort auf die Couch setzen.«

Die ›Mitarbeiterin‹, das war ich. Frau Wessel entschwebte lautlos über den dicken Teppich in Richtung auf eine Schiebetür, und Weber tröstete mich mit seinem Lächeln für die gebärfähigen Jahrgänge.

Frau Wessel zog die Flügel der Schiebetür zu und erschien auf leisen Sohlen.

»Mein Mann ruht gerade. Ich möchte ihn nicht stören. Er hat einen anstrengenden Beruf.«

»Was macht er denn?« fragte mein Kollege artig.

»Er ist Professor. Für Verfahrenstechnik.«

Ein stolzes Lächeln umspielte ihre Lippen.

»An der Fachhochschule.«

Nichts, was sie tat oder sagte, war dazu angetan, alte Vorurteile zu vergessen. Im Gegenteil. Ich wußte auf einmal, daß ich mein Leben lang Blusen hassen würde, die den Hals abschnüren, und Röcke ohne jede Fluse.

»Müssen Sie ihn sprechen, oder kann ich Ihnen nicht weiterhelfen?«

Ich erinnerte mich an das, was in meinen Lehrbüchern stand. Meine Pflicht als Polizistin zu tun, hieß auch und vor allem, meinem polizeilichen Gegenüber offen und ohne Vorurteile zu begegnen.

»Es reicht, wenn Sie uns Auskunft geben«, sagte ich bemüht freundlich.

»Was wollen Sie wissen?« Obwohl ich die Frage beantwortet hatte, sah sie ihn an. Ich zwang mich, freundlich zu bleiben.

»Wir hätten gerne gewußt, wo Ihre Tochter und Ihr Schwiegersohn sich momentan aufhalten.«

Diesmal sah sie mich an. »Wen meinen Sie, Silke?«

Wie viele Töchter hatte sie denn?

»Ich habe zwei Töchter.«

Ihr Mann hatte allem Anschein nach nichts damit zu tun.

»Ich spreche von Frau Pape. Silke Pape und ihrer Familie. Können Sie uns den Aufenthaltsort der Familie Pape nennen?«

»Weshalb möchten Sie das wissen?«

Ich sah ihr in die Augen.

»Wir haben eine«, ich schluckte, »Leiche in der Wohnung der Familie Pape gefunden.« Wann ging mir das endlich glatt über die Lippen?

»Eine Leiche?«

Sie faßte sich an die Perlenkette.

»Das kann gar nicht sein.«

Es kann nicht sein, was nicht sein darf.

»Ein Einbruch? Ist jemand in die Wohnung eingebrochen und dabei überrascht worden?«

Ich schüttelte den Kopf.

»Für einen Einbruch gibt es keinerlei Anhaltspunkte.«

»Kein Einbruch?«

Sie hielt sich an ihrer Perlenkette fest.

»Wo haben Sie die Leiche gefunden?«

»Wir stehen noch am Anfang unserer Ermittlungen«, erklärte ich ihr. »Für unsere weitere Arbeit brauchen wir die Adresse Ihrer Tochter und Ihres Schwiegersohns. Vielleicht können sie uns weiterhelfen.«

»Sie machen Urlaub an der See. In Holland. Warten Sie einen Moment. Ich hole die Adresse.«

Sie verschwand lautlos. Ich ließ meinen Blick durch das Zimmer streifen. Der Bücherschrank. Die Fensterbank mit den weißen Stores, Alpenveilchen in Messingtöpfen und Übergardinen mit grünen Streifen, passend zur Polstergarnitur. Neben dem Sekretär hing eine Serie alter Blumendrucke, in exakten Abständen auf gleicher Höhe über die Wand verteilt.

»Hier ist die Adresse.«

Weber warf einen kurzen Blick auf den Zettel und steckte ihn ein.

»Haben Sie schon eine Nachricht von ihnen aus dem Urlaub?«

»Nein, Sie wissen ja, wie das ist.«

Sie ließ die Perlen ihrer Kette einzeln durch die Hand gleiten. »Die Karten kommen an, wenn die Kinder schon wieder zurück sind.«

Ich war nicht die einzige, die erst am letzten Ferientag Karten schrieb. Irgendwie beruhigend.

»Das wäre dann soweit alles von unserer Seite. Wir danken Ihnen für Ihre Hilfe.«

Sie brachte uns an die Tür. Die Nachricht von der Leiche in der Wohnung ihrer Tochter war nicht spurlos an ihr vorübergegangen. Sie hielt sich nicht mehr ganz so gerade. Wir hörten eine Klospülung rauschen. Herr Wessel ruhte nicht mehr.

Ich nahm die Stufen paarweise. Zwei auf einmal. Als wäre ich ein Kind, das wegläuft vor einer Frau in einer hochgeschlossenen Bluse, mit durchdringenden blauen Augen. So, wie wir weggelaufen waren, sobald wir unsere Direx auf der Schultreppe gesichtet hatten.

Vor der Blumenbank auf der halben Treppe machte ich halt. Mit den Fingern fuhr ich über die glatte Oberfläche.

»Ist das nicht gruselig?« flüsterte ich.

Weber blickte verständnislos auf die blanke Platte neben der Grünlilie.

»Kein Stäubchen, keimfrei. Das war bestimmt sie.«

Ich warf einen letzten Blick hoch auf die Wohnungstür und rannte die Treppe hinunter. Immer zwei Stufen auf einmal. Wie früher. Vielleicht entkommen wir unserer Kindheit nie.

Weber kam langsam nach.

10

Die Hitze hatte uns wieder. Träge stand die Luft zwischen den Häuserwänden. Die Straßenlaternen leuchteten auf saubere Blumenreihen und pflegeleichtes Immergrün in den Vorgärten. Ich hatte richtig Sehnsucht nach heruntergerissenen Klingelknöpfen und zerbeulten Briefkästen.

Weber setzte sich schräg auf den Sitz und hielt das Stück Papier mit der Adresse gegen die Deckenleuchte. »Hotel Duinoord, Wassenaar.«

Er beugte sich über den Sitz nach hinten und sah in den Käfig. »Holland. Da sind jetzt dein Herrchen und dein Frauchen. Die amüsieren sich ohne dich.«

Einen Moment lang fixierte ihn das Kaninchen. Dann klappte es die Augen gelangweilt zu.

»Nachrichten von seiner Familie interessieren ihn einfach nicht«, sagte er, zu mir gewandt.

»Warum auch? Es hat doch eine tolle Zeit ohne sie. Abenteuerferien.«

»Schaff dir bloß nie Familie an«, warnte er mich.

»Wieso?«

»Dir fehlt das Verantwortungsbewußtsein.«

»Wie lange bleibt deine Schwiegermutter noch?« fragte ich unschuldig.

Er wechselte das Thema.

»Eine Sauhitze ist das«, stöhnte er. »Es kühlt einfach nicht ab.«

Ich drehte den Kopf nach hinten.

»Seine Familie interessiert ihn einfach nicht«, verriet ich dem Kaninchen. »Ist das nicht traurig?«

Vor dem Eingang des Präsidiums hielt ein Mannschaftswagen. Die Kollegen von der Drogenfahndung hatten aufgeräumt. Die übliche Show einmal im Monat, um die Bürger zu beruhigen, daß die Polizei ihr möglichstes tut im Kampf gegen die Droge. Was für ein Schwachsinn. Als ob die kleinen Dealer das Geschäft in der Hand hätten. Manchmal bin ich nicht besonders stolz darauf, bei unserem Verein zu sein. Dies war so ein Moment.

Wir machten einen Bogen um die Drogenmeute in der Eingangshalle und nahmen den ersten Holzkasten, der frei war. Ächzend quälte sich der Paternoster nach oben. In der dritten Etage sprangen wir raus. Aufgeregt piepste der Nagezahn in seinem Käfig. Er mußte was durchmachen mit uns.

Auf dem Gang brannte die Sparbeleuchtung. Weber und ich waren vermutlich die einzigen, die um diese Uhrzeit noch hier arbeiteten. Das Revier von Fleischer war parterre, und die Kollegen von der Spurensicherung saßen im ersten. Die Gänge waren gespenstisch leer, kein Mensch auf den Holzbänken.

Weber stellte den Käfig mit dem Zwergkaninchen auf die Ritze, an der unsere Schreibtische aneinanderstießen. Wir hatten sie zusammengerückt, damit wir uns gegenübersaßen, wenn wir Büroarbeit machten.

Das Kaninchen hockte in einer Ecke seines Käfigs. Ein Ohr stand kerzengerade nach oben ausgefahren. Das andere war in Schräglage wie ein Trichter auf meinen Kollegen ausgerichtet. Er kramte in seinen Schubladen.

Ganz schön clever, der Kleine. Oder war es eine Sie? Auf jeden Fall hatte es das richtige Kabel durchgefressen. Das, auf dem keine Spannung lag. Hätte es die Schnur zur Steckdose angeknabbert, würde es jetzt nicht so munter das Ohr drehen. Vielleicht hatte es einen angeborenen Überlebenstrieb. Das war mehr, als man von den meisten Menschen sagen konnte. Ich nahm das Foto von Familie Pape aus der Tasche und stellte es neben mein Telefon. Wo die drei jetzt wohl waren? Ich hatte ein ungutes Gefühl im Magen.

»Hotel Duinoord?« Weber wählte schon die Nummer der Auslandsauskunft. Während er wartete, zog er eine Schublade auf und legte die Beine darin ab. Dann lehnte er sich in seinem Drehstuhl nach hinten.

»Ich hätte gern eine Telefonnummer in Holland. Der Ort heißt Wassenaar...«

Den Rest hörte ich nicht mehr. Ich war auf dem Weg zu den Jungs von der Spurensicherung.

11

Der Geruch im Gang sagte mir, daß ich mich nicht verirrt hatte.

»Daß du dich überhaupt reintraust...«

Gebhard redete noch mit mir. Es hätte schlimmer kommen können. Ich mag ihn. Auch wenn er an jeder Stelle den Potenzbrocken raushängen läßt. Seit ihm die Frau weggelaufen ist, rasiert er sich nur noch jeden dritten Tag, und seine Hosen sehen aus, als ob er darin schlafen würde. Wahrscheinlich tut er das auch.

»Was habt ihr rausgekriegt?«

»Den Bericht kriegst du übermorgen.«

»Kompliment«, sagte ich. »Ihr seid schnell.«

Männer sind so empfänglich für ein bißchen Zuwendung.

»Wir sind die superschnellsten Typen überhaupt.«

Wenn sie nur halb so toll wären, wie sie behaupten, brauchten sie sich das nicht immer wie ein Mantra vorzubeten.

»Irgendwas Interessantes?« brachte ich ihn auf das Thema.

»Ob der Fundort der Tatort war, können wir noch nicht sagen. Aber das Schlachtfest hat vor Ort stattgefunden. Davon kannst du ausgehen. Die Blutspritzer an der Wand sind mit der Blutgruppe des Toten identisch.«

Er zeigte auf ein handliches Hackebeil und ein Elektromesser. »Wahrscheinlich ist er damit auseinandergenommen worden, Küchengeräte«, kommentierte er. »Hinterher ist alles wieder ordentlich saubergemacht worden, Blutspuren im Aufnehmer und so weiter.«

»Fingerabdrücke?«

Er schüttelte den Kopf.

»Den Gefallen hat er uns nicht getan.«

»Er?«

»Glaubst du etwa, daß eine Frau so gewütet hat?«

Ein paar Illusionen über die Frauen waren ihm noch geblieben.

»Das Schlüsselloch?«

»Keinerlei Kratzspuren. Er hatte einen Schlüssel oder ist reingelassen worden.«

»Und der Müll?« fragte ich. »Habt ihr was gefunden? Seine Kleidung vielleicht?«

»Kleidung ist nicht.«

»Und Tiefkühlkost?«

»Komm mit.«

Im Nebenraum war ein Kollege dabei, mit Gummihandschuhen den Abfall zu untersuchen, der auf einem langen Tisch lag. Es stank fürchterlich. Ich beneidete ihn nicht um den Job.

»In der dritten Tüte haben wir Tiefkühlkost gefunden.«

Der Kollege hielt zwei Beutel hoch.

»Preiselbeeren, 19. Juni«, las er vor von einem Beutel, in dem eine rote Flüssigkeit schwamm.

Ich fragte mich, wer den Aufkleber beschriftet und den Beutel mit der weißen Klammer verschlossen hatte.

»Zigeunergulasch, 18. März.« Eine weiße Plastikschale. »Was darf es sein?«

Wir verließen den Tisch mit der Tiefkühlkost und gingen zu dem anderen Müll über. Unglaublich, was die Leute in den Abfall werfen. Unterhosen mit ausgeleierten Gummis, ungewaschen natürlich. Dutzendweise leere Tüten und Dosen von Kartoffelchips, garniert mit kalten Kippen und Asche. Socken mit Löchern, Nylonstrumpfhosen, leere Käseschachteln, alte Schuhe. Ich kam mir vor wie ein Voyeur.

»Was Spannendes dabei?« fragte ich Gebhard.

»Jede Menge. Ist nur die Frage, ob es mit deinem Fall zu tun hat.«

»Probier's mal«, forderte ich ihn auf.

»Also, irgendwer da im Haus hebt schwer den Absatz der Pornopresse. Playboy, Lui, St.-Pauli-Nachrichten. Manche Männer können ja nicht ohne.«

Er grinste breit.

»Leider alles etwas mitgenommen durch die Lagerung im Müll, sonst könnten wir einigen Kollegen 'ne Freude machen.«

»Sonst noch was?«

»Aktive Jungs gibt's auch.«

Er zeigte auf eine Ansammlung zusammengeklebter Präservative. Falls er mich schocken wollte, stand er auf verlorenem Posten.

»Andere lutschen Bonbons, um sich die Tage zu versüßen.«

Das kam von mir. Die Plastikstreifen mit den leeren Pillenlöchern sprachen Bände.

»Das hier dürfte dich interessieren.«

Er zeigte auf ein viereckiges Teil aus Styropor. Auf dem Boden waren rotweiße Fleischkrümel. An der Seite hing zusammengeknülltes Plastik.

»Hier haben wir's.«

Der Kollege schob mit seinen Handschuhfingern das Plastik auseinander, bis ein Aufkleber sichtbar wurde. »Frisches Hackfleisch, 538 Gramm, Sonderangebot.«

Er machte eine Pause.

»Sag bloß, da ist ein Datum drauf?« fragte ich gespannt.

»Zum Verzehr bis spätestens 30. Juni«, las er vor.

»Wo habt ihr das rausgefischt?«

»Das lag unter dem ganzen Tiefkühlzeug.«

»Das heißt«, überlegte ich laut, »daß der Gefrierschrank um den 30. Juni ausgeräumt wurde. Plus minus. Um Platz zu schaffen für unsere Leiche.«

Gebhard nickte. »Bei der Hitze geht niemand an Hackfleisch, das überfällig ist. Allerdings könnte das Zeug theoretisch auch erst später in den Müllsack gewandert sein. Vielleicht finden wir ja noch mehr. Wir bleiben dran.«

»Ihr seid toll.« Diesmal war mein Kompliment ernst gemeint. Hoffentlich kriegten die meinen Müll nie in die Finger.

12

»Wo warst du so lange?« fauchte Weber mir gereizt entgegen. »Hier war der Teufel los.«

»Skat dreschen mit den Kumpels.«

Ich setzte mich an den Schreibtisch.

»Familie Pape ist nie im Hotel angekommen. Ist das wohl ein Knaller?«

»Und da hat keiner nachgefragt, warum und weshalb?«

»Hauptsaison an der See«, sagte er. »Die haben das Geld für die Reservierung eingestrichen und das Zimmer schnell vermietet. Zuerst tageweise und nach einer Woche für länger.«

»Wir müssen die Leiche identifizieren. Dann wissen wir mehr. Hast du schon mit Fleischer gesprochen?«

»Klar, kannst du dir ja denken.«

»Und?« fragte ich ungeduldig.

»Du kennst ihn, festlegen will er sich nicht. Genaue Todesursache steht noch nicht fest. Er vermutet Schläge auf den Kopf. Ins Gesicht. Ziemlich gruselig. Frontaltrauma. Näheres kommt nach. Alter der Leiche zwischen Vierzig und Fünfzig. In gutem Gesamtzustand. Kein Übergewicht. Letzte Mahlzeit Königsberger Klopse.«

Ich pfiff durch die Zähne.

»Die Kollegen haben im Hausmüll eine Packung Hackfleisch gefunden.«

Ich griff nach dem Telefon. Gebhard meldete sich.

»Ich noch mal. Könnt ihr in der Nähe des Hackfleischs nach Kapern suchen? Ich meine natürlich die Töpfchen, in denen sie verkauft werden.«

Ich hielt den Hörer auf Abstand. Als es ruhiger wurde, ging ich wieder dran.

»Reg dich ab. Ich erklär's dir«, sagte ich. »Das Material ist Plastik, durchsichtig, und die Form ist in etwa wie ein Schnapsglas, so was kennst du doch.«

Für einen Moment ging ich mit dem Hörer wieder auf Distanz.

»Runder Boden, die Wände öffnen sich nach oben, weiß beschriftet. Ach ja, der Deckel ist weiß oder dunkelbraun.«

Ich legte den Hörer in die Halsbeuge.

»Er guckt nach«, informierte ich Weber und sah auf unseren neuen Kollegen. Das Kaninchen entspannte sich zusehends. Es saß auf den Hinterläufen und schob sich einen Strohhalm durch die Zähne. Schade, daß es uns nicht erzählen konnte, was es gesehen hatte.

Ich nahm den Hörer ans Ohr. »Hallo?«

Bis auf ein Rumoren im Hintergrund tat sich nichts. Dann hörte ich Schritte. Gebhard kam an den Apparat. Er legte los.

»Toll, toll, toll«, skandierte ich. Dreimal mußte reichen. Oder vielleicht nicht? Schließlich war Samstag.

»Ihr seid wirklich gut«, gönnte ich ihm zum Abschied. Feiertagszulage.

»Königsberger Klopse«, triumphierte ich. »Ich habe es geahnt.«

Wir sahen gleichzeitig auf das Bild im Silberrahmen. Auf den Mann im besten Mannesalter neben einem blonden Engel und der kleinen Tochter.

»Er könnte es sein«, sagte Weber. »Aber für eine Identifizierung ist das zu dünn. Mit Kapern kann man ganz andere Sachen machen und mit Hackfleisch auch. Spinat mit Kapern, zum Beispiel, als Salat. Schmeckt toll.«

Er hatte recht. Ich überlegte.

»Wir brauchen den Zahnarzt der Familie. Das ist das Sicherste. Versuch es mal mit deinem Charme bei der Schwiegermama.«

Weber zuckte zusammen bei dem letzten Wort. Ich reichte ihm die Telefonnummer von Familie Wessel über den Schreibtisch. Er legte den Zettel neben das Telefon und drückte die Tasten.

»Entschuldigen Sie bitte die späte Störung, gnädige Frau.«

Wenn er wollte, hatte er richtig gute Manieren. Eine Zierde der Kriminalpolizei. Er zupfte an seinem Schnäuzer und räusperte sich.

»Ihre Tochter und Ihr Schwiegersohn sind nicht in dem Hotel in Holland angekommen.«

Er ließ ihr Zeit, um die Nachricht zu verdauen. Dann kam er zur Sache.

»Können Sie uns sagen, bei welchem Zahnarzt Ihre Tochter und Ihr Schwiegersohn in Behandlung sind?«

»Wieso?«

Er verzog das Gesicht.

»Es könnte uns bei unseren Ermittlungen helfen.«

Weber legte die Hand über die Muschel.

»Scheißjob.«

Er nahm die Hand wieder weg.

»Ich versichere Ihnen, daß wir alles tun werden, um sie zu finden. Ah, Doktor Köhler.«

Ich krallte mir einen Kuli und schrieb mit. »Weißenburgerstraße zweiundzwanzig. Wir danken Ihnen ganz herzlich.«

Weber ließ den Hörer auf die Gabel fallen.

»Puh«, stöhnte er.

»Warum hast du sie nicht gefragt, ob ihr Schwiegersohn gern Königsberger Klopse aß, äh, ißt.«

»Das nächste Mal redest du mit ihr«, drohte er. »Übrigens ... der Alte hat angerufen, als du weg warst. Morgen früh um neun hier im Büro. Er hat die Presse für zehn bestellt.«

»Und du?« fragte ich.

»Ich mache mich bei Zahnärzten beliebt. Die kann ich sowieso nicht leiden.«

Das Kaninchen lag auf dem Bauch und streckte wohlig die Hinterläufe von sich.

»Was machen wir mit dem Mümmelmann?« fragte er.

»Kinder sind ganz wild auf Zwergkaninchen«, begann ich möglichst harmlos.

»Wir haben drei Hamster und ein Streifenhörnchen. Warum nimmst du ihn nicht? Haustiere sollen das Leben von Singles um Jahre verlängern.«

»Ich habe schon ein Haustier«, konterte ich. »Das reicht.«

»Seit wann?« fragte er interessiert.

»Seit vier Monaten.«

»Da hast du ja nie von erzählt.«

»Ich teste noch, ob ich damit klarkomme.«

»Was ist es denn?« wollte Weber wissen.

»Ein Säugetier wie unser Kaninchen. Ein Männchen, läuft auf zwei Beinen, einen Kopf größer als du, und frißt mit Vorliebe Frischfleisch.«

Weber brauchte einen Moment, um zu entscheiden, ob er die Mundwinkel nach unten oder nach oben ziehen sollte. Er entschied sich für die freundlichere Version.

»Machen wir Schluß für heute?« Er sah auf seine Uhr. »Viertel vor zehn.«

Ich nickte.

»Wer nimmt das Kaninchen?«

»Keiner«, entschied ich. »Wir lassen es einfach hier.«

»Ich bringe morgen Futter mit von unseren Hamstern.«

»Und ich besorge frischen Kaffee«, bot ich an.

»Es braucht frisches Wasser.«

Weber versorgte das Kaninchen mit Trinkbarem. Es sah ganz so aus, als wäre er nicht wild darauf, schnell nach Hause zu kommen. Ich war froh, daß ich keine Schwiegermutter hatte, die zu Hause auf mich wartete.

Als wir aus der Tür des Präsidiums traten, hörten wir es krachen. Irgend etwas explodierte über unseren Köpfen. Es wurde hell, und ein golden funkelnder Regen fiel in breitem Bogen vom Himmel.

»Feuerwerk im Park«, sagte Weber. »Da wollte ich heute auch hin mit den Kindern.«

Das Krachen wurde stärker.

»Ist Inga mit ihnen jetzt da?«

»Nein. Die Kinder wollten nicht. Ohne mich.«

Im Licht der herabfallenden Feuerwerkskörper sah die Stadt merkwürdig aus. Wie die Kulissen eines Horrorfilms. Rot aufleuchtende Straßenzüge, blaue Häuserreihen. Plötzlich war der Spuk vorbei.

»Was meinst du?« fragte er, nachdem wir eine Weile schweigend durch die nächtlichen Straßen gefahren waren. »Ist das ein Irrer? Wer veranstaltet so ein Schlachtfest und zersägt einen Menschen?«

»Vielleicht war das kein Mensch mehr für den, der es getan hat?«

»Was dann? Eine Schaufensterpuppe, die literweise Blut verliert? Der muß geblutet haben wie Sau.«

»Ich glaube nicht, daß wir nach einem Verrückten suchen müssen«, sagte ich. »Jeder ist zu allem fähig. Wenn er mit dem Rücken zur Wand steht und sich nicht mehr zu helfen weiß.«

Weber sah mich zweifelnd an. »Ich könnte so was nicht. Umbringen, ja, aber die Leiche zersägen. Pfui Teufel. Könntest du das?«

»Kommt darauf an«, antwortete ich ehrlich. »Vielleicht.«

»Das kannst du nicht ernst meinen.« Weber war entsetzt.

Er hatte ja keine Ahnung. Er hatte keine Freundin, die von einem Verrückten überfallen worden war. Er war nicht um drei Uhr nachts halb besinnungslos vor Angst durch die Nacht gerast. In der Phantasie habe ich den Kerl, der sie auf dem Gewissen hat, mehr als einmal in Einzelteile zerlegt. Und es hat mich einen Dreck interessiert, ob er dabei lebendig war oder schon tot.

»Vielleicht hast du recht«, sagte Weber, als er vor meiner Haustür hielt. »Ich weiß nicht, wozu ich fähig wäre, wenn jemand Inga und den Kindern ein Haar krümmte.«

13

Die Frau mit dem Strohhut blickte nach draußen, sah die Uferbäume vorbeifliegen und in der Mitte des Sees die Umrisse einer Insel. Die Sonne verschwand hinter einer Wolke. An den Seiten brachen Strahlen hervor. Sie guckte in die Wolke und blinzelte mit den Augen.

»Wir sind gleich da, Mirjam. Komm zu Mama.«

Mirjam setzte sich auf ihren Schoß.

Der Zug fuhr langsam über eine Brücke. Neben dem Zug rollten Autos, spazierten Fußgänger. Auf dem Wasser waren Tretboote und Segelboote mit weißen Segeln.

»Guck mal, Mama, Enten.«

Das kleine Mädchen lief ans Zugfenster. Eine Frau mit einer Plastiktüte stand auf einem Holzsteg und fütterte die Enten. Von allen Seiten kamen sie angeschwommen und fischten mit ihren Schnäbeln nach den Brocken, die die Frau ihnen zuwarf.

»Wir gehen auch Enten füttern.« Sie ging zu ihrer Tochter ans Fenster und zog spielerisch an den Zöpfen.

Der Zug passierte eine Bahnschranke, vor der Menschen in hellen Kleidern warteten, und fuhr in den Bahnhof ein.

»Wir sind da, Mirjam.«

In der Ladenzeile vor dem Bahnhof waren die Verkäuferinnen damit beschäftigt, die Stände mit dem Obst und den Postkarten vom Bordstein zu räumen. Vor einer Bäckerei stellte die Frau ihre Taschen ab. Gemeinsam mit ihrer Tochter betrat sie den Laden.

»Wir hätten gern altes Brot. Zum Entenfüttern.«

Der Mann mit der weißen Mütze musterte die Frau mit dem Strohhut, das Kleid mit den Knitterfalten, die Flecken mit den weißen Rändern. Als er das Mädchen mit der Babypuppe unter dem Arm sah, wurde er freundlicher.

»Ja, die Enten wollen halt auch was zu fressen haben.«

Er ging in eine Ecke des Ladens und füllte eine große Tüte mit Brötchen und Teilchen, die in einer Holzkiste lagen.

Die Frau öffnete ihr Portemonnaie.

»Lassen Sie ruhig, junge Frau. Das können Sie so kriegen. Das kostet nichts.«

»Danke«, sagte die Frau.

»Magst du so einen Berliner, kleines Fräulein?«

Der Mann zeigte auf einen Ball mit Zuckerguß. Das Mädchen nickte. Der Mann mit der weißen Mütze kam hinter der Theke hervor und legte den Berliner mit seiner weißen Serviette in die Hand des Mädchens.

»Wie sagt man, kleines Fräulein?«

Er stemmte seine Arme in die Seiten.

»Danke«, sagte das Mädchen und biß in den Berliner.

Im Hafen wimmelte es von Menschen. Ganze Horden von Touristen mit verbrannten Gesichtern kamen von den Schiffen und gingen zu den fahrbaren Ständen, an denen Eis, Getränke und Luftballons verkauft wurden. Die Frau machte einen Bogen um die bunten Stände. Sie stellte die Taschen ab und setzte sich mit ihrer Tochter auf eine Bank am Ufer. Zwischen den Fingern zerbrach sie das Brot aus der Tüte und legte es in die aufgehaltenen Hände ihrer Tochter. Das Mädchen warf es auf den Weg, sofort stürzten sich Möwen im Flug auf die Brotbrocken. Ein Entenpaar kam die Böschung vom See herauf und watschelte näher. Der See glänzte in der Abendsonne. Die Häuser auf der anderen Uferseite sahen aus wie Klötze aus einem Kinderbaukasten.

»Mama, mir ist kalt. Ich will nach Hause.«

Die Luft am See war frisch, nachdem die Sonne untergegangen war. Die Frau zog eine Kinderstrickjacke aus der Tasche.

»Ich will nach Hause.«

Sie knöpfte die Jacke zu und sah, daß die dünnen Beine mit einer Gänsehaut überzogen waren. Sie kramte nach einer langen Hose.

»Komm, Mirjam, wir ziehen dir Hosen an, dann wird es dir wärmer.«

»Ich will keine Hose. Ich will nach Hause.«

Das Mädchen preßte die Puppe an die Brust.

»Wir können nicht nach Hause.«

»Warum nicht?«

Die Frau faßte sich an den Hut und fühlte ein Klopfen unter dem Verband auf ihrer Stirn.

»Ich will nach Hause zu Papa.«

Der See war grau. Nebelschwaden stiegen auf. Die Frau sah wieder den Toten auf dem Boden liegen. Das Blut in seinem Gesicht. Ihr Kopf schmerzte. Der Tote mit dem blutigen Kopf war nicht irgendein Mann. Er war ihr Mann. Der Vater ihrer Tochter.

»Papa ist nicht zu Hause, er ist hier bei uns.«

Mirjam sah sich nach links und nach rechts um. Die Uferwege waren leer. Keine Menschen. Nur ein paar Möwen gingen darauf spazieren. Sie guckte unter die Bank.

»Er ist gar nicht hier«, sagte sie enttäuscht.

»Doch, er ist bei uns. Er kann uns sehen. Von da oben guckt er zu uns herunter.«

Mirjam legte den Kopf in den Nacken und sah in den Himmel, an dem ein runder Mond stand, durch den die Wolken zogen.

»Da oben«, staunte sie. »Da will ich auch hin.«

»Da kannst du nicht hin. Später kommst du da hin. Da kommen wir alle hin.«

»Warum weinst du denn, Mama?«

Das Mädchen setzte sich zu seiner Mutter auf die Bank und sah ihr ins Gesicht. Die Frau wischte die Tränen weg.

»Gehen wir heute nicht schlafen?«, fragte Mirjam.

»Bist du müde?«

Das Mädchen schüttelte den Kopf mit den blonden Zöpfen.

»Nathalie muß schlafen.« Sie packte die Puppe am Bein und zog sie von der Bank. »Wo schläft Nathalie?«

»Nathalie hat ein schönes Bett.«

Die Frau öffnete den Reißverschluß der Reisetasche und legte die Puppe hinein. Dann machte sie die Tasche so weit zu, daß nur noch der Kopf herausschaute.

»Gute Nacht, Nathalie.« Mirjam gab der Puppe einen Kuß.

»Ich will nicht schlafen.« Sie stieg auf die Bank, legte den Kopf in den Schoß der Frau und schaute nach oben. »Was machen wir, Mama?«

»Wir gehen zu den Enten.«

»Wo sind die Enten jetzt, Mama?« Mirjam drehte sich zur Seite und steckte den Daumen in den Mund.

»Die Enten sind jetzt auf der Enteninsel, da haben sie ihr Entenhaus.«

Die Frau sah, daß ihre Tochter die Augen schon zuhatte.

Leise sprach sie weiter.

»Abends gehen alle Enten zusammen in das Entenhaus, Mama Ente, Papa Ente und die Entenkinder. Und da sitzen sie dann, alle auf einem Fuß, und stecken ihre Schnäbel unter die Federn, wo es schön warm ist.«

Der kleine Mund stand offen, und die Brust hob und senkte sich in regelmäßigen Abständen. Vorsichtig griff die Frau in eine Tasche und zog einen großen Wollpullover daraus hervor. Sie legte ihn über die nackten Beine ihrer Tochter.

In dem Hotel hinter dem Ententeich gingen die Lichter an.

14

Die Zeiger der Normaluhr zeigten halb elf, als Weber mich vor der Haustür absetzte. Ich bildete mir ein, daß die Luft hier am Hafen weniger drückend war. Der Turm vom Hafenamt war beleuchtet. Die Santa Monika lag im Dunkeln an der Anlegestelle. Das Öl auf dem Wasser glänzte satt.

Erst jetzt merkte ich, daß ich seit dem Frühstück nichts Ordentliches gegesssen hatte. Bei Maria war noch was los. Das ›Athen‹ machte erst zu, wenn der letzte Gast ging oder die Kollegen von der Nachtstreife ihn an die frische Luft setzten. Vor der Theke stand eine Gang lärmender Teenager, die mit Strohhalmen ihre Coladosen leersaugten und auf ihre Pommes warteten. Ich winkte Maria zu, die gerade einen Korb mit Kartoffelschnipseln aus dem Öl fischte. Bei näherem Hinsehen stellte ich fest, daß meine feschen Teenies kaum älter als zwölf sein konnten. Ich beruhigte mich mit dem Gedanken, daß sie bei Maria gut aufgehoben waren. Besser als auf dem Straßenstrich oder dem Bahnhofsklo.

»Du hast sicher Durst. Alle haben Durst, heute.«

Maria stellte Mineralwasser, Retsina und zwei Gläser vor mich auf den Tisch.

»Willst du Moussaka?«

Ich schüttelte den Kopf.

»Nichts Warmes. Irgendwas Frisches.«

Ich lehnte mich im Stuhl zurück und streckte die Füße aus. Zwei Tische weiter fing ein Paar zu streiten an.

»Das machst du nicht«, schrie die Frau.

Eine Hand flog über den Tisch. Ein Glas zersplitterte auf dem Boden. Er hielt sich die Backe.

Es war wieder ruhig. Ich sah weg.

Auf einer griechischen Amphore stand ein Jüngling ratlos mit einem Apfel vor drei Frauen. Die runde Schale an der Wand gegenüber zeigte zwei Männer. Ein Mann mit Bart legte einem Jüngling ein Geschenk in die aufgehaltene Hand. Ich traute meinen Augen kaum. Das Geschenk war genau so ein Schlappohr, wie ich es auf meinem Schreibtisch stehen hatte.

Maria brachte ihren Vorspeisenteller. Gefüllte Weinblätter, Tomaten, Schafskäse und Auberginenmus. Knoblauchduft stieg mir in die Nase. Mit den Fingern angelte ich mir ein Weinblatt und schob es in den Mund.

Das Paar zahlte. Rote, hochhackige Schuhe und ein Hinterteil, das Weber ins Schwärmen gebracht hätte, stöckelten hinter einem Männerrücken mit Schweißflecken aus dem Lokal. Hoffentlich mußte sie ihre Ohrfeige zu Hause nicht teuer bezahlen.

Maria setzte sich zu mir an den Tisch.

»Wie geht es dir? Viel Arbeit?«

Ich nickte stumm und widmete mich den Resten auf meinem Teller. Mit einer Stoffserviette tupfte sie sich den Schweiß aus dem Dekolleté. Auch kein Vergnügen, bei dem Wetter an heißen Öltöpfen zu stehen.

»Was macht Jannis? Kommt er bald aus dem Krankenhaus?«

»Weißt du, wie lange es dauert?« Maria wischte sich den Hals von Schweiß frei. »Drei Monate wenigstens. Nur, weil sie ihm dieses Blut gegeben haben. Ärzte, pah«, Maria machte eine wegwerfende Bewegung. »Was passiert, wenn ich schlechtes Essen habe? Die Polizei kommt und schließt das ›Athen‹. Was passiert, wenn Ärzte schlechtes Blut geben? Nix passiert. Ist das richtig?«

Eine gefährliche Frage, die sie da stellte. Eine der Fragen, die einen fertigmachen konnten.

»Das Essen war toll.« Ich trank mein Weinglas aus.

»Paß auf, daß du nie ins Krankenhaus kommst«, riet sie mir.

»Ich gebe mir Mühe«, versprach ich ihr und legte ein paar Silbermünzen auf den Deckel.

»Was ist das?« Ich ging zur Wand und zeigte auf die Schale mit den zwei Männern und dem Kaninchen.

Maria warf kurz einen Blick auf die Schale.

»Ach, das«, sagte sie und stellte die Teller zusammen.

»Was ist das für ein Bild?«

»Männerliebe«, sagte sie abfällig, schnappte die Teller mit den Bestecken und trug sie zur Theke. Ich folgte ihr.

»Und das Kaninchen?«

»Männer in Griechenland sind wie Männer überall, machen Geschenke, wenn sie Liebe wollen.«

»Wieso ein Kaninchen?«

Maria räumte das Geschirr in die Spüle.

»Liebe von Männern«, belehrte sie mich. Sie sah mein Gesicht. »Du nix verstehen?«

Ich schüttelte den Kopf.

»Kaninchen machen Liebe wie Männer. Verstehst du?«

Es blieb nicht viel zu verstehen übrig. Sie hatte alles gesagt.

»Hast du Problem mit Mann, der Männer liebt?«

»Nein, nein. Es ist wegen des Kaninchens«, versicherte ich ihr. Maria blieb mißtrauisch.

»Dein Freund mit dem schnellen Auto. Er liebt Männer?«

»Nein.« Ich schüttelte den Kopf. Sie war nicht überzeugt.

»Nix gut für dich. So ein Mann.«

Mit dem feuchten Lappen polierte sie die Spüle.

»Es ist mein neuer Fall«, verriet ich ihr. »Da gibt es ein Kaninchen.«

Sie sah nicht so aus, als ob sie mir glaubte.

15

»Ihren Ausweis, bitte.«

Die Frau mit dem Strohhut machte die Augen auf. Die Taschenlampe blendete, sie kniff die Augen zusammen. Nach und nach gewöhnte sie sich an das Licht. Sie erkannte zwei Polizisten hinter der Taschenlampe. Einer von ihnen führte einen Schäferhund.

Fieberhaft überlegte sie, was sie tun sollte.

Mirjam schlug die Augen auf. Sie rieb sich die Augen.

»Wir sind gestern spät angekommen und haben kein Zimmer mehr bekommen.«

»Aha«, sagte der Polizist. »Wissen Sie, hier dürfen Sie nicht kampieren. Das ist nicht erlaubt.«

»Wir wollten ein Zimmer«, sagte sie. »Aber es war alles voll.«

»Im Sommer finden Sie kein Zimmer hier am Bodensee, wenn Sie nicht vorbestellt haben.«

Der Mann in der Uniform stellte die Taschenlampe ab. Die beiden Polizisten tuschelten miteinander.

»Warten Sie hier auf uns. Wir schauen, was sich machen läßt.«

»Mama, was wollen die Männer?«

»Das sind Polizisten.«

Weglaufen lohnt nicht, entschied sie.

»Wir haben etwas für Sie gefunden.«

Sie waren wieder da. Mitsamt dem Schäferhund.

»Gar nicht so weit. Eine kleine Pension. Da sind Sie gut aufgehoben.«

»Und teuer ist es auch nicht«, ergänzte der Kollege. »Am Zähringer Platz. Hier am See können Sie nicht bleiben.«

»Das ist sehr freundlich.«

Ihre Stimme klang nicht überzeugend.

»Wir bringen Sie zu den Taxis. Nicht, daß Ihnen hier noch etwas passiert.«

Die Polizisten nahmen die Taschen, und sie mußte mit Mirjam folgen.

Der Taxifahrer rollte die Zeitung zusammen.

»Zum Zähringer Platz in die Pension Stadelhofer wollen Sie noch so spät.«

Er stieg aus und lud die beiden Taschen in den Kofferraum. Mirjam kletterte auf den Rücksitz, und sie setzte sich zu ihr.

Die Polizisten standen am Straßenrand und warteten, bis das Taxi sich in Bewegung setzte. Der Polizist mit dem Schäferhund hob zum Abschied die Hand. Sie schaute weg.

Der Fahrer schaltete den Taxameter ein. Von hinten sah sie einen dunklen Pferdeschwanz, der mit einem Gummi gehalten wurde. Der Nagel des Daumens, der auf dem Lenkrad lag, hatte einen schwarzen Rand. Die leuchtenden Zahlen neben dem Lenkrad drehten sich. DM 5,60, 5,70, 5,80, 5,90, 6,00. Die Zahlen machten ihr Angst.

Das Taxi hielt auf einem leeren Platz, der nur spärlich beleuchtet war.

»Wir sind da«, sagte er. »Zähringer Platz 15, Pension Stadelhofer.«

Das Haus, vor dem sie hielten, lag im Dunkeln.

»Macht acht Mark und dreißig«, sagte er und stellte den Taxameter aus.

Er drehte sich zu ihr nach hinten.

»Acht Mark dreißig.«

Sie fühlte, wie ihr das Blut in die Wangen schoß.

»Ich habe nur noch zwei Mark«, sagte sie leise. »Zwei Mark zweiundfünfzig.«

»Und warum nehmen Sie dann ein Taxi?« fuhr er sie an.

»Ich wollte am See schlafen, und da kamen die Polizisten.«

»Was wollten Sie am See?«

»Auf einer Bank schlafen. Ich wußte nicht, daß das hier verboten ist.«

»Hauen Sie bloß ab«, sagte er. »Ehe ich mir's anders überlege.«

Er stellte die Taschen auf die Straße.

»Entschuldigen Sie, bitte. Das wollte ich nicht«, sagte sie.

»Ist schon in Ordnung.«

Er setzte sich in das Taxi. »Viel Glück.«

Sie ging am Haus Nummer 15 vorbei, den Platz hinunter. In manchen Häusern brannte Licht. Es konnte noch nicht so spät sein. Sie mußte wieder zum See hinunter. Einen Platz finden. Die Taschen lagen wie Blei in ihren Händen.

»Ist es noch weit, Mama?« fragte Mirjam.

Ein Auto hielt neben ihr.

Die Tür ging auf.

»Steigen Sie schon ein«, forderte der Taxifahrer sie auf.

»Ich kann Sie nicht bezahlen«, sagte sie und stellte die Taschen ab.

»Was Sie nicht sagen.« Der Mann mit dem Pferdeschwanz hielt die Wagentür auf.

16

Nach dem Ausflug in die besseren Wohnviertel freute ich mich, meinen Hausflur wiederzusehen. Die Blechbriefkästen mit den handgeschriebenen Namensschildern, das lila Fahrrad von der Studentin parterre, den Kinderwagen, den Frau Krause aus dem dritten als Einkaufswagen benutzte. Unter den Zetteln am Boden leuchtete mir das Einwickelpapier meiner liebsten Kaubonbons entgegen. Ich hob es auf, pulte den Aufkleber heraus und klebte ihn auf meinen Briefkasten. ›Da, wo ich bin, ist immer was los.‹ Das paßte.

Ich spurtete hoch in den zweiten. Keuchend schloß ich die Wohnungstür auf. Die Küche sah genauso aus, wie ich sie heute nachmittag verlassen hatte. Die Wandschränke offen, das Gewürzregal durcheinander, das Fett im Bratentopf gestockt. Er hatte alles stehen und liegen lassen und sich aus dem Staub gemacht. Die klassische Nummer. Die Tüten vor dem Eisschrank waren verschwunden. Ich schätzte, daß da der Wein drin war. Das nackte Kaninchen lag immer noch auf der Tortenplatte. Fünf Teile, die in Fleischsaft schwammen. Nicht mehr ganz so frisch wie vor ein paar Stunden. Ich deckte das Kaninchen mit einer Folie ab und stellte es in den Kühlschrank. Morgen früh wollte ich nicht als erstes über eine Leiche stolpern.

Ich riß sämtliche Fenster auf und stellte die Türen auf Durchzug. Dann knipste ich das Licht aus und setzte mich in meinen Lieblingsstuhl am Fenster. Heute nacht war der Himmel von einem tiefen Blau, wolkenlos mit vielen Sternen. Der Mond war eine in der Mitte zerbrochene Scheibe. Es sah aus, als wäre die andere Hälfte ins Wasser gefallen. Dort schwamm sie, umgeben von einer Vielzahl heller Punkte.

Ich brauche das, ab und zu nach oben zu gucken. Nicht nur am Boden zu kleben und im Dreck zu wühlen mit der Angst, darin zu versinken. Die großen Fenster sind das Beste an meiner Wohnung. Der Blick in einen weiten, offenen Himmel. Darunter das Wasser des Hafenbeckens, in dem sich der Himmel spiegelt. Die Brücke zum Hafenamt und die Santa Monika, die träge in den Wellen schaukelt. Selbst der Lärm der Autos, die auf der Schnellstraße zur Autobahn fahren, hat etwas Beruhigendes.

Auf der Uhr am Taxistand war es Viertel nach zwölf. Wenn ich morgen einigermaßen fit starten wollte, mußte ich ins Bett. Ich stellte mich unter die Dusche und wusch mir den Schweiß von der Haut. Mit kreisenden Bewegungen massierte ich den Nacken. Das tat gut. Anspannung setzt sich bei mir immer im Nacken fest. Auf nackten Füßen lief ich im Bademantel in die Küche. Ich machte den Kühlschrank auf und griff ins Gemüsefach. Da parke ich meine eiserne Weißweinreserve. Mit einem Glas, das angenehm kühl in der Hand lag, verzog ich mich noch einmal an meinen Platz am Fenster.

Jetzt konnte ich an die Plastikbeutel mit den Leichenteilen denken, ohne daß mein Magen rebellierte. Keine Leichenteile, korrigierte ich mich in Gedanken. Eine Leiche. Ein Mensch, der zu Lebzeiten vielleicht genauso in den Himmel geguckt hatte wie ich. Wer war der Mann? War es Klaus Pape, der glückliche Familienvater vom Foto? Und wenn er es war, warum mußte er sterben? Wer hatte sich die Mühe gemacht, seine Leiche zu zersägen und in ordentliche Tütchen gepackt auf Eis zu legen?

Ich nahm den Rest des Weins mit ans Bett. Das ist es, warum du diesen verdammten Job machst, ging es mir durch den Kopf. Du bist so verflucht neugierig. Du bist nicht eher zufrieden, bis du herausgefunden hast, was hinter der Fassade steckt. Wovon Menschen träumen, wovor sie Angst haben, wen sie lieben, wen sie hassen. Vielleicht bist du ja nur bei diesem Verein, weil du es nicht ertragen kannst, wenn eine Tür vor dir zugemacht wird.

Ich sah die dunkle Holztür mit dem getöpferten Türschild.

›Hier wohnen Klaus, Silke und Mirjam Pape.‹ Eine weißlackierte Tür, die sich rasselnd öffnet, nur so weit, wie die Metallkette es erlaubt. Und ich sah die Eingangstür des ›Athen‹ mit ihren schmuddeligen Glasscheiben und dem Plakat der Akropolis.

Mein letztes Bild vor dem Einschlafen war eine schwere alte Holztür. Die Tür meiner Kindheit. Nie wußte ich, was mich dahinter erwartete. Ich nahm Anlauf und rammte mit all meiner Kraft den rechten Fuß in die Tür. Holz krachte, und die Tür brach auf. An einem runden Tisch saßen meine Mutter, mein Kaninchenkoch und Weber. Sie spielten zusammen Karten. Meine Mutter hatte ein Kaninchenfell um den Hals liegen. Die vier Pfoten des Tieres waren über ihrem Busen verschränkt, und sie lachte hysterisch.

Weber zog ein Kaninchen aus einem Zylinder, packte es am Nacken und ließ es baumeln. Ergeben streckte es die Pfoten. Mein Liebhaber zückte ein Messer und schlitzte dem Kaninchen den Bauch auf. Es zeterte jämmerlich. Hinter dem Tisch stand Frau Wessel und hielt sich entsetzt an ihrer Perlenkette fest. Die Kette riß, und sämtliche Perlen kullerten auf den Boden.

17

Das Taxi fuhr langsamer, hielt an. Der Mann mit dem Pferdeschwanz drehte den Kopf nach hinten. Er warf einen Blick auf das Mädchen, das zusammengerollt auf dem Rücksitz lag und schlief.

»Ich bin gleich wieder da«, sagte er leise.

Fast lautlos ging die Tür auf. Er verschwand in der Dunkelheit. Die Frau setzte ihren Strohhut ab.

Er kam zurück, zog die Tür vorsichtig zu und löste die Handbremse. Der Wagen rollte an einem rotweißen Schlagbaum vorbei. Sie beugte sich nach vorn und sah über die Kopfstütze des Beifahrersitzes nach draußen. Die Scheinwerfer leuchteten auf Asphalt am Boden. Sonst war nichts zu erkennen. Schwarz und undurchdringbar stand die Nacht vor der Scheibe.

Der Wagen bog nach rechts, stoppte und rollte nach hinten. Sie drehte sich um. Die Rücklichter warfen ihr Licht auf ein stramm gespanntes Drahtseil. Hinter dem Seil erkannte sie die Vorderfront eines VW-Busses, der mit einem Regenbogen bemalt war.

»Wir sind da.«

Der Mann mit dem Pferdeschwanz zog den Schlüssel aus dem Schloß, sammelte Zeitungen vom Boden, stopfte sie in einen Beutel und stieg aus.

»Na, was ist?« Er hielt die Hintertür auf. »Brauchen Sie eine Extraeinladung?«

Das kleine Mädchen stöhnte im Schlaf.

»Ich will sie nicht wecken«, flüsterte sie dem Mann zu, der sich zu ihr in den Wagen beugte.

»Das brauchen Sie nicht. Kommen Sie, wir holen die Kleine rein, wenn wir das Bett gemacht haben.«

Sie sah im Licht der Autoleuchte ein gelbes Männergesicht, auf dem sich Schatten zeigten. Stoppeln, die sich durch die Haut fraßen.

»Was ist jetzt?« fragte der Mann.

Sie blickte auf die Bartstoppeln und fühlte Panik in sich aufsteigen.

»Ich lasse meine Tochter nicht allein.«

»Wie Sie wollen.«

Das Gesicht mit den Bartstoppeln verschwand aus der Tür.

»Gute Nacht.« Er schlug die Tür zu.

Das schlafende Mädchen zuckte zusammen und streckte ein Bein. Die Frau strich über den Rücken. Unter ihrer Hand fühlte sie den Körper des Kindes ruhig weiteratmen. Sie entspannte sich und schloß die Augen. Solange sie bei ihrer Tochter war, war alles gut.

18

Egal, wann mein Wecker schellt, er schellt immer zu früh. Eine samtige Stimme aus dem Radio verriet mir, daß heute Sonntag, der vierzehnte Juli, war. Das Wetter etwas kühler als am Vortag, Höchsttemperaturen 22 bis 25 Grad, mäßiger Wind, am Nachmittag vereinzelte Schauer. Mir sollte es recht sein, wenn die Hitze nachließ. Ich streckte mich ein letztes Mal unter der Decke.

Ein kurzer Blick in die Küche reichte. Ich machte die Tür wieder zu. So früh am Morgen war ich dem Chaos nicht gewachsen. Den Morgenkaffee konnte ich im Büro kochen, da war es eine Spur weniger chaotisch. Bis die Jungs von der Presse kamen, war Zeit satt. Gähnend griff ich mir einen meiner gediegeneren Fummel und verschwand im Bad.

Der vergangene Tag war nicht spurlos an mir vorübergegangen. Das Gesicht im Spiegel war schmal und blaß. Ein paar Farbtupfer setzen war das mindeste, was ich tun konnte. Für mich und den Rest der Welt. Ich malte die Lippen an und rahmte die Augen grün. Das war's schon, aber es wirkte Wunder.

Vor der Tür war es angenehm frisch. Halb acht. Kaum ein Mensch unterwegs. Nur der Wachmann aus dem Ölladen lief mit seinem Schäferhund über den Parkplatz, und eine Frau in einem rosa Jogginganzug drehte am Hafenbecken ihre Runde. Eine Möwe stolzierte quer über die freie Fahrbahn. Kollegen von ihr saßen in einem leeren Müllcontainer direkt vor meiner Haustür. Der Rest der Bande sonnte sich auf dem Brückengeländer. Die Santa Monika lag an der Anlegestelle. Ich nahm mir fest vor, am nächsten freien Sonntag mit ihr einen Ausflug zu machen.

Mein Golf stand auf seinem Superparkplatz unter der Kastanie, ein paar Schritte von der Haustür entfernt. In die Staubschicht auf der Heckscheibe hatte jemand DU SAU geschrieben. Das sah nicht so aus, als ob es persönlich gemeint wäre. Ich hatte schon ganz andere Botschaften an meinem Auto gefunden.

Über sonntäglich freie Straßen rollte ich in Richtung Präsidium. Ich schaltete das Radio ein, muntere Morgenmelodien. In der Pause zwischen zwei Stücken übernahm eine männliche Stimme die Rolle des Muntermachers. Sie machte mir klar, wie gut ich es hatte. Hier und heute auf deutschem Staatsgebiet zu weilen. Anderenorts war mit dem Schlimmsten zu rechnen. Zum Beispiel in Italien. Eine deutsche Touristin war mit ihrem Sohn in den italienischen Alpen herumgeklettert und prompt in eine Gletscherspalte gefallen. Dort war sie samt Sohn jämmerlich erfroren. Das reichte. Ich drehte dem Typen die Luft ab. Was war das für eine schräge Botschaft, die da durch den Äther geschickt wurde? Bleibt im Lande und nähret euch redlich! Geht bloß nicht ins Ausland, da fällt euch der Himmel auf den Kopf!

Hinter der Unterführung war die Auffahrt zu meiner Tankstelle. Hier gab es alles, was ein Single fürs Überleben braucht. Zeitungen, Drinks, Tabak, Eßbares in Tüten und Dosen. Vierundzwanzig Stunden am Tag. Und Benzin natürlich. Heute früh war ich die einzige Kundin. Freie Auswahl an sämtlichen Zapfsäulen. Mittwoch begannen die großen Ferien. Ich parkte meinen Golf vor einer Säule mit Bleifreiem und hängte den Schlauch in den Tank. Die Zahlen auf der Säule rotierten munter.

Mir ging der Typ aus dem Radio nicht aus dem Kopf. Ich würde lieber in einer Gletscherspalte mein Leben aushauchen, als hier von irgendeinem Verrückten umgenietet zu werden. Vor ein paar Tagen hatte ich die Bekanntschaft eines netten älteren Herrn gemacht, der vom Fenster seiner Wohnung mit einer Schrotflinte auf spielende Kinder zielte. Es war zwar keine scharfe Munition, mit der er rumballerte, aber die wäre ihm zweifellos lieber gewesen. Ich mußte die Tür eintreten, eh' ich ihn von seinem Kissen auf der Fensterbank trennen konnte. Mein aktueller Fall stimmte auch nicht fröhlicher.

Der Tank war voll. Ich ging zum Zahlen. Nach zweimaligem Klingeln erschien ein Mann mit blauer Schirmmütze am Schalter. Mir fiel ein, daß ich versprochen hatte, Kaffee zu besorgen. Ich schickte meine Bestellung durch die runde Scheibe und legte einen Schein in die Klappe. Der Mann verschwand zwischen den Regalen hinter den Reifenstapeln. Nach einer Weile tauchte er wieder auf, legte den Kaffee, die Milch und den Würfelzucker zusammen mit dem Wechselgeld in das Metallfach und schob alles zu mir durch.

Das Einkaufen in den Tankstellen war auch mal anders. Freier Zugang zum Verkaufsraum zu jeder Uhrzeit. Das war einmal. Als es bei uns in der Stadt noch fünf Drogentote im Jahr gab und nicht zweihundert wie heute, mit der entsprechenden Beschaffungskriminalität. Ich warf den Kaffeekram auf den Beifahrersitz und machte, daß ich fortkam. Zu viele trübe Gedanken an diesem verdammten Morgen.

»Morgen, Frau Kommissar.«

»Morgen, Herr Naujocks.«

Der Portier widmete sich wieder seiner Lektüre. Ich sprang in den Paternoster und fuhr nach oben. Als ich das Kaninchen auf meinem Schreibtisch friedlich sein Heu mümmeln sah, ging es mir gleich besser. Irgendwie erfreulich so ein Grashalm, der kürzer wird, bis er in einem weichen grauen Maul verschwindet.

Ich stürzte mich auf die Kaffeemaschine. Solange das Wasser durchlief, beobachtete ich das Kaninchen. Es machte einen ausgesprochen zufriedenen Eindruck, wie es da saß und sich genießerisch einen zweiten Grashalm zwischen die Lippen zog. Wie ein Buddha saß es in seinem Käfig, friedlich mümmelnd.

Ich setzte mich an die Maschine. Auf den Einzug der Computertechnik warte ich seit Jahren vergebens. Immerhin ist es mir gelungen, eine elektrische Schreibmaschine an Land zu ziehen. Viele Kollegen müssen noch auf alten mechanischen rumhacken. Die meiste Zeit drücke ich mich vor dem Schreibkram, und Weber übernimmt die Routineberichte. Aber Presse ist mein Ressort. Er ist in der Darstellung unserer Arbeit einfach zu bescheiden.

Das Telefon schellte. Das Kaninchen fuhr zusammen, ein Stummel von einem Grashalm fiel aus seinem Maul auf den Boden. Es duckte sich und legte die Ohren an.

»Beate Stein, 1. Kommissariat.«

»Halt dich fest, Bea. Die Identität unserer Leiche ist eindeutig geklärt.«

Ich liebe Erfolgsmeldungen am Morgen.

»Es ist der Ehemann des Engels. Klaus Pape, Arneckestraße fünfzehn, wie wir vermutet haben.«

»Der Zahnarzt?«

»Bingo. Er brauchte nur einen Blick auf das Gebiß zu werfen. Die einzelnen Teile, meine ich. Er hat sie sofort erkannt. Totalsanierung.«

»Gute Arbeit. Mußtest du ihn aus dem Bett holen?«

»Aus dem Bett? Du lebst wohl hinter dem Mond. Dynamische Mittfünfziger tun was für ihre Form. Um acht hatte er das Tagesprogramm schon hinter sich. Schwimmen, Joggen und Trockenrudern.«

»Nützt es was?« wollte ich wissen.

»Ich glaube nicht«, meinte Weber. »Er sah ziemlich fertig aus.«

Die Tür ging auf. Eine stattliche Kugel in hellem Anzug mit Papageienkrawatte kam zum Schreibtisch gerollt. Kriminalrat Heinze, unser Dienststellenleiter. Er sah nicht aus, als hätte er eine angenehme Nacht verbracht. Er sieht nie aus, als hätte er eine angenehme Nacht verbracht. Die Tage laufen für ihn besser. Da kann er uns das Leben schwermachen.

»Sind wir hier in der Bronx?« wetterte er. »Haben wir schon amerikanische Zustände? Horden, die mordend durch die Straßen ziehen, unbescholtene Bürger zerstückeln und in Gefrierschränke legen?«

Das war die Art von Sprüchen, mit denen er Karriere gemacht hatte. Rückgrat hatte er keins. Aber seine Sprüche konnten sich sehen lassen.

»Wissen Sie schon, wer es war?« fragte er forsch.

»Die Leiche, meinen Sie?« stoppte ich ihn.

»Wollen Sie mich verarschen?«

Die Frage war klar formuliert. Die Antwort überließ ich seinem Scharfsinn.

»Wir waren bisher vollauf damit beschäftigt, die Identität der Leiche zu klären.«

»Wieso müßt ihr erst noch herausfinden, wer es ist?« bellte er.

»Es waren keine Etiketten auf den Tütchen mit Namen oder Einfrierdatum. Den Gefallen hat der Täter uns nicht getan.«

»Wir brauchen Erfolgsmeldungen für die Presse. Um zehn stehen die auf der Matte.« Er sah auf die Uhr. »In zwanzig Minuten.«

»Wenn Sie mich nicht stören würden, wäre ich schon fertig«, sagte ich freundlich.

»So, so. Na, dann machen Sie mal. Aber eins sage ich Ihnen, wenn das in die Hose geht, haben Sie den Fall die längste Zeit bearbeitet.«

Das ist das, was Heinze unter Motivation seiner Mitarbeiter versteht. Kein Wunder, daß die Polizei Nachwuchssorgen hat.

»Was ist das denn?« Heinze war nicht entgangen, daß auf dem Schreibtisch seiner Mitarbeiter ein sachfremder Gegenstand Aufstellung gefunden hatte.

»Unser wichtigster Zeuge«, verriet ich ihm.

»Werden Sie bloß nicht frech, Frollein.«

Unter vier Augen tut er sich keinen Zwang an.

Humor hat er nicht, und Frauen bei der Kripo hält er für etwa so überflüssig wie Bernhardiner in der Wüste.

19

Ich fotokopierte die Pressemitteilung, als Weber den Gang runterkam. Er trug eine helle Hose mit Bundfalte, ein sandfarbenes Hemd und unter dem Bauchansatz einen Gürtel, für den ein Schuppentier sein Leben gelassen hatte. Ich konnte es kaum glauben. Eine Bundfalte hatte ich noch nicht an ihm gesehen. Von einem Krokogürtel ganz zu schweigen.

»Hast du dir das ausgesucht?«

»Mehr oder weniger.« Er verzog gequält das Gesicht. »Der Zahnarzt war sehr angetan. Er hat mich gefragt, wo ich meine ›Garderobe‹ kaufe.«

»Gutgekleideten Männern steht die Welt offen«, tröstete ich ihn. »Du mußt nicht gleich das erstbeste Angebot annehmen.«

Es gelang mir nicht, ihm ein Lächeln zu entlocken. Ich drückte ihm eine Kopie der Pressemitteilung in die Hand. Meine kreative Zeichensetzung besserte seine Laune augenblicklich.

»Ein Komma zuviel, drei Kommas zuwenig.«

Ich legte die restlichen Blätter auf den Kopierer. Zufrieden verteilte er seine Kommas.

»Im Zoo?« fragte er.

Ich nickte.

Zusammen fuhren wir hoch in die siebte Etage. Hier residiert die Presse- und Informationsabteilung, auf allen anderen Etagen nur als ›der Zoo‹ bekannt. Die Aussicht über die Dächer war traumhaft.

»Jetzt können wir denen wenigstens was verkaufen.«

Er war zu Recht stolz auf die Ausbeute seines Besuchs beim Zahnarzt.

»Darauf kannst du dich verlassen«, ich hielt den Daumen hoch.

Im kleinen Sitzungssaal war alles vorbereitet. Der Tisch mit den Mikros vorn, die gepolsterten Stühle für die Gäste, die Thermoskannen mit den Tassen an der Seite. Pohlmann, der kleine König im Zoo, war mit Kriminalrat Heinze in ein Tête-à-tête vertieft. Seine Sekretärin faltete weiße Servietten. Ich verteilte das Blatt, das ich vorbereitet hatte. Sie lasen stumm.

»Besser als nichts.«

Ein größeres Kompliment hatte Heinze nicht in seinem Programm.

»Das gibt ja was her«, stellte Pohlmann erleichtert fest.

»Haben Sie ein Bild für die Fahndung?« fragte er.

Ich reichte ihm einen braunen DIN-A5-Umschlag mit dem Familienporträt, das ich aus dem Silberrahmen befreit hatte. Pohlmann gab den Umschlag an seine Sekretärin weiter.

»Ein Dutzend. So schnell wie möglich. Ich verlasse mich auf Sie.«

Die Tür ging auf, und Kollege Kerner erschien mit dem gewohnt mürrischen Gesicht. Es war Zeit, daß er Karriere machte. Aber nicht auf meine Kosten. Heinze steuerte auf Kerner zu und legte ihm jovial den Arm um die Schulter. Ich brauchte nicht viel Phantasie, um mir vorzustellen, was die beiden da ausheckten. Die eleganteste Art, mir ein Messer in den Rücken zu rammen.

Die ersten Presseleute trudelten ein. Pohlmann stürzte sich auf sie und verteilte meine Zettel. Ich nahm mir eine Tasse Kaffee und verzog mich mit meinem Kollegen ans Fenster. Der Kaffee schmeckte wie Spülwasser. Weber stieß mich an. Heinze war mit Kerner im Anmarsch.

»Frau Kollegin«, begann er leutselig.

Zuviel Schleim. Ein ganz schlechtes Zeichen.

»Ich möchte Ihnen zur Unterstützung den Kollegen Kerner an die Seite stellen.«

Hatte ich es doch geahnt.

»Ich brauche keine Unterstützung.«

»Der Fall ist kompliziert. Da können Sie jede Unterstützung brauchen. Seien Sie nicht störrisch.«

»Ich komme bestens klar, die Ermittlungen laufen auf vollen Touren. Wir haben erste Erfolge.«

»Sie brauchen Hilfe.« Jetzt spielte er den starken Mann.
»Ich wüßte nicht, wobei«, sagte ich kühl.
»Sie wissen, daß ich Ihnen den Fall jederzeit abnehmen kann?«
Er war bei den Drohungen gelandet.
»Warum sollten Sie?« fragte ich erstaunt. »Sie können sich freuen, daß Kollege Kerner frei bleibt für andere wichtige Arbeiten, die auch getan sein wollen.«
»Hören Sie zu, junge Frau.« Heinze zog ein Taschentuch aus der Tasche seines Sakkos und wischte sich damit die Stirn ab. Kerner guckte ausdruckslos an mir vorbei.
»Sie behalten den Fall. Fürs erste.«
Kerner war draußen. Meine Stimmung stieg.
»Aber sobald Sie einen Fehler machen, sind Sie den Fall los. Haben wir uns verstanden?« Er drehte sich um. Kerner folgte ihm auf dem Fuß.
Pohlmann sammelte seine Schafe. Ich nahm mit Weber vorn am Tisch Platz. Heinze riß sich von einer vollbusigen Rothaarigen los und gesellte sich zu uns. Die Rothaarige suchte einen Platz neben einem Kollegen.
Ich sah mir an, wer gekommen war. Der übliche schlaffe Haufen. Bis auf die Rothaarige mit den lila Fingernägeln und einen Typ, den ich bisher noch nicht getroffen hatte. Ein braungebrannter Schwarzeneggerverschnitt, der mich dreist mit seinen Blicken abgrapschte.
»Meine Dame, meine Herren«, Pohlmann lächelte der Rothaarigen zu. »Wir haben Sie geladen, um Ihnen den neuesten Stand der Ermittlungen in einem ganz ungewöhnlichen Fall zu präsentieren. Ich darf Ihnen Kriminalrat Heinze hier an meiner Seite vorstellen, den Sie alle kennen, und die Dame, die die Ermittlungen leitet, Frau Kriminalkommissar Stein, hier zu meiner Linken in Begleitung ihres Kollegen, Kriminalkommissar Weber.«
Pohlmann hörte nicht auf zu lächeln.
»Vielleicht lesen Sie zuerst die Pressemitteilung, die wir für Sie vorbereitet haben, und stellen anschließend Ihre Fragen.«
»Hat es einen ähnlichen, ähm, Fall, schon einmal in unserer Stadt gegeben?«
Der dienstälteste Pressemann war es sich schuldig, die Frage-

stunde einzuläuten. Er hustete und schob sich eine Pille zwischen die Lippen.

»So etwas hat es bisher bei uns noch nicht gegeben.« Heinze blähte die Backen. »Das ist Neuland.«

»Um so erstaunlicher, wie schnell Sie die Identität des Opfers festgestellt haben. Eine erstklassige Leistung, kriminaltechnisch. Oder sehe ich das falsch? Ich habe lange in München gearbeitet. Da gab es einmal einen ähnlichen Fall. Es hat Wochen gedauert, bis die Identität des Opfers feststand.«

Das war Arnold. Er bleckte die Zähne. Die reinste Anmache. Heinze lächelte gequält.

»Nun, mit unserer Frau Kommissar Stein haben wir auch eine ganz besonders qualifizierte Mitarbeiterin, die den Fall bearbeitet.«

Weber grinste. Ich gönnte Schwarzenegger einen Blick aus meinen grünen Augen. Den hatte er sich verdient.

»Sie haben die Identität des Opfers innerhalb von vierundzwanzig Stunden ermittelt«, nahm der Gesundheitsfreak mit Bart den Faden auf. »Haben Sie schon eine Vermutung, wer der Täter sein könnte?«

Hier mußte er passen. Heinze gab das Wort an mich weiter.

»Wir haben mehr als nur eine Vermutung.« Ich lächelte geheimnisvoll.

Der blonde Jüngling mit dem zarten Flaum auf den Backen warf sich auf den Brocken, den ich hingeworfen hatte.

»Können Sie schon konkrete Angaben zum mutmaßlichen Täter machen?«

»Meine Herren«, ermahnte ich sie.

Die Rothaarige hatte bisher kein Wort gesagt. Nur den Rand ihrer Kaffeetasse mit Lippenstift dekoriert.

»Sie wissen doch, niemand ist schuldig, bevor es nicht hundertzwanzigprozentig erwiesen ist. Vorher hören Sie von mir kein Wort.«

Die Rothaarige setzte die Tasse ab.

»Kann ich schreiben, daß Sie schon auf einer heißen Spur sind?«

»Absolut«, versicherte ich ihr. »Ich gehe davon aus, daß wir den Fall innerhalb kürzester Zeit gelöst haben werden.«

Weber verschluckte sich an seinem Mineralwasser. Pohlmann und Heinze sahen aus, als würden ihnen die Augen aus dem Kopf fallen. Kerner war am besten. Er brauchte künstliche Beatmung, um sich von dem Schock zu erholen.

»In einem Punkt benötigen wir Ihre Hilfe. Wir müssen in Erfahrung bringen, wo die Frau und die Tochter des Opfers sich zur Zeit befinden. Die Fahndung wird bundesweit eingeleitet. Sie können uns dabei unterstützen.«

Dieser Satz wirkte wie Dynamit auf die Presseleute. Kugelschreiber schabten über Papier. Selbst Schwarzenegger balancierte ein Schreibgerät zwischen den Fingern.

»Halten Sie es für möglich, daß die Frau oder die Tochter als Täter in Frage kommen?«

»Meine Dame, meine Herren«, ich legte eine kalkulierte Pause ein und fuhr bewußt leise fort. »Bisher fragen wir uns erst einmal, ob sie überhaupt noch am Leben sind.«

Jetzt sah Pohlmann seine Chance, aktiv ins Geschehen einzugreifen.

»Wir haben für Sie Abzüge vorbereitet, die Ihnen sofort zur Verfügung gestellt werden.«

»Was machen die Unifälle? Sind Sie da inzwischen weitergekommen?«

Heinze wurde nicht weiß, er wurde grün. Die Typen von der Szenezeitung langten voll zu. Die Morde an den jungen Studentinnen zogen üble Kreise. Man munkelte, daß bereits der Regierungspräsident eingeschaltet war. Eine junge Frau hatte Aussagen gemacht, die den Sohn eines Kollegen belasteten. Es war nur eine Frage der Zeit, bis die Bombe platzte.

»Sie haben doch bestimmt heute die Sonntagszeitungen gelesen«, packte ich die Anwesenden bei ihrer professionellen Ehre.

Keiner wagte zu dementieren.

»Da werden Sie von dem sensationellen Erfolg der Kollegen in Kassel gelesen haben. In einem extrem schwierigen Fall.«

Kein Widerspruch regte sich.

»Sehen Sie, die Polizei ist viel besser als ihr Ruf. Das könnten Sie ruhig auch einmal in Ihren Blättern anklingen lassen.«

Heinze sah mich verblüfft an. Die Tür ging auf. Die Sekretärin von Pohlmann erschien und verteilte die Fotos der Familie Pape unter der gierigen Meute.

»Wir halten Sie selbstverständlich über den Stand der Ermittlungen im Fall Pape auf dem laufenden.«

Pohlmann mit seinem Schlußwort.

Die Rothaarige nutzte die allgemeine Aufbruchsstimmung, um sich an Heinze heranzumachen. Sie würde es noch weit bringen. Mit sicherem Blick hatte sie den Mann mit den besten Verbindungen herausgepickt.

Schwarzenegger kam in knallengen Jeans und einem T-Shirt, unter dem die Muskeln spielten, auf mich zugewalzt. Ich steh' nicht auf Muskeln. Die ironische Linie um seine Mundwinkel hatte mehr Chancen.

»Hi«, sagte er.

»Hi«, sagte ich.

Er legte eine Karte auf den Tisch. Es war eine Werbung der Bundespost. Ruf doch mal an. Mit einer Telefonnummer.

»Probieren Sie es mal.« Weg war er.

»Was hat der dir denn gegeben?« fragte Weber neugierig.

»Eine Werbung für seinen Fitneßclub. Er glaubt, aus mir kann noch viel werden.«

»Bodybuilding?«

»Bodybuilding«, bestätigte ich.

An der Tür nach draußen stellte mich Heinze.

»Was für einen Fall haben Sie denn da gemeint in Kassel?«

»Herr Heinze, Sie nehmen mich auf den Arm. Den kennt doch jeder... Fragen Sie Kerner, wenn Sie mir nicht glauben.«

Heinze steuerte auf Kerner zu, der bei Pohlmann Punkte sammelte und die Tassen zusammenräumte. Er tat mir fast schon wieder leid.

»Was für ein Fall ist das denn in Kassel?« wollte Weber wissen, als wir in dem Holzkäfig nach unten schwebten.

»Es gibt keinen Fall in Kassel.«

»Nee«, sagte Weber ungläubig.

»Doch«, versicherte ich ihm. »Regel Nummer eins. Eine freche Lüge ist besser als eine schwache Behauptung.«

»Du bist echt cool.«

»Ich tu', was ich kann«, sagte ich bescheiden.

Ich kenne mehr als eine Kollegin, die Magenkrämpfe kriegt, wenn sie morgens zur Arbeit geht, und Heulkrämpfe, wenn sie abends nach Hause kommt. Alles nur wegen dieser verdammten Machos in unserem Verein, die nicht ertragen können, wenn eine Frau besser ist als sie.

Eins habe ich mir geschworen. Mich kriegen die nie.

20

»Und jetzt?« fragte Weber, als wir in den Gang zu unseren Büros einbogen.

»Erst mal einen ordentlichen Kaffee. Nach dem Spülwasser. Ich hab' uns frischen mitgebracht.«

»Mensch«, Weber haute sich an die Stirn. »Ich hab' das Futter für den Nagezahn vergessen. Bin sofort zurück.«

Er machte auf dem Absatz kehrt.

Noch war das Kaninchen nicht verhungert. Es knabberte an seinen Käfigstangen.

Weber kam mit einer Plastiktüte voll Körnern in der Hand zurück. »Fertigmischfutter«, erklärte er, als er das Zeug in den Steinnapf rieseln ließ.

Für meine Ohren hörte sich das nicht sehr verlockend an. Das Kaninchen war anderer Meinung. Es war im Nu am Napf, grub seine Vorderpfoten in die Körner und mampfte los.

Ich servierte den Kaffee.

»Wir wissen jetzt, wer der Tote ist«, eröffnete er das Gespräch.

»Verheirateter Herr aus besten Verhältnissen mit einem blonden Engel von einer Frau und einer kleinen Tochter«, faßte ich zusammen.

»Es gibt keine Engel«, orakelte Weber.

»Nur tote Frauen sind Engel«, stimmte ich zu. »Hoffentlich ist sie keiner. Sonst haben wir bald die zweite Leiche.«

»Wenn sie kein Engel ist, was ist sie dann?« fragte er.

»Und vor allem, wo ist sie? Warum ist sie mitsamt ihrer Tochter verschwunden?« erweiterte ich den Katalog der Fragen.

»Glaubst du, daß sie es gewesen sein könnte?«

Ich zuckte die Achseln.

»Daß sie nicht da ist, heißt noch lange nicht, daß sie ihn umgebracht hat. Wir haben bisher nicht die Spur eines Motivs.«

»Damit hab' ich keine Schwierigkeiten», sagte Weber. »Er sperrte sie ein aus Eifersucht. Er verprügelte sie jedesmal, wenn er getrunken hatte. Er fand heraus, daß sie ihn mit seinem besten Freund betrog. Und so weiter, und so weiter.«

»Ein Bild von einem Mann«, bemerkte ich trocken.

»Ich kenne die Männer.« Das klang fast melancholisch. »Bin ja vom gleichen Klub.«

Manchmal ist mir Weber direkt sympathisch.

»Ich schlage vor, daß wir als erstes noch mal mit ihren Eltern reden. Und dann das Übliche, die ganze Mühle. Freunde, Verwandte, Arbeitskollegen. Du hängst dich an die Leiche. Von wegen der Verwandtschaft, als Mann und so weiter. Ich übernehme sie. Ihre Freundinnen, die Schwester und wer mir sonst noch über den Weg läuft.«

»Auf zu den Schwiegereltern.« Ein Wort, bei dem die Haut auf Webers Stirn sich in häßliche Runzeln legte.

»Ist sie so schlimm?« fragte ich ihn.

»Wer?«

»Na, deine Schwiegermutter.«

»Wie kommst du denn darauf? Sie ist ein Schatz, kocht, putzt, räumt unsere Schränke um, und alles, ohne daß wir sie darum gebeten hätten. Und berät mich in Kleiderfragen.«

»Wann fährt sie wieder los?«

Er zuckte hilflos mit den Schultern.

Ich hatte nicht das Gefühl, daß ich als Single wesentliche Dinge verpaßte. Einen Ehemann, der mich einsperrte, zum Beispiel, oder eine Schwiegermutter, die mir die Küche durcheinanderbrachte. Die Rolle war mit meinem Kaninchenkoch wesentlich erfreulicher besetzt.

Wir packten unsere Sachen. Von der Tür aus sah ich, daß das Kaninchen munter weiter in den Körnern wühlte. Es schien seine Familie nicht zu vermissen. Wer braucht schon eine Familie, damit es ihm richtig gutgeht?

21

Wir liefen an aufrechten Gladiolen vorbei, der cremefarbenen Sprechanlage entgegen. ›Wessel‹, die zweite Türschelle von unten, wie gehabt. Weber nahm vor dem Mikro Aufstellung.

»Hallo?« Eine Frauenstimme.

»Guten Tag, gnädige Frau. Es tut uns leid, daß wir Sie noch einmal belästigen müssen.«

Ich verdrehte die Augen.

»Wer spricht da?«

»Kommissar Weber. Kriminalpolizei. Wir müssen Sie dringend noch einmal sprechen.«

»Worum geht es?«

»Das möchte ich ungern hier sagen.«

Die Tür summte. Ich deutete wortlos auf die glänzende Oberfläche des Blumenbänkchens auf der halben Treppe. Auch am Sonntag ließ Frau Wessel dem Staub keine Chance.

Diesmal verzichtete sie darauf, die Kette vorzulegen.

»Kommen Sie herein«, sagte sie und führte uns schnurstracks zu den grünen Polstermöbeln.

Durch die Tür zog der Geruch eines klassischen Sonntagsbratens. Ich tippte auf Schmorbraten mit Zwiebeln. Das Wasser lief mir im Mund zusammen. Außer ein paar trockenen Keksen hatte ich noch nichts gegessen.

»Was gibt es Neues?«

Heute trug sie einen weißen Faltenrock und eine blau-weiß gestreifte Bluse mit langen Ärmeln. Und natürlich die Perlenkette. Damit ging sie bestimmt ins Bett. Hochgeschlossenes Nachthemd und Perlenkette.

»Frau Wessel«, ich überlegte, wie ich es ihr beibringen sollte, und entschied mich für die direkte Methode.

»Ihr Schwiegersohn ist tot.«

Sie griff nach ihrer Kette.

»Ein Verkehrsunfall?«

Ich schüttelte den Kopf.

»Er war die Leiche, die wir zerstückelt im Gefrierschrank in der Arneckestraße gefunden haben.«

Weber sah mich vorwurfsvoll an. Das war wohl nicht einfühlsam genug.

»Mein Gott«, sagte sie. Ihre Finger krampften sich um die Perlen. »Aber, warum?« fragte sie. »Warum? Wissen Sie das schon?«

»Nein. Deshalb sind wir hier, weil wir mehr über Ihren Schwiegersohn erfahren wollen.«

Sie ließ die Perlen los.

»Er war überall beliebt. Da können Sie fragen, wen Sie wollen. Und er vergötterte meine Tochter und mein Enkelkind. Er hätte alles für sie getan.«

Mein Kollege räusperte sich.

»Es gab da einen beträchtlichen Altersunterschied zwischen Ihrer Tochter und Ihrem Schwiegersohn.«

»Es war eine Liebesheirat. Klaus kannte Silke schon als Kind. Er hat von Anfang an an ihr gehangen und sie an ihm. Er war ganz verrückt nach ihr. Blind vor Liebe.«

Schwang da ein Unterton von Neid mit in ihrer Stimme?

Frau Wessel verschränkte die Arme vor der Brust und klemmte das Ende der Perlenkette ein. Für sie war das Thema beendet.

»Probleme gab es nicht zwischen den beiden?« hakte ich nach.

»Er hat sie auf Händen getragen.«

Immer nur er. Ihre Tochter erwähnte sie mit keinem Wort.

»War Ihre Tochter glücklich in der Ehe?«

Sie sah mich verständnislos an. »Wie meinen Sie?«

»War sie zufrieden, ich meine, glücklich. Ging es ihr gut?«

»Sie hatte, was sie wollte.«

Frau Wessel betrachtete die Manschettenknöpfe ihrer Bluse. Runde Perlen in Silber gefaßt.

»Silke bekam immer, was sie wollte.«

Ich ließ es dabei bewenden. Der Bratengeruch stieg mir in die Nase. Frau Wessel bemerkte es nicht. Weber schnitt ein neues Thema an.

»Wissen Sie vielleicht, wo sich Ihre Tochter aufhalten könnte?«

»Nein, da kann ich Ihnen nicht helfen. Das weiß ich nicht.«

»Haben Sie keine Vermutung, wo sie jetzt sein könnte?«

»Nein.«

»Können Sie uns die Namen von Freundinnen oder Freunden

Ihrer Tochter nennen? Oder Verwandten, bei denen sie sich aufhalten könnte?«

»Freundinnen? Freunde?« Sie sah mich entgeistert an. »Sie hatte keine Freundinnen oder Bekannte. Sie hatte ihren Mann, ihre Tochter und ihren Haushalt.«

Ich schloß messerscharf, daß für Frau Wessel Freundinnen und Freunde keinen Platz im Leben von verheirateten Frauen hatten. Wozu brauchen wir Feinde, wenn wir solche Mütter haben?

»Die Adresse ihrer Schwester. Vielleicht ist sie bei ihr?«

»Bei Eva? Nein. Die beiden haben sich nie verstanden.«

So schnell gab ich mich nicht geschlagen.

»Könnten Sie uns Evas Adresse geben?«

Sie stand wortlos auf. Als sie die Tür öffnete, zogen Rauchwolken zu uns ins Zimmer. Ich schnupperte. Der Sonntagsbraten. Frau Wessel starrte wie gelähmt auf den Qualm.

Immer dem Rauch nach, spurtete ich der Küche entgegen. Der verschrumpelte Fleischhaufen auf dem Boden des Topfes sah nicht besonders appetitlich aus. Ich stellte das Gas ab und riß das Küchenfenster auf. Frau Wessel stand in der Küchentür.

»Das ist mir noch nie passiert«, stammelte sie fassungslos.

Ich glaubte ihr aufs Wort. Frau Wessel war in ihren Grundfesten erschüttert. Mein Kollege wedelte mit einem Geschirrtuch in der Luft herum.

»Die Klingel. Ich war gerade beim Anbraten. Bei der Hitze essen wir erst später«, setzte sie hinzu.

»Das war nur Ihr Klingeln.« Jetzt war der Vorwurf in ihrer Stimme unüberhörbar. Sie hatte schnell wieder zu ihrer alten Form gefunden.

Weber hängte das Geschirrtuch an den Haken.

»Vielleicht können Sie uns noch ein paar Namen nennen. Dann sind Sie uns auch schon wieder los.«

»Was wollen Sie wissen?« Frau Wessel hatte ein Adreßbuch mit weiß-blauen Streifen auf den Knien und beantwortete Webers Fragen. Er schrieb eifrig mit. Ich machte mir Gedanken, wo Herr Wessel zur Zeit weilte.

»Können wir vielleicht auch einmal mit Ihrem Mann sprechen?« fragte ich, als Weber seine Befragung abgeschlossen hatte.

»Jederzeit«, sagte sie schnell. »Er ist drüben im Park. Er ist gern an der frischen Luft.«

Da hatte er Glück. Was in seiner Wohnung zirkulierte, konnte kaum als Frischluft bezeichnet werden.

»Könnten Sie uns Bilder Ihrer Tochter mitgeben? Auch aus der Schulzeit?«

Sie nickte und ging zu dem Eichensekretär. Mit zwei roten Lederalben kam sie zurück. Ich nahm sie ihr aus der Hand.

»Danke, das hilft uns bestimmt.«

Sie brachte uns zur Tür.

»Ich gehe davon aus, daß Sie mich umgehend informieren, sobald Sie etwas hören.« Sie war wieder ganz die alte. Ein Blick aus stahlblauen Augen, der klarmachte, tun Sie nicht, was ich sage, werden Sie es bereuen.

»Selbstverständlich«, versicherte ich ihr. »Sie können sich darauf verlassen.«

Wir atmeten tief durch, als wir vor die Tür traten.

»Ich hab' was für dich«, Weber streckte eine geballte Faust vor. Er machte die Hand auf. In seinem Handteller lagen kleine schwarze Bällchen. »Von wegen keimfrei.«

Er schüttelte die Hand über den Gladiolen aus.

»Was ist das?« fragte ich ihn.

»Kaninchenkacke. Die lag gleich hinter dem Sofabein. Frau Wessel ist eine Schlampe.«

»Das ist eine kühne Behauptung. Können Sie die durch Beweise erhärten?«

»Euer Ehren.«

Er faßte sich mit der Hand, in der er die Kötel gehalten hatte, an die Stelle, wo er sein Herz vermutete.

»Wie Sie sich überzeugen durften, ist die Wohnung mit nicht ganz billigen Fußabtretern ausgestattet. Unter dem Sofa jedoch liegt kein Perser.«

»Was folgern Sie daraus?«

»Frau Wessel pflegt nur die sichtbaren Teile des Bodens. Vermutlich mit einem elektrogetriebenen Staubsammelgerät, während sie den Boden unter der Couch sträflich vernachlässigt. Das klassische Verhalten einer Schlampe.«

»Worauf plädieren Sie, Herr Staatsanwalt?«

»Ehrenamtliche Säuberungsarbeiten in einem Männerwohnheim. An sechs Wochenenden. Säuberung der Klos, der Duschräume...«

Ich haute ihm die Fotoalben in die Rippen.

»Das könnte dir so passen, du alter Chauvi.«

»Ich?«

Er hielt mir die Tür auf.

»Ich liebe die Frauen.«

»Ob er das ist?« fragte ich ihn.

Vor uns auf dem Platz saß ein grauhaariger Mann in dunkelblauem Anzug unter einer Platane. Auf der Bank gegenüber war eine junge Frau, die strickte, während ihre Tochter im Sandkasten spielte.

»Das könnte er sein. Sollen wir hin, ihm die Kunde vom Ableben seines Schwiegersohns überbringen?«

»Nein, danke«, sagte Weber. »Muß doch nicht sein, oder? Das können wir ihr überlassen, denke ich. Schließlich haben wir den Bratentopf gerettet.«

Ausnahmsweise gab ich ihm recht. Als Weber aus der Parklücke fuhr, sah ich eine schlanke Gestalt mit weißem Faltenrock auf den Platz zueilen.

»Da kommt sie schon.« Ich zeigte auf sie.

»Sag' ich doch.« Er bog um die Ecke.

22

Frau Wessels Rollbraten hatte meine Magensäfte zum Fließen gebracht. Ich sah neidisch auf ein riesiges Kuchentablett, das von einem Ehepaar in vereinter Anstrengung aus einer Konditorei geschleppt wurde. In einer Eisdiele reichte ein schwarzhaariger Mann in weißem Hemd eine Eistüte nach der anderen über die Theke. Eine Frau nahm sie an und setzte sie in Kinderhände, die sich ihr entgegenstreckten.

»Wann hast du das letzte Mal was zwischen die Zähne gekriegt?« fragte ich meinen Fahrer.

»Jetzt, wo du mich daran erinnerst. Wär' nicht schlecht, was zu beißen.«

»Gesund oder giftig?«

»Gesund hab' ich zu Hause«, sagte Weber.

»Pommes mit Mayo?«

Weber bleckte die Zähne. »Wie wär's mit dem Biergarten?« schlug er vor. »Weil Sonntag ist.«

Wir waren nicht die einzigen auf dem Parkplatz. Er quetschte den Volvo in eine schmale Lücke. Vor meiner Tür stand der Pfosten einer Laterne. Heute kann keine Frau damit rechnen, von Männern mit so etwas wie Rücksichtnahme behandelt zu werden. Mit elegantem Schwung hievte ich mich über die Kupplung. Die Sitten werden rauher. Das hier war noch die harmloseste Spielart.

Die langen Tische unter den Kastanien waren gut besetzt. So verbrachten Leute normalerweise die Sonntage, gingen spazieren, trafen Freunde und tranken ein Bier im Schatten. Ich hatte es schon fast vergessen.

»Bier?«

Er sah meinen Blick.

»Alkoholfrei, natürlich«, setzte er hinzu.

»Für mich Mineralwasser. Ich such' uns einen Platz da hinten.«

Als ich an den Tischen vorbeistreifte, begutachtete ich, was die Küche zu bieten hatte. Bratwurst, Bockwurst, Pommes frites, Kartoffelsalat und Leberkäse. Nicht gerade das, was man als ausgewogene Ernährung bezeichnen konnte. Ich fand's himmlisch.

Zwei Frauen in knallengen Glitzertrikots suchten einen Platz für sich und ihre Luftpumpen. Bevor sie zuschlagen konnten, besetzte ich die freie Ecke. An meinem Tisch saßen drei einheimische Männer mit asiatischen Frauen.

»Prost«, der Mann mit der blonden Dauerwelle schwang einen Bierhumpen. Wie auf Kommando knallten seine Kumpel ihre Gläser dagegen und schrien: »Prost.«

Bierspritzer platschten auf den Holztisch. Einer flog bis zu mir. Ich wischte ihn von der Wange. Die Asiatinnen lächelten.

»Wie sagt man?« Der Blonde legte die Hand der Frau, die neben ihm saß, um den Henkel des Biertopfs, preßte seine darüber und führte das Bierglas nach oben. Die beiden anderen Frauen hoben schnell ihr Glas und stießen es dagegen. »Prost«, sagten sie leise. Die goldenen Eheringe funkelten in der Sonne.

»Na, also«, der Blonde blickte stolz in die Runde. »Die sind gar nicht so blöd, wie sie aussehen – wenn man ihnen sagt, wo's langgeht.«

Die Männer lachten. Die Frauen lächelten höflich.

Weber stellte mir mein Glas vor die Nase. Er nahm mit seinem Bier gegenüber Platz.

»Na, dann wollen wir mal. Prost.«

Wenigstens erwartete er nicht, daß ich auch Prost sagte. Ich war direkt dankbar.

»Was soll ich dir mitbringen?« Ich stand auf. »Bratwurst mit Pommes und Mayo?«

Er nickte. Weber aß immer Bratwurst mit Pommes und Mayo. Ich hatte die Hoffnung noch nicht aufgegeben, daß er mich mal mit was anderem überraschte.

Ich ging zu dem Grillbüdchen und stellte mich in die Schlange.

»Du hast ja zugeschlagen.« Weber guckte gierig auf meinen Berg Wurst in brauner Tunke und biß in seine Bratwurst.

»Guten Appetit«, wünschte der Boß der multikulturellen Gruppe. Die asiatischen Damen lächelten uns zu.

»Würde mich nicht wundern, wenn wir den mal in kleinen Stükken im Gefrierschrank finden würden.«

Weber sprach mir aus der Seele.

Satt und zufrieden saßen wir vor den leeren Pappschalen.

Am Himmel zogen dunkle Wolken auf.

»Was machst du heute noch?« fragte er.

»Ich probier' die Schwester. Und dann wollte ich in der Wohnung vorbei. Vielleicht finde ich da noch was. Und du?«

»Ich bleib' an der Leiche. Mal sehen, wen ich da anzapfe. Vielleicht versuch' ich es zuerst mal bei Frau Kunze. Du weißt doch, ältere Damen können mir nichts abschlagen.«

Er grinste verführerisch.

»Und warum versagt dein Charme bei deiner Schwiegermutter?«

Er sah mich wütend an. Männer verzeihen einem nie, wenn man sie mit den Realitäten des Lebens konfrontiert.

»Wie fandest du Frau Wessel?« lenkte ich ab. »Die ist doch nicht der Typ, die einen Rollbraten anbrennen läßt.«

»Das seh' ich auch so«, stimmte er mir zu. »Die war total von der Rolle. Vielleicht weiß sie, wo ihre Tochter ist, und hat uns angelogen.«

»Möglich, obwohl sie nicht gerade den Eindruck machte, als läge ihre Tochter ihr besonders am Herzen.«

»Vielleicht spielt sie uns nur was vor und will sie decken. Schließlich ist es ihre Tochter.«

Ich balancierte einen Bierdeckel auf meinem Finger.

»Kann sein, muß aber nicht.«

Der Bierdeckel fiel runter. Ich probierte es noch mal. Diesmal blieb er liegen.

»Vielleicht ist es auch was ganz anderes.«

Weber nahm den Bierdeckel von meinem Finger und haute ihn mit der Kante auf den Biertisch.

»Ei-fer-sucht.«

»Er ging fremd«, sagte Weber und kratzte sich mit dem Bierdekkel hinter dem Ohr, »und seine Geliebte bringt ihn um und legt ihrer Konkurrentin die Leiche in das Eisfach.«

»Wie kommt sie in die Wohnung?« fragte ich.

»Den Schlüssel zieht sie ihm aus der Hosentasche, als er mittags mit ihr auf der Schreibtischplatte vögelt.«

»Wir haben bisher keinen Anhaltspunkt, daß er fremdgeht.«

»Er ist ein Mann. Alle Männer gehen fremd«, sagte Weber mit Überzeugung.

»Du mußt nicht von dir auf andere schließen.«

»Ich?« sagte Weber mit gespielter Empörung. »Ich gehe nie fremd. Inga würde mich umbringen. Du kennst sie doch.«

»Es ist noch zu früh.« Ich stand auf und schnappte mir die leeren Pappschachteln. »Wir wissen einfach noch zuwenig.«

Weber nahm die Gläser.

»Auf Wiedersehen«, wir verabschiedeten uns von der restlichen Tischbesatzung.

»Auf Wiedersehen«, kam es wie aus einem Mund zurück. Das mußte der blonde Lockenkopf schon öfter mit ihnen geprobt haben.

23

Der Himmel zog sich schwarz zusammen, als wir zum Präsidium fuhren. Weber setzte mich auf dem Parkplatz ab. Schmutz und lose Papierchen wehten mir entgegen. Ich machte, daß ich in meinen Golf kam, eh' mich der erste Schauer erwischte. Es ging los. Der Wetterbericht hatte ausnahmsweise recht behalten. Das Wasser klatschte nur so gegen die Scheiben. Ein mittlerer Weltuntergang. Alles grau in grau.

Ich drehte das Radio an. Mal sehen, ob ihnen die Horrormeldungen aus dem Ausland inzwischen ausgegangen waren. Eine freundliche Frauenstimme teilte mir mit, daß im Fährverkehr zwischen Ostende und Dover mit Behinderungen zu rechnen sei, weil das Personal der Transportgesellschaft seit gestern in einen unbefristeten Streik getreten war. Als ob ich es nicht geahnt hätte. Warnung vor drohenden Katastrophen. Sting tröstete mich mit den Erfahrungen eines Engländers in New York. Ich nahm die Handtasche auf den Schoß und begann, nach dem Zettel mit der Adresse von Eva Wessel zu suchen. Endlich fand ich ihn. Eva Wessel, Wörthstr. 5.

Dafür lag jetzt der gesamte Inhalt meiner Handtasche neben mir auf dem Beifahrersitz. Meine Walther PPK, mein Schminktäschchen inklusive Zahnbürste, Zahnpasta, Tampons und Pariser. Meine Brieftasche, mein Portemonnaie, die Schachtel mit der 9-mm-Munition, der Schlüsselbund, Kulis, die Visitenkarten, eine Packung Kaugummi und ein Geschenk meines Kaninchenkochs, das Röhrchen zum Seifenblasenmachen. Ich schaufelte den Krempel zurück in meine Tasche. Nur mit der Walther ging ich liebevoller um. Die hatte mir immerhin schon einmal das Leben gerettet.

Die graue Suppe vor meinem Fenster hellte sich auf. Der Regen prasselte nicht mehr ganz so heftig gegen die Scheibe. Auf der anderen Seite des Parkplatzes konnte ich die grün-weißen Streifenwagen erkennen. Ich machte mich startklar und drehte die Stimme weg, die mir von einer Maikäferinvasion an französischen Stränden erzählte.

Die Wolkendecke riß auf. Aus den Pfützen in den Rinnsteinen stiegen Nebelschwaden. Das Wasser verdampfte schnell. Ich rollte auf die Eisenbahnbrücke zu und überquerte die Gleise, die die Stadt in zwei Teile teilen, den Norden und den Süden. Ich wohne im Norden, zusammen mit ein paar anderen Verrückten. Im Norden liegt der Dreck auf der Straße, und das ganze verdammte Leben springt einen so roh und hart an, wie es manchmal sein kann. Die Wörthstraße liegt im Westen. Auf meiner Seite der Bahn. Hier hatten sie, wenn mich nicht alles täuschte, das freie Wörthland ausgerufen. Ich kannte Eva Wessel nicht, aber ich konnte gut verstehen, daß sie sich von den strammen Gladiolen am Knappenberg verabschiedet hatte und hierher abgewandert war. Ihre Schwester hatte sich anders entschieden. Sie war in der Nähe von Mama und Papa geblieben. Auf der anderen Seite der Bahn. Kein Wunder, daß sie nicht miteinander klarkamen.

Die Straße wurde vierspurig mit grauen Betonmauern an den Seiten. Lärmschutzwall. Was für ein Wort. Der einzige Lichtblick waren ein paar Meter, die mit Graffiti zugesprüht waren. Ich wäre dafür, jedem Graffitifreak die Sprühdosen gratis in die Finger zu drücken, wenn das Ozonloch dadurch nicht noch weiter aufgerissen würde.

Die Wörthstraße lag versteckt in einer grünen Ecke vor dem Kanal. Die Häuser waren aus ehemals rotem Backstein, der mit der Zeit schwarz geworden war. Es sah aus, als hätte es hier nicht geregnet. Die Rinnsteine waren trocken. Vor dem Haus Nummer 5 stand ein alter Chevy in Grau-metallic, unter dessen Boden ein dunkler Haarschopf mit Kopfhörern und ein knallgelbes T-Shirt hervorragten. Ich lief am Bug des Chevys vorbei zum Hauseingang. Vier Klingeln, leider kein einziges Namensschild in den dafür vorgesehenen Haltern. Praktisch, da reichte ein Briefkasten, wenn der Briefträger nicht schon lange die Zustellung aufgegeben hatte.

Die Tür auf der halben Treppe war mit Aufklebern vollgepflastert. ›Als Gott den Mann schuf, übte sie bloß.‹ ›Nieder mit dem Männlichkeitswahn.‹ ›Manche Dinge sind so einfach, daß sie selbst ein Mann versteht.‹ Ich überlegte gerade, welcher Aufkleber sich am besten auf dem Rücken von Kriminalrat Heinze machen würde, als die Tür aufging.

Die junge Frau, die aus der Tür stürzte, hätte mich fast umgerannt. Instinktiv trat ich zur Seite. Die roten Lederhosen waren dieselben, die Weber zum Träumen gebracht hatten. Bei Familie Wessel im Treppenhaus. Die Jacke und der Motorradhelm kamen mir ebenfalls bekannt vor. Das mußte Eva Wessel sein.

Sie schwang sich auf eine schwere Maschine. Ich sprang in meinen Golf. Die Frau in Rot raste auf dem Bürgersteig einem Metallgitter am Ende der Straße entgegen. Ich schrammte den Bürgersteig hoch, ihr nach, die Achse quietschte. Gleich hatte ich sie. An dem Gitter ging es auch für sie nicht weiter. Eine Frau mit Kinderwagen wich vor mir aus und zeigte mir einen Vogel. Das Gitter kam näher. Eine Familie mit Kindern. Ich trat auf die Bremse.

Ungläubig sah ich, wie Eva Wessel mit den Armen die Metallgitter auseinanderdrückte und zwischen dem schmalen Spalt, den die Eisenkette ihr ließ, mit dem Motorrad durchpreschte.

Ich stand am Gitter. Vor mir ein Weg, der über vertrocknete Grasnarben führte, ein Lederrücken, der immer kleiner wurde, bis er zu einem roten Punkt vor einer grünen Allee schrumpfte.

Soweit ich das beurteilen konnte, waren die Töchter von Frau Wessel entschieden temperamentvoller als die Mutter geraten.

Der dunkle Kopf mit den Kopfhörern hatte die Stellung unter dem grauen Schlachtschiff unwesentlich in Richtung auf den hinteren Kotflügel verändert. Ich bückte mich und tippte auf eine braune Schulter. Er schob sich unter dem Boden hervor. Mit einem Sprung stand er vor mir.

Eine sportliche Bande hier in der Wörthstraße. Ich war beeindruckt. Er nahm die Kopfhörer ab.

»Hast du einen an der Klatsche oder was?« Böse funkelte er mich an. »Da kann einer von ins Gras beißen vor Schreck.«

»Ich wollte Sie nicht erschrecken.«

»Hast du aber.«

»Entschuldigung.«

»Was willst du hier? Ist doch nicht deine Szene, oder?«

Er studierte mein lila Outfit.

Ich hätte ihm gern verraten, was ich von kleinen Spießern hielt, die ihr Selbstbild mit Straßenkreuzern polieren, aber ich hielt mich zurück. Schließlich wollte ich was von ihm.

Eine junge Frau trat aus dem Haus. Sie trug schwarze Ledershorts und ein Tuch um die Brust. Aufreizend langsam kam sie zu uns geschlendert. Einen halben Meter entfernt blieb sie stehen.

»Ich suche Eva Wessel.«

»Eva Wessel?« Er schüttelte seine Locken. »Kenn' ich nicht. Was willst du denn von der? Bist du 'n Bulle oder so was?«

»Kriminalkommissarin Stein. Ich will sie bloß sprechen. Es geht um ihre Schwester. Können Sie ihr das bestellen? Es ist dringend.«

»Kennst du 'ne Eva Wessel«, wandte er sich betont lässig an die Frau in den Ledershorts.

»Eva Wessel. Nie gehört.« Sie grinste breit.

Ich kramte in meiner Tasche nach einer Visitenkarte. Jetzt bereute ich, daß ich vorhin die Gelegenheit zum Aufräumen nicht genutzt hatte.

»Eh, die hat da 'ne Knarre drin.«

»Hast du schon mal jemanden kaltgemacht?« fragte der Lokkenkopf mit glitzernden Augen.

Ich hatte eine Karte gefunden. Schnell machte ich meine Tasche wieder zu.

»Eva interessiert mich nicht. Nur ihre Schwester. Das können Sie ihr sagen.«

»Wir wollen nichts mit den Bullen zu tun haben.«

Das war ein Spruch, den ich nicht zum ersten Mal hörte.

»Man kann ja nie wissen, vielleicht läuft sie euch ja mal über den Weg. Ist ja 'ne nette Gegend zum Motorradfahren hier am Kanal. Wär' doch möglich. Dann könnt ihr ihr sagen, daß ich hier war.«

Beide hatten ihre Arme betonmäßig vor der Brust verschränkt. Ich ging zu der Frau und steckte meine Karte hinter ihren Arm.

»Ich will nichts von ihr. Ich brauche nur ein paar Auskünfte über ihre Schwester.«

»Wie kann man nur bei so 'nem Verein arbeiten?«

Der Autofreak lüftete seine Locken. Die Frau in den Ledershorts tat es ihm nach. Die Hennahaare flogen.

»Und dann noch als Frau. Total Banane.«

Ich gab ihr keine drei Jahre. Dann würde sie Sonntag nachmittag mit dem Kinderwagen den Weg am Kanal entlangstochern und sich bei ihrer besten Freundin ausheulen. An was für einen schlimmen Typen sie geraten war. Einen, den nichts interessierte außer seinen amerikanischen Schrottkisten.

Sie steckte meine Karte in die Tasche der Ledershorts. Mit ein bißchen Glück würde sie bei Eva Wessel landen.

24

An den Graffiti vorbei fuhr ich zurück Richtung Innenstadt. In der Nachmittagssonne glitzerten die Schienen unter der Gleisbrücke silbrig im schwarzen Schotter. Ob Frau Wessel je einen Fuß in die Wörthstraße gesetzt hatte? Ich hatte so meine Zweifel. Die Arneckestraße war bestimmt eher nach ihrem Geschmack. Die Häuser mit den Stuckfassaden konnten selbst vor den kritischen Augen einer Mutter wie Frau Wessel bestehen.

Auf der Terrasse im Souterrain standen die Mülltonnen heute ordentlich an ihrem Platz. Die Haustür war angelehnt. Mit der Pinzette aus meiner Schminktasche hob ich das Siegel vorsichtig hoch, bis ich es mit den Fingern greifen und in einem Ruck abziehen konnte. Ich schloß die Wohnungstür auf.

In der Diele streifte ich als erstes die Schuhe von den Füßen. Es tat gut, barfuß über die kühlen Fliesen zu laufen. Ich setzte mich auf den Drehstuhl neben der Küchenzeile und stellte meine nackten Füße auf die Metallstreben. Mit einem Arm holte ich Schwung. Blitzschnell kreiste der Stuhl um die eigene Achse. Ich genoß die Drehungen, die nach ein paar Runden langsamer wurden. Der Stuhl stand still. Ich fühlte mich wie neugeboren.

Aufmerksam ließ ich den Blick durch das Zimmer schweifen. Nur die Ringe auf den Fliesen am Boden erinnerten noch daran, wie es gestern hier ausgesehen hatte.

Er soll seine junge Frau angebetet haben, hatte der Zahnarzt Weber erzählt. Frau Wessel sagte das gleiche. Das war der Punkt, um den alles kreiste. Gab es einen Grund, warum sie ihn umgebracht haben könnte? Bisher sprach alles dagegen. Das mußte nichts heißen. Was sich hinter den Türen abspielt, ist das große Geheimnis.

Meine ganze Schulzeit hindurch habe ich niemanden mit zu uns nach Hause gebracht, durch unsere Tür gelassen. Nicht einmal meine beste Freundin. Das brauchte niemand zu wissen, daß die Türen bei uns Löcher hatten, die mit Hansaplast überklebt waren.

Wie mochte Silke Pape sich hier gefühlt haben? Es war alles so kühl und gediegen. Hatte sie das so geplant?

Früher bin ich losgetrampt und habe wildfremden Leuten die persönlichsten Fragen gestellt. Lieben Sie Ihre Frau? Würden Sie Ihr Leben noch einmal so leben? Was bedeutet Ihr Beruf für Sie? Heute bin ich bei der Polizei. Die Fragen, die mich interessieren, sind immer noch die gleichen.

Ich lief zu den Grünpflanzen am Fenster. Sie sahen gesund aus. Eine Yucca, eine Birkenfeige und eine Avocado. Ich mag Pflanzen. Sie tun niemandem weh, und sie sind leise. Ich trat auf die Terrasse. Der Boden war warm unter den Füßen. Buchsbäume in weißen Kübeln, zu runden Kugeln beschnitten. Auf dem Boden lag eine Babypuppe. Ich hob das Plastikkind auf und nahm es mit nach drinnen. »Mama«, plärrte es, als ich es auf die Küchentheke legte.

Ich sah mich weiter um. Das Badezimmer war nicht übel. Viel Platz zum Planschen. Ich öffnete den Wandschrank. Kosmetika, in Zellophan gepackte Zahnbürsten, Parfümflaschen. Die Arzneimittel sah ich mir näher an. Eine nette Kollektion an Psychopharmaka. Glück aus der Retorte.

Die verspiegelten Türen ließen das Schlafzimmer noch größer wirken. Ich stellte mich vor den Spiegel und fuhr mir mit den Fingern durch das Haar. Es half nicht. Ich sah müde und abgespannt aus. Auf dem lila Revers meines Kostüms entdeckte ich braunrote Flecken. Das Menü aus der Pappschachtel hatte Spuren hinterlassen. Nichts, was ich zu bieten hatte, paßte in diesen Raum. Meine Haare waren zu verschwitzt, mein Kostüm zu lila, meine Currysauce zu peinlich. Ich paßte nicht in diesen Raum. Und der Raum paßte nicht zu mir. Er war viel zu perfekt. Das Zimmer sah aus wie der Ausstellungsraum eines Möbelhauses. Der Boden glitzerte kalt.

Ich nahm das Porträt der jungen Frau vom Nachttisch. ›Meinem geliebten Klaus‹ hatte sie in einer flüssigen runden Schrift auf das Foto geschrieben. ›Von Silke.‹ Ich versuchte, sie mir vorzustellen, wie sie mit einem seidenen Morgenrock – ich tippte auf Hellblau – durch das Zimmer schwebte. Ich schlug den Bettüberwurf zurück. Ein Pyjama in klassischem Muster. Ich befühlte den Stoff. Seide. Dann ging ich auf die andere Seite. Kein Nachthemd. Nichts. Ich fuhr mit der Hand zwischen die Bettdecken. Die Laken waren kalt und ohne jeden Knitter.

Das letzte Zimmer gefiel mir am besten. Eine Karawane bunter Papiertiere zog über die Fensterscheibe, und ein fetter Mond baumelte von der Decke. Auf dem Kinderbett lag ein Krokodil mit offenem rotem Maul. Unter dem Fenster stand eine ausziehbare Couch. Ich ließ sie nach oben schnappen. Im Bettkasten lag Bettwäsche, obenauf, zusammengefaltet, ein Nachthemd. Hellblau. Ich hatte richtig geraten.

Silke Pape schlief nicht im Ehebett, sondern bei ihrer Tochter im Kinderzimmer. Was hatte das zu bedeuten? Floh sie vor einem Ehemann, der sie schlug? Oder schlief sie bei ihrer Tochter, um das Kind zu schützen? Die Couch schnappte zurück.

Auf einer Kommode standen Kinderbücher. Ich nahm ein Buch in die Hand, das flach vor der Bücherreihe lag. »Ri-ra-rutsch. Kinderreime und Kinderlieder aus aller Welt.« Die Zeichnung auf dem Titelblatt zeigte einen kleinen Jungen mit Tirolerhut, der in eine Tuba blies, und ein kleines Mädchen mit einem Strohhut, das eine Triangel bediente. Die beiden saßen auf einer grünen Wiese. Der Rittersporn blühte. Ein blauer Vogel und ein roter Schmetterling schwangen sich durch die Luft. Links und rechts im Bild tanzten eine Maus und ein Hase zur Musik der Kinder.

Ich blätterte in dem Buch. Ungefähr in der Mitte fiel es wie von selbst auseinander. Ein Lied, das mir bekannt vorkam. ›Petersilie, Suppenkraut, wächst in unserem Garten. Unser Ännchen ist die Braut, soll nicht länger warten. Roter Wein, weißer Wein. Morgen soll die Hochzeit sein.‹ Es folgte ein vierstrophiges Gedicht aus Rußland über ein Lämmchen, das die Furcht noch nicht kannte. Der letzte Vers kam aus Holland:

›Es war ein Männchen, das war nicht weise,
das baute sein Haus auf dem Eise.
Es sprach: O Herr, laß es allzeit frieren,

sonst müßte ich ja mein Häuschen verlieren.
Doch das Häuschen versank,
und das Männchen ertrank.‹

Ich schlug das Buch zu und legte es auf die Kommode zurück. Hatte ich etwas übersehen? Neben der Tür stand ein Papierkorb aus Weidengeflecht. Leer, bis auf buntes Papier am Boden. Ich bückte mich. Unter den Fingern spürte ich scharfe Papierkanten. Ein Schreibheft, das heißt, eine Hälfte davon. Ich griff noch einmal in den Korb. Die andere Hälfte. Ich legte die beiden Hälften zusammen. Das Gesicht einer jungen Katze blickte mir entgegen. Der Riß im Papier ging quer durch die Augen. Über dem Katzenkopf stand: ES WAR EINMAL. Ich klappte das Deckblatt auf. Linien wie für Erstkläßler. Die Schrift, die die Linien füllte, war die eines Erwachsenen. Eine gut lesbare Tintenschrift, die Buchstaben rund und flüssig verbunden. Die Schrift vom Foto. Silke Papes Schrift. Ich las den Anfang. »Es war einmal ein König.« Vielleicht war das ja völlig unwichtig. Vielleicht aber auch nicht.

Meine Füße waren eisig. Ich stieg in die Schuhe. Die ganze Zeit war ich über Steine gelaufen, oder bildete ich mir das nur ein? Meine Absätze klapperten auf dem Boden. Rosa Keramik im Wohnraum, in der Diele das gleiche, eine Nuance dunkler, im Bad weiße Fliesen. Im Schlafzimmer – ich traute meinen Augen kaum – hellgrauer, polierter Marmor. Deshalb wirkte der Raum so kühl, so perfekt. Im Kinderzimmer Linoleum in einem warmen Gelb. In der ganzen Wohnung gab es keinen einzigen Teppich.

Mir war kalt. Ich hatte den dringenden Wunsch, so schnell wie möglich nach draußen zu kommen. In die warme Luft auf der Straße. Ich schlug die Tür zu und klebte das Siegel über das Schloß. Plötzlich hatte ich einen schalen Geschmack im Mund. Wieder so eine verdammte Tür, hinter die ich geguckt hatte.

Ein Mann, Mitte Dreißig, mit Safarihose, Hawaiihemd und einem schwarzen Aktenkoffer kam mir entgegen. Die Treppe war breit genug für zwei. Zwei Meter von der Wand bis zum Geländer. Einen Meter für ihn, einen Meter für mich. Er grinste blöde. Sein Teil der Treppe interessierte ihn nicht. Mit seinem Grinsen ging er so dicht an mir vorbei, daß die Hand mit der Rolex durch den Stoff meines Rocks den Oberschenkel streifte.

Ich hatte es kommen sehen. Er nicht. Die Hand mit der Rolex knallte auf die Seite meiner Handtasche, hinter der die Pistole steckte. Es traf keinen Unschuldigen. Ich hab' was gegen Männer, die sich keine Gelegenheit entgehen lassen, um eine Frau zu betatschen. Einen Augenblick stand er da mit schmerzverzogenem Gesicht und sah auf seine Hand. Hoffentlich verstand er die Botschaft und behielt das nächste Mal seine Finger bei sich.

Die Haustür fiel hinter mir ins Schloß. Eine Katze sprang von der Mülltonne und verschwand unter dem Wacholderbusch im Vorgarten. Von Frau Kunzes Fenster im Souterrain fiel krachend ein Holzrolladen herunter. Durch das halboffene Fenster hörte ich die Erkennungsmelodie der Tagesschau. Acht Uhr. Für diese Uhrzeit war es ziemlich dunkel. Die Häuser waren hoch, die Straße schmal, die großen Bäume schluckten viel Licht. Hinter einigen Fenstern brannten schon die Lampen. Es kam nicht viel Sonne in die Arneckestraße. Warum fiel mir das gerade heute auf?

In der Pizzeria an der Ecke waren die Tische auf dem Bürgersteig besetzt. Die Windlichter tauchten alles in ein warmes Licht. Frauen mit leuchtenden Augen und glänzenden Gesichtern saßen zusammen und lachten. Ein junges Pärchen streichelte sich verliebt die Hände. Mir lief eine Gänsehaut über den Rücken. Ich brauchte dringend eine Pause.

Auf einem breiten Zubringer steuerte ich gen Süden. Der Himmel glühte rot. Die Straße sah aus, als würde sie direkt in den roten Horizont führen. Die Autos auf den Fahrbahnen neben mir, die Autos vorn und hinten, wir alle steuerten dem geflammten Himmel entgegen. Ich klappte den Sonnenschutz herunter und nahm den Fuß vom Gas, um die Abfahrt nicht zu verpassen.

Ich fuhr an Kornfeldern vorbei, die in der Abendsonne wogten. Auf Hochspannungsleitungen saßen Horden von Vögeln. In dichten Wolken flogen sie nach oben. Pappelreihen standen quer in der Landschaft. Dann kam der Wald. Die Tannen mit den frischen grünen Spitzen. Das lichte Grün der Laubbäume.

Ich vergaß das Ozonloch, den sauren Regen und die Leiche, deren Mörder ich ausfindig machen sollte. Ich vergaß die Frau, die ihre Nächte im Kinderzimmer neben dem Bett ihrer Tochter verbracht hatte.

Als ich den Wagen hinter dem Holzhaus abstellte, begann ein Schäferhund zu bellen. Das übliche Empfangskomitee. Die Terrassentür stand offen. Ich ging ins Haus.

Die große Frau im dunkelblauen Overall legte Hammer und Meißel an die Seite, als sie meine Schritte hörte. Sie kam mir mit einem Lächeln entgegen und nahm mich in den Arm.

»Wie schön, daß du mich besuchst, Bea.«

»Störe ich dich auch nicht bei der Arbeit?«

»Du störst nie.«

»Woran arbeitest du gerade?« fragte ich Anna mit Blick auf den quadratischen Marmorblock, der auf dem Holztisch stand.

Wir traten näher heran.

»Eine Sphinx«, sie strich mit der Hand über eine Rundung, die aus dem Marmor herausgeschlagen war.

»Das wird ihr Kopf. Dann kommen die Flügel und die Brüste. Magst du einen Kaffee?«

»Gern.«

Sie lief an mir vorbei zum Gasherd. Mit der rechten Hand tastete sie das offene Regal über dem Herd ab. Die Streichhölzer lagen links neben dem Herd. Ich sagte nichts. Anna fuhr über die Arbeitsflächen. Die Hand stieß auf die Holzschachtel. Sie zog ein Streichholz heraus, wendete es zwischen den Fingern. Der rote Kopf lag jetzt oben. Sie zündete das Streichholz an und hielt es ins Gas. Mit einem Zischen entzündete es sich.

Anna war stolz darauf, daß sie allein klarkam. Sie hielt den Wasserkessel unter die Leitung und setzte ihn auf die blaue Flamme.

»Wollen wir uns auf die Terrasse setzen?«

Anna drehte eine Dose auf, schüttete Kaffee in die Kanne und füllte mit kochendem Wasser auf.

»Heute war die Luft ganz weich und träge. Hast du das auch gespürt?« fragte sie mich.

»Bei uns in der Stadt war sie dicht und stickig, bis der Regen kam, dann wurde es besser.«

»Ich habe es gut hier draußen.«

Sie trug das Kaffeetablett auf die Veranda.

Anna goß den Kaffee ein, ohne daß ein einziger Tropfen danebenging. Dann nahm sie meine Hand zwischen ihre Hände.

»Laß mich fühlen, wie es dir geht.«

Sie massierte meine Hand sorgfältig.

»Deine Hand ist hart«, stellte sie fest. »Was macht dich so hart?«

Ich zog die Hand zurück und blies über den Kaffee, eh' ich die Tasse an den Mund setzte und trank. Es war ein guter, starker Kaffee.

»Wir haben gestern eine Leiche gefunden. Der Mörder hat sie zersägt und zerhackt und anschließend in kleine Tüten gepackt und in einen Tiefkühlschrank gelegt.«

»Es gibt viele unglückliche Menschen.«

Anna lehnte sich in ihrem Korbstuhl zurück und sah mit leeren Augen in die Weite.

»Das ist traurig. Aber es sollte dich nicht hart machen.«

Meine Tasse schlug gegen die Untertasse.

»Hast du keine Wut?«

Ich sah sie an, wie sie mit erhobenem Kopf dasaß.

»Kannst du vergessen, was er dir angetan hat?«

Anna schwieg.

»Warum hat er dir das Gas in die Augen gesprüht? Du hättest einen Einbrecher nie der Polizei ausgeliefert.«

Sie drehte ihren Kopf in die Richtung meiner Stimme.

»Was nutzen solche Fragen, Bea. Ich lebe. Intensiver als vorher.«

»Du bist blind. Du kannst nicht mehr sehen. Und alles nur wegen eines Verrückten, der durchgedreht ist.«

»Das ist doch gar nicht wahr«, sagte sie leise. »Ich sehe doch.

Ich habe Glück. Die Bilder sind in meinem Kopf gespeichert. Weißt du, wenn ich den Weißdorn rieche, dann weiß ich doch, wie er aussieht, wenn er blüht.«

Die Stille wurde von lautem Vogelgezwitscher unterbrochen.

»Die Sonne ist untergegangen«, sagte Anna. »Wenn sie geht, kommen die Vögel.«

»Gestern hat mir Minja einen Vogel vor die Füße gelegt, den sie gejagt hat«, fuhr sie fort.

»Sie frißt ihn noch nicht einmal«, sagte sie nach einer Pause. »Der Tod begegnet mir jeden Tag. Er gehört dazu.«

Wir schwiegen.

»Was hast du heute gesehen?« fragte Anna unvermittelt.

Ich überlegte. »Wichtigtuer mit roten Köpfen, Biertrinker mit mandeläugigen Sklavinnen«, zählte ich auf. »Ein riesiges Metallgitter und eine Frau, die auf einem Motorrad vor mir geflüchtet ist.«

»Zu viele häßliche Bilder«, befand Anna.

»Zu viele häßliche Bilder«, bestätigte ich.

»Du mußt mehr schöne sammeln, sonst bist du auf einmal alt und grau, kommst nicht mehr hoch aus dem Lehnstuhl und sitzt da mit den häßlichen Bildern. Hast du nichts Schönes gesehen?«

Ich zögerte. »Gleisschienen haben in der Sonne gefunkelt, Graffiti haben aus einer Betonmauer ein Stück Dschungel gemacht, und ein Kaninchen hat mir zugeblinzelt.«

»Wie sieht das Kaninchen aus?« fragte Anna. »Damit ich es mir vorstellen kann.«

»Es hat weiße Pfoten, ein weißes Maul. Sonst ist es hellgrau, und sein Fell ist ganz weich.«

»Kaninchen sind Überlebenskünstler, weißt du das?«

»Unseres bestimmt. Wenn es eine andere Schnur durchgebissen hätte, wäre es auf der Stelle an Stromschlag gestorben.«

»Sie können noch ganz andere Sachen. Wenn sie müssen, schwimmen sie sogar, oder leben auf Bäumen.«

»Was du alles weißt.«

»Sie haben viele Feinde. Da müssen sie sich etwas einfallen lassen. Weißt du, wie sie ihre Jungen schützen?«

»Sag's mir.«

»Die Häsin baut eine eigene Setzröhre für die Jungen abseits der eigenen. Da legt sie die Jungen hinein und scharrt den Eingang wieder zu. Nur einmal am Tag schlüpft sie ins Nest und säugt ihren Nachwuchs. Öfter wäre zu gefährlich. Danach scharrt sie den Eingang jedesmal wieder zu.«

»Das ist eine schöne Geschichte«, sagte ich und gähnte.

»Du bist müde«, sagte Anna und strich mir über den Rücken. »Du arbeitest zuviel.«

»Heute gehe ich früh ins Bett«, versicherte ich ihr.

»Komm', ich zeig' dir noch die Pfauen. Peter hat mir einen neuen Käfig gebaut.«

Die Vögel stolzierten durch den Käfig und scharrten auf dem Boden. Einer ließ ein furchterregendes Balzgeschrei los und begann die Federn auseinanderzuspreizen. Es tat mir weh, daran zu denken, daß Anna das schillernde Blau nicht sehen konnte.

»Wie geht es deinem jungen Mann?« fragte Anna.

»Er fängt an zu kochen. Gestern hat er meine Küche verwüstet.«

»Er kocht, wie schön für dich. Er kümmert sich.«

»Ich weiß nicht, ob ich will, daß sich jemand um mich kümmert«, sagte ich barsch.

»Du kannst nicht immer weglaufen«, Anna nahm mich in den Arm.

»Ich bin groß und stark und brauche niemanden.«

»Ich weiß«, sagte Anna, »und du hast eine große Pistole und fängst Verbrecher.«

»So ist es.« Ich drückte ihr einen Kuß auf die Wange.

»Paß auf dich auf.«

Sie winkte mir zu, als ich das Auto drehte und wegfuhr.

Auf dem Rückweg lehnte ich mich entspannt in meine Polster. Ich dachte an Annas Sphinx. An Flügel, die aus Stein wachsen. Das schafft sie noch jedesmal. Ich komme zu ihr, geschafft und fertig, und fahre mit der Gewißheit, daß alles im Grunde ganz leicht ist.

26

Halb elf, sagte die Uhr am Taxistand. Richtig früh. Als ich den Schlüssel in das Schloß meiner Haustür steckte, hörte ich das Knattern einer Maschine näher kommen. Neben mir quietschten Reifen.

Die junge Frau in den roten Lederklamotten bockte die schwere Maschine auf. Ich zog den Schlüssel wieder aus dem Schloß. Es sah nicht so aus, als würde ich in den Genuß eines ruhigen Abends kommen. Die Frau setzte den Helm ab und fuhr sich über die Haare. Rasiermesserkurze, hellbraune Haare über einem schmalen Gesicht. Ich hatte der Frau in den Ledershorts meine Karte nicht umsonst zugesteckt.

Sie baute sich vor mir auf.

»Was wollen Sie von Silke?« fragte sie als erstes.

»Sie sind Eva Wessel?«

Die Frau nickte.

»Warten Sie einen Moment.«

Ich verschwand im Hausflur und verschloß die Fotoalben in meinem Briefkasten.

»Sollen wir da rüber zum Reden?«

Ich zeigte auf das hellerleuchtete ›Athen‹.

»Ich hasse Kneipen«, sagte die Frau in Rot.

»Bei mir zu Hause«, schlug ich vor, »oder ein paar Schritte laufen?«

»Lieber laufen«, entschied sie.

Die Laternen vor den Speicherhäusern beleuchteten aufgebockte Container und Hebekräne, von denen die Farbe abblätterte. Aus dem Hafenbecken stieg ein fauliger Geruch auf.

»Was ist mit Silke?«

»Ihre Schwester ist verschwunden. Wir haben die Fahndung nach ihr eingeleitet.«

»Verschwunden?« Sie blieb am Fuß eines Hebekrans stehen und musterte mich ungläubig.

»Silke? Nie im Leben.«

Sie schlug mit dem Motorradstiefel gegen das Steinfundament.

»Sie kennen Silke nicht. Die geht noch nicht mal einkaufen ohne

Mama und Papa oder ihren Ehemann. Die macht gar nichts allein. Die verschwindet nicht.«

»Sie mögen Ihre Schwester nicht.«

Das war eine Feststellung.

»Ich habe sie gehaßt. Sie war ein berechnendes Biest. Für eine Tüte Bonbons ist sie auf jeden Schoß gestiegen.«

Die Frau ging ans Wasser, suchte im Schotter nach Steinen, nahm mit der freien Hand einen vom Boden, befühlte ihn, warf ihn wieder weg.

»Sie hat nie etwas selbst durchgezogen. Sie hat immer andere für sich machen lassen.«

»Hassen Sie sie immer noch?«

Die Frau hielt den Blick auf den Boden gesenkt. Sie nahm einen flachen Stein auf und besah ihn von allen Seiten.

»Sie hat immer gekriegt, was sie wollte. Sogar eine Katze, obwohl meine Mutter Haustiere haßt, weil sie Dreck machen. Aber Papas Liebling bekam seine Katze.« Das klang bitter.

»Halten Sie es für möglich, daß Ihre Schwester jemanden umbringt?«

Die Frau schüttelte vehement den Kopf. »Niemals. Sie macht gar nichts allein. Sie geht noch nicht einmal allein zur Bank. Klaus legt ihr das Haushaltsgeld bar in eine Schublade. Sie fährt nicht selbst Auto, sie verreist nicht allein. Ein Mord? Niemals.«

Sie schüttelte wieder den Kopf.

»Wen soll sie denn umgebracht haben?«

»Ihren Mann. Klaus Pape. Wir haben seine Leiche gefunden. In der Wohnung Arneckestraße.«

»Nein.«

Die Augen der jungen Frau waren vor Schreck weit aufgerissen. Sie hielt sich die Hand mit dem Stein vor den Mund. Das Licht fiel auf eine Gesichtshälfte, und ich sah, daß die Haut am Kinn und um den Mund rot vor Aufregung war.

»Ermordet?« fragte sie.

»Ja«, bestätigte ich. »Ihr Schwager ist tot. Und Ihre Schwester ist verschwunden.«

Eine Weile sagten wir gar nichts.

»Ihre Mutter hat Ihnen nichts davon erzählt?«

Die Frau lehnte sich nach hinten, holte mit dem Arm aus und ließ den Stein über das Wasser flitschen. Er hüpfte dreimal auf und zog Kreise im Wasser, eh' er versank.

»Meine Mutter redet nicht von unangenehmen Dingen. Da schweigt sie lieber. Wie finden Sie das?«

»Wir haben alle so unsere Art...«, begann ich diplomatisch.

»Ich find's zum Kotzen«, sagte die Frau und warf wütend einen Stein nach dem anderen über das Wasser. »Ich finde meine Mutter zum Kotzen, meinen Vater, und meine Schwester sowieso.«

Ich ließ ihr ihre Wut und die Steine, die sie über das Wasser jagte. Dann drehten wir um und gingen schweigsam über den Schotter zurück.

»Ich danke Ihnen, daß Sie mit mir geredet haben«, sagte ich ernst, als sie auf ihr Motorrad stieg.

»Ich bin bloß blöd«, sagte sie, drehte das Gas auf und fuhr davon.

Nachdenklich drückte ich auf den Lichtknopf im Treppenhaus. Ich war schon zur Hälfte die Treppe hoch, als mir mein Briefkasten einfiel. ›Da, wo ich bin, ist immer was los.‹ Wie wahr. Ich nahm die Fotoalben heraus. Ein Zettel fiel auf den Boden. Ich hob ihn auf.

»Frau Stein!!! Dieses Wochenende sind Sie dran mit dem Flurputzen. Nicht vergessen!!!«

Das hatte sich erledigt. Dieses Wochenende war vorbei. So gut wie. Es konnte sich nur noch um Minuten handeln. Ich zerknüllte den Zettel zwischen den Fingern.

Mein Badezimmer war mir selten so verlockend vorgekommen. Ich stieg aus dem lila Zweiteiler, der im Laufe eines langen, schwülen Tages genausoviel an Form eingebüßt hatte wie ich, und stellte mich unter die Dusche.

Zehn Minuten später saß ich mit einem kühlen Glas Riesling auf meinem Lieblingsplatz am Fenster. Ich legte die Füße hoch und sah in den Himmel. Grau-weiße Wolkenberge, der Mond nahm weiter zu. Die Santa Monika schaukelte einsam auf dem glänzenden Wasser. Über die Hafenbrücke rollten Laster. ›Täglich Rostock und zurück‹ stand in weißen Buchstaben auf den blauen Planen. Ich war froh, daß ich heute nirgendwo mehr hinmußte.

Ich knipste die Stehlampe an und holte die Fotoalben, die uns Frau Wessel mitgegeben hatte. Es war weniger frustrierend, als ich erwartet hatte. Keine Familienfeiern an vollen Tischen, wo ich mir mit einer Lupe aus unzähligen Köpfen mühselig die heraussuchen mußte, die mich interessierten. Immer hübsch die Personen, von denen ich mehr erfahren wollte, und sonst niemand. Frau Wessel und ihre Töchter, in wenigen Varianten. Mutter mit Töchtern, Töchter ohne Mutter, Töchter einzeln, Dekor wechselnd. Frau Wessel hatte sich in all den Jahren nicht viel verändert. Schon als junge Frau bevorzugte sie hochgeschlossene Blusen und guckte so streng in die Kamera, als wollte sie den Fotografen für das, was er tat, bestrafen.

Bestimmt war sie es, die die Fotos ordentlich mit Unterschriften und Jahreszahlen versehen hatte. Ich verfolgte die Entwicklung der Töchter. Stationen eines Lebens. Die Taufe, der erste Geburtstag, der erste Schultag, die erste Kommunion. Der Unterschied zwischen den Schwestern wurde schon auf den Babybildern deutlich. Eva Wessel stieß sich mit einem Arm von der Schulter der Mutter ab, reckte den Kopf kämpferisch in die Luft und blickte direkt in die Kamera. Silke rieb den Kopf an der Schulter ihrer Mutter und suchte deren Augen. Die klassische Rollenverteilung zwischen Geschwistern. Ich war froh, daß ich keine hatte. Es konnte nicht einfach für Eva gewesen sein. Sie war die Ältere. Zwei Jahre nach ihr kam Silke, die schöne, die liebe. Der Star der Fotoalben. Von Silke gab es mit Abstand die meisten Bilder. Je älter die beiden wurden, desto offensichtlicher trat das Mißverhältnis zutage. Als ob der Fotograf immer weniger Lust dazu gehabt hätte, einen pickeligen Teenager abzulichten.

Ich knipste die Lampe aus und legte die Fotoalben an die Seite. Ob das Verhältnis zwischen den Schwestern etwas mit meinem Fall zu tun hatte? Auf einmal war ich nur noch müde und wollte ins Bett. Ich wollte nichts als schlafen. Mit dem Rest Wein im Glas verzog ich mich ins Schlafzimmer. Ich kroch unter die Decke. Mir fielen die Augen zu. Der Riesling stand neben dem Bett und wurde schal.

27

Montag morgen, halb acht. Ich trat auf die Straße. An der Ampel warteten die Autos in Dreierreihen. Schulkinder quetschten sich in volle Straßenbahnen. Es roch nach Abgasen. Eine Gruppe von Männern in Anzügen, mit Aktenkoffern in der Hand, kam mir entgegen. Heute war ich nicht die einzige auf dem Weg zur Arbeit.

Unser Pförtner schwenkte eine zusammengerollte Zeitung.

»Haben Sie schon gelesen?« Ich blieb bei ihm stehen.

»Die Leiche, die aus der Kälte kam.«

Er hielt mir die Schlagzeile vor die Nase.

»Kriminalkommissarin Stein demonstrierte, daß die örtliche Kriminalpolizei nicht nur aus Hohlköpfen besteht«, las er laut.

»Wenn das Heinze sieht«, freute er sich.

Die Bank bei uns im Flur war gut besetzt.

»Frau Kommissar«, ein Mann mit schütteren schwarzen Haaren und einem goldenen Schneidezahn kam auf mich zu. »Sie müssen mich verhaften. Ich habe es getan.«

Er schwenkte die Zeitung in der Hand.

»Ich habe ihn zersägt.« Er warf sich in die Brust.

Es gab nichts, was Herr Rudolf noch nicht getan hatte. Er gehört zu unseren treuesten Kunden. Andere gehen ins Kino. Herr Rudolf geht zur Polizei. So früh am Morgen legte ich keinen Wert auf eine Vertiefung unserer Freundschaft. Ich flüchtete ins Zimmer unserer Sekretärin.

Petra Klar, die Stütze unserer Abteilung, saß in einem kurzen Sommerkleid mit übereinandergeschlagenen Beinen am Schreibtisch. Sie hatte den Telefonhörer unter das Kinn gepreßt, wippte mit einem Fuß und malte Kreise auf das weiße Papier vor sich.

»Also, es war eine Nonne, und die hat Ihnen gesagt, daß der Teufel in Gestalt eines Priesters die Tat verübt hat?«

»Ja, ich habe alles notiert«, Petra malte weiter ihre Kreise. »Vielen Dank für den Hinweis.« Sie legte den Hörer auf.

Sofort klingelte es wieder. »Nur taube Nüsse«, stöhnte sie.

Ich verzog mich in mein Büro.

Das Kaninchen hing an seinem Wassertropf und nuckelte eifrig. Weber saß vor einer aufgeschlagenen Zeitung.

»Die Leiche, die aus der Kälte kam«, las er. »Kriminalkommissarin Stein demonstrierte ...«

»... daß die örtliche Kriminalpolizei nicht nur aus Holzköpfen besteht«, führte ich den Satz zu Ende.

»Hohlköpfe«, korrigierte er mich. »Aber wenn du das schon weißt.«

Ich hatte ihm seine Überraschung vermasselt.

Das Kaninchen seilte sich von seinem Tropf ab und krallte sich ein frisches Salatblatt vom Käfigboden. Weber hatte den Nagezahn gut versorgt.

Ich habe einen fürsorglichen Kollegen.

Es klopfte.

Ich riß die Tür auf. Vor mir stand eine Frau, die ihre rechte Hand fest über den Reißverschluß einer Umhängetasche gedrückt hatte.

»Ich lasse mich nicht wieder abwimmeln«, sagte sie kämpferisch.

»Worum geht es?« fragte ich sie.

»Sittenstrolche. Bin ich da bei Ihnen richtig?«

Ich gestattete ihr einen Blick auf Weber und den Nagezahn.

»Nein«, sagte ich. »Hier sind Sie bei der Kripo gelandet. Morddezernat.«

»Und, Sittenstrolche? Wo ist das?«

Ich widerstand der Versuchung, ihr Heinzes oder Kerners Zimmernummer zu sagen.

»Worum geht es denn?«

»Ums Schwimmbad. Da ist so ein Kerl, der vor den Umkleidekabinen der Mädchen rumlungert. Er lauert ihnen auf und faßt sie unsittlich an. Und der Bademeister macht nichts«, empörte sie sich.

»Sie können Anzeige erstatten wegen Beleidigung auf sexueller Grundlage oder Körperverletzung, wenn Sie das wollen.«

»Und ob ich das will«, sagte sie. »Deswegen bin ich ja hier.«

»Zimmer einhundertdrei, erste Etage. Frau Lehmann. Die kann Ihnen weiterhelfen.«

»Lehmann, Zimmer einhundertdrei«, wiederholte die Frau. »Danke. Mehr wollte ich nicht.«

Sie verschwand aus der Tür.
»Was Neues?« fragte Weber.
»Wie man's nimmt. Ich war noch mal in der Wohnung.«
Er sah mich gespannt an.
»Sie schlief nicht im Ehebett, sondern auf der Couch im Kinderzimmer, neben dem Bett ihrer Tochter.«
»Scheiße.« Er schlug die Zeitung zu.
»Und in der ganzen Wohnung gibt es nicht einen Teppich.«
»Fußbodenheizung«, vermutete er.
Ich schüttelte den Kopf. »Normale Heizkörper.«
Er rollte die Zeitung zusammen und fuhr damit über die Platte seines Schreibtischs.
»Irgendwie komisch«, gab er zu. »Vielleicht ist das praktischer zum Putzen? Ich bin ja keine Hausfrau...«
»Vor der Erfindung des Staubsaugers vielleicht, aber heute?«
»Ein neuer Wohntrend?«
»Kann sein«, räumte ich ein. »Und dann hab' ich das hier gefunden.«
Ich zog die beiden Hälften des Schulhefts aus meiner Tasche und hielt sie in die Luft.
»Das lag im Papierkorb. Hast du mal 'ne Rolle Tesa?«
Er griff in seine Schublade und warf mir die Rolle über den Schreibtisch.
»Was ist das?«
Ich klebte einen durchsichtigen Streifen über die blauen Katzenaugen.
»Ein Schreibheft. Da hat sie ein Märchen reingeschrieben.«
»Was hat das mit unserem Fall zu tun?«
Ich widmete mich der Rückseite.
»Du stellst schwere Fragen.«
Ich sah auf das Katzenohr. Ein hübsches Bild. Ein Tigerkätzchen mit zarten Streifen auf Stirn und Backen.
»Das ist nur so ein Gefühl.«
Der Riß verdarb alles. Er ging quer durch die Augen. Als ob jemand versucht hätte, dem Tier die Augen auszureißen.
Ich verstärkte das Blatt von innen.
»Jetzt bist du dran«, forderte ich ihn zum Erzählen auf.

»Ich habe nur nette Sachen über ihn gehört. Sogar seine erste Frau sagt, daß er ein netter Kerl war.«

Ich pfiff durch die Zähne.

»Er war schon mal verheiratet?«

»Vor zehn Jahren haben sie sich scheiden lassen, auf Wunsch der Frau. Die Ehe war kinderlos. Finanziell hat er sich nicht lumpen lassen. Sie hat wieder geheiratet.«

»Glaubst du ihr?«

»Warum sollte sie ihn umbringen? Sie war ihn doch los.«

»Da ist was dran«, gab ich zu. »Mit wem hast du sonst noch gesprochen?«

»Ein paar Nachbarn. Keiner hat was gesehen oder gehört. Du kennst das ja. Die, die was gehört haben könnten, sind verreist. Zum Beispiel das Ehepaar, das direkt unter den Papes wohnt, Rentner.«

»Die Familie Pape war reizend. Ganz feine Leute. Ein nettes Ehepaar.«

»Eine wunderbare Familie. Nur, daß Frau Pape neben dem Bett ihrer Tochter schläft und der Arzneimittelschrank voll mit Psychopharmaka ist.«

»Du weißt, wen das belastet?«

Webers Gedanken gingen in die gleiche Richtung wie meine. Wir sahen auf den leeren Bilderrahmen. Das Foto von Familie Pape war noch bei der Fahndung.

Das Telefon klingelte. Weber hob ab.

»Für dich«, er gab den Hörer an mich weiter. »Deine Mutter.«

Auch das noch. Heute blieb mir nichts erspart. Die meiste Zeit verdränge ich erfolgreich, daß auch ich mit einer Mutter gesegnet bin.

»Du hast dich eine Woche lang nicht bei mir gemeldet.«

Wenn ich mich alle zwei Tage bei ihr melde, beschwert sie sich, daß ich nicht jeden Tag anrufe.

»Ich arbeite. Ich habe zu tun.«

»Verbrecher zu jagen ist dir wichtiger, als dich nach deiner Mutter zu erkundigen.«

»Das ist mein Beruf«, verteidigte ich mich.

»Andere arbeiten auch und kümmern sich um ihre Eltern.«

»Weshalb rufst du an?« fragte ich sie.

»Ich bin heute in der Stadt. Wenn du mich noch einmal sehen möchtest, können wir uns zum Essen treffen.«

Besser, ich brachte es so schnell wie möglich hinter mich. Sonst gab sie doch keine Ruhe. Ich sah auf die Uhr. Viertel vor zehn.

»Um halb eins im ›Alten Markt‹?«

»Sei pünktlich«, warnte sie mich.

»Mütter können ganz schön nerven.« Er strahlte.

»Nur Schwiegermütter sind schlimmer«, beschied ich ihn.

Sein Strahlen verflüchtigte sich.

»Was hältst du von den Bildern?«

Ich schob die Fotoalben über den Schreibtisch. Er zupfte an seinem Bart, während er Seite für Seite langsam umblätterte.

»Der blonde Engel. Das ist sie?« fragte er.

»Die Schöne, das ist sie. Die andere ist die Schwester.«

Er blätterte weiter. Das Kaninchen rieb seinen Unterleib über den Käfigboden und quietschte leise. Weber sah kurz irritiert auf. Das Kaninchen machte weiter. Ich konnte mich des Eindrucks nicht erwehren, daß es sich einer nicht ganz jugendfreien Handlung hingab.

»Was hältst du davon?« fragte ich ihn.

»Nichts Besonderes, soweit«, sagte er. »Mama und die beiden Töchter. Gut verpackt. Nichts für Genießer.«

»Was hast du erwartet?«

»Ein paar Fotos im Schwimmbad wären nett gewesen. Im Bikini oder so. Aber nackte Beine oder Busen ist nicht.«

»Sie hat uns nur die jugendfreie Version mitgegeben«, vermutete ich. »Wegen der Sittenstrolche im Polizeidienst.«

»Sittenstrolche. Wo sind hier Sittenstrolche?«

Er sah auf das Kaninchen im Käfig. Es lag geschafft auf der Seite und streckte alle viere von sich.

»Bist du ein Sittenstrolch?«

»Vielleicht sehen wir ja so jung und unschuldig aus, daß sie uns mit jugendfreiem Material eingedeckt hat«, lenkte ich ein.

»Mich hat noch keiner älter als fünfundzwanzig geschätzt, ehrlich wahr.« Er strich sich über den Bart. Jetzt fehlte ihm nur noch ein Spiegel.

»Haben wir schon was von der Fahndung reingekriegt?«

Er schüttelte den Kopf.

»Die Zeitungen sind gerade mal raus. 'Ne Menge Wichtigtuer, mehr nicht.«

»Wie weiter?« Er sah mich fragend an.

»Du bleibst an ihm dran. Wir wissen so gut wie nichts. Es muß doch noch mehr über ihn rauszukriegen sein, als daß er nett war. Es muß einen Grund dafür geben, warum man ihn so unsanft ins Jenseits befördert hat. Geh' in sein Geschäft, rede mit den Angestellten, was weiß ich.«

Er nickte. »Und du?«

Ich packte mir das Heft vom Schreibtisch.

»Ich halt' mich jung mit meiner Lektüre.«

»Verdirb dir nicht die Augen«, warnte er mich.

»Apropos Augen. Ich habe das Objekt deiner Begierde von nahem gesehen.«

Er sah mich verständnislos an.

»Der knackige Po in der roten Lederhose gehört der Schwester, Eva Wessel.«

»Der Streuselkuchen?« Eine wenig schmeichelhafte, wenn auch ziemlich treffende Bezeichnung für das unglückliche Mädchen aus dem Album.

Die Tür ging auf. Petra ließ sich auf unseren Besucherstuhl fallen. Die Telefone in ihrem Büro klingelten sich heiß.

»Ich halte das nicht aus. Lauter taube Nüsse. Habt ihr mal 'ne Kippe?«

Weber kramte in den Schubladen nach seinem Notvorrat für Besucher. Er hielt ihr eine grüne Schachtel hin.

»Iiih, ist ja Menthol.«

Petra verzog die Nase und griff zu.

Der Nagezahn stellte sich aufrecht ans Gitter und fuhr das rechte Ohr in ihre Richtung aus.

»Was ist das denn?«

Petra zeigte mit einem roten Fingernagel auf das Kaninchen.

»Das ist unser wichtigster Zeuge«, klärte ich sie auf.

Weber nickte zur Unterstützung.

Petra sah von mir zu ihm und wieder zu mir zurück. Sie zog an ihrer Zigarette und tippte den roten Fingernagel des Zeigefingers bedächtig an ihre Schläfe.

»Plemplem. Jetzt dreht ihr ganz durch.«

»Das ist die Hitze«, stöhnte mein Kollege. »Wir brauchen Erholung. Kein vernünftiger Mensch schuftet bei so einem Wetter. Hört mal, was andere während der Dienstzeit machen.«

Er faltete die Zeitung auseinander.

»Im Sommer geht die Politik auf Reisen. Mitglieder des Verkehrsausschusses von intensiver Südostasienerkundung zurückgekehrt.«

Petra folgte verträumt den Rauchringen zum Fenster.

»Abgeordnete vom Ausschuß für wirtschaftliche Zusammenarbeit starten in die Karibik.«

Wir ließen die Magie der Namen auf uns wirken. Südostasien, Karibik. Das Erwachen war grausam. Heinze erschien im Türrahmen.

»Was ist das hier für ein Saftladen. Keiner geht ans Telefon«, empörte er sich. »Gemütliches Plauderstündchen oder was?« Die Telefone hinter ihm klingelten munter.

»Kleine Gruppensitzung«, informierte ich ihn kühl. »Wir teilen Frau Klar gerade den letzten Stand der Ermittlungen im Fall Pape mit.«

»Und warum sagt mir keiner was?« Das klang schon ziviler.

»Weil Sie um halb acht nicht in Ihrem Büro waren.«

Ein Volltreffer. Seine Ohrläppchen glühten.

»Haben Sie den Täter im Fall Pape?«

Angriff ist die beste Verteidigung. Männer sind ja so durchsichtig.

»So gut wie.« Das war eine nette Formulierung. Nichtssagend und optimistisch. Genau das Richtige für Heinze.

»So, so«, sagte er automatisch. »Machen Sie, was Sie wollen. Wenn's schiefgeht, haben Sie den Fall die längste Zeit gehabt.« Er verließ das Zimmer.

Petra schnorrte drei Mentholzigaretten von Weber und stökkelte klaglos zu den klingelnden Telefonen zurück.

Ich steckte das Heft in die Handtasche.

»Bis später«, verabschiedete ich mich von meinem Kollegen.

»Du kannst die Füße hochlegen und Eis essen«, maulte er. »Und ich?«

»Du darfst knackigen Bürodamen ins Dekolleté schielen. Ist das nichts?«

Sein Gesicht hellte sich auf.

Als ich aus der Tür trat, sprang mir ein Mann mit schütteren schwarzen Haaren und einem goldenen Schneidezahn entgegen.

»Ich habe ihn zersägt.« Er hielt die Zeitung in die Höhe.

»Herr Rudolf?«

»Frau Kommissar?« Er sah zu mir hoch.

»Ich habe ihn zersägt.« Er strahlte vor Stolz.

»Machen Sie weiter so«, ermutigte ich ihn. »Es gibt viel zu zersägen in dieser Welt. Packen Sie's an.«

»Frau Kommissar.« Entsetzt wich er vor mir zurück.

Was für ein Irrenhaus. Montags ist es am schlimmsten. Da kommen alle, die das Wochenende nicht verkraftet haben.

Ich trat ins Freie und atmete mit vollen Zügen Frischluft ein. Meine Bronchien rebellierten gegen den CO_2-Schock. Ich hustete mich frei.

Ein uniformierter Kollege führte in Handschellen einen Mann die Treppe hoch, der mir so gutgelaunt zulächelte, als wäre ein Herzenswunsch von ihm in Erfüllung gegangen. Einmal verhaftet werden.

»Wen habt ihr denn da?« fragte ich die Kollegin, die hinter den beiden die Treppe hochkam.

Sie blieb neben mir stehen und nahm die Mütze ab.

»Ein Nasenbeißer. Öfter mal was Neues.«

Mit einer Hand fuhr sie durch die verschwitzten Haare.

»Ein was?« Ich traute meinen Ohren kaum.

»Er steht auf Nasen.«

Ich prüfte, ob meine Nase noch an der richtigen Stelle saß.

»Nasen?«

Sie nickte. »Er sieht eine Nase, und ab geht die Post.«

»Wer läßt sich denn in seine Nase beißen?«

Meine Vorstellung, was Menschen sich gefallenließen, ohne sich zu wehren, hatte ihre Grenzen.

»Er hilft nach, mit einem Taschentuch und etwas Chloroform.«

Ich verabschiedete mich. Von der Kollegin, dem Nasenbeißer, von Herrn Rudolf, von allen anderen braven und weniger braven Bürgern, die an diesem Montag morgen die Flure des Präsidiums bevölkerten. Mit heruntergedrehten Scheiben reihte ich mich in die Autokolonnen Richtung Innenstadt ein.

28

Die Tür ging auf.

»Wie wär's mit Frühstück?«

Der Mann mit dem Pferdeschwanz steckte seinen Kopf in den Wagen. Silke Pape sah glatte Haut in einem braunen Gesicht.

»Sie finden mich im blauen Zelt«, sagte er und verschwand.

Sie kletterte vom Rücksitz und holte ihre Tochter nach.

»Mama, wo sind wir?«

Sie sah sich um. Viereckige Rasenplätze, die mit Drahtseilen abgespannt waren. Dazwischen Zelte, Wohnwagen, Autos. Das Taxi stand neben einem weißen Wohnwagen mit blauem Vorzelt. Sie waren auf einem Campingplatz gelandet. Auf einem Weg sah sie Menschen mit Handtüchern über der Schulter nach unten laufen. Zwischen den Bäumen glitzerte die Morgensonne auf dem Wasser. Zum Greifen nah.

»Mama, wo sind wir?« Mirjam blinzelte in die Sonne.

»Auf einem Campingplatz.«

»Was ist das für ein Platz?«

»Hier schlafen die Leute in Zelten. Und in Wohnwagen«, fügte sie hinzu.

»Wie die Indianer?« Vor Aufregung schob Mirjam die Zunge aus dem Mund.

»Wie die Indianer«, bestätigte Silke. »Komm, wir gehen in das Zelt.«

Der Mann mit dem Pferdeschwanz saß auf einem klapprigen Hocker vor dem Campingkocher.

»Ich weiß jetzt, wer du bist.«

Bevor ihre Tochter zu dem Mann laufen konnte, nahm Silke Pape sie an die Hand.

»Na, wer bin ich?« Der Mann trug einen Topf mit brodelndem Wasser zu einem Klapptisch, auf dem Teller und Tassen neben bunten Glastöpfen standen.

»Du bist ein Indianer«, trompetete sie stolz.

»Und du? Was bist du?« fragte er und klappte zwei Sessel auseinander.

»Ich bin ein Mädchen und heiße Mirjam.«

Sie setzte sich auf einen Klappstuhl. Silke Pape rückte ihren Stuhl neben den ihrer Tochter.

»Magst du Kakao?« fragte der Mann. Mirjam nickte.

»Wie heißt du?« fragte sie ihn.

»Ich heiße Udo.«

In der Ferne hupte ein Auto dreimal.

»Das ist der Bäcker. Fangen Sie ruhig schon an.«

Er verschwand durch den Zelteingang.

Silke Pape schmierte frischen Quark auf einen Zwieback und schraubte ein rotes Marmeladenglas auf.

»Ich hab' so Hunger, Mama.«

Sie legte ihrer Tochter den Zwieback auf den Teller. Mirjam packte ihn mit beiden Händen. Es knirschte. Zwiebackkrümel rieselten vom Mund des Mädchens nach unten.

Die Zeltwand raschelte. Der Mann mit dem Pferdeschwanz legte seine Tüte in eine leere Obstkiste. Brötchen unterschiedlicher Form kullerten aus dem Papier.

»Hauen Sie rein.«

Ihr war fast schlecht vor Hunger. Silke Pape biß in die Brötchenhälfte, kaute schnell, biß wieder, bis sie alles heruntergeschlungen hatte.

»Und was möchtest du?« fragte der Mann mit dem Pferdeschwanz Mirjam. Sie setzte den Kakaobecher ab.

»So ein Brötchen mit Falten.«

Mirjam zeigte auf ein Croissant. Reste des Zwiebacks klebten in einem braunen Rand um ihre Lippen. Der Mann gab ihr das Croissant und stellte die Kiste mit den Brötchen auf den Boden.

»Was ist das?«

»Sirup. Willst du mal probieren?«

Mirjam nickte. Er ließ den Zuckerrübensirup vom Messer auf eine Hälfte ihres Croissants laufen. Sie biß hinein und kaute mit vollen Backen.

»Paß auf, das tropft.«

Die Warnung kam zu spät. Der Sirup rann ihr die Finger herunter.

»Du kannst es ablecken.« Der Mann mit dem Zopf tat so, als lecke er mit der Zunge über den Handrücken. »Wie eine Katze.«

»Mama, darf ich?«

»Ausnahmsweise.«

»Wieso ausnahmsweise? Es macht doch Spaß.«

Er sah sie herausfordernd an.

Silke Pape antwortete nicht.

»Wie schmeckt Ihnen der Kaffee?« fragte er.

»Gut. Er ist sehr gut.«

»Sie können nicht lügen«, sagte er. »Er ist beschissen. Wie Pulverkaffee halt schmeckt. Ich werde uns richtigen besorgen.«

»Ich will Ihnen keine Umstände machen.«

»Das haben Sie schon.«

Er riß eine Zigarettenschachtel auf und klopfte sie auf den Tisch. Unter seinen Fingernägeln blinkte es schwarz.

»Wollen Sie länger hierbleiben?«

Sie hustete. »Ich kann nicht lügen. Das stimmt. Der Kaffee ist furchtbar. Aber besser als gar keiner.«

Sie füllte sich einen Löffel Pulverkaffee in ihren Becher und goß heißes Wasser nach.

»Ich bin weggelaufen. Es kann sein, daß ich gesucht werde.«

Er zündete die Zigarette an.

»Wieso?« Er musterte sie. »Sie sind nicht der Typ, der krumme Dinger dreht.«

Sie rührte in ihrem Becher.

»Von mir aus können Sie bleiben.« Er zog an der Zigarette. »An Ihrer Stelle würde ich was machen, daß mich so leicht keiner erkennt.«

»Wie meinen Sie das?« Sie sah an ihrem Kleid herunter.

Er drückte seine Zigarette zwischen Brotkrümeln, Mohnsamen und einem Rest Marmelade auf dem Frühstücksteller aus.

»Wenn Sie wollen, besorge ich Ihnen ein paar Klamotten und

was zum Haarefärben. Oder wollen Sie, daß Sie hier auf dem Campingplatz erkannt werden?«

Sie schüttelte den Kopf.

»Na, also.«

»Jetzt zeige ich Ihnen, wo Sie schlafen können. Das Auto brauche ich zum Arbeiten.«

Er stand auf. Sie folgte ihm in den Wohnwagen.

»Hier. Mit zwei Griffen können Sie die Betten runtermachen.« Er ließ sie von der Wand nach unten schnellen. »Hier schlafen Sie. Und das hier ist für Ihre Tochter. Na, was ist? Irgendwas nicht in Ordnung?«

»Wo schlafen Sie?«

»Ich schlafe im Vorzelt, wenn Sie nichts dagegen haben.«

»Mama, bleiben wir hier?« Das kleine Mädchen stieg die Stufen zum Wohnwagen hoch.

»Ja, Mirjam, wir bleiben hier.«

»Hier ist der Autoschlüssel.«

»Wozu?«

»Damit Sie Ihr Gepäck ausräumen können. Das können Sie doch allein, oder?«

»Komm, Mirjam, wir gehen auspacken.«

»Sind wir jetzt hier zu Hause?« fragte Mirjam, als sie auf dem Bett im Wohnwagen saßen.

»Ja, erst mal sind wir hier zu Hause.«

Sie mußte mit den Tränen kämpfen.

»Zu Hause ohne Papi«, sagte Mirjam traurig.

Sie nahm ihre Tochter in den Arm.

»Wenn wir an ihn denken, ist er bei uns.«

Es klopfte an der Tür. Der Mann mit dem Pferdeschwanz hatte sich ein Hemd übergezogen.

»Ich fahre in die Stadt. Die Klamotten besorgen.«

Er drehte sich um.

»Die Duschen und Toiletten sind den Weg runter rechts. Und nehmen Sie sich vor dem Platzwärter in acht. Den erkennen Sie an der Armbinde. Das ist ein Arschloch.«

29

Vor dem Naturkundemuseum tummelte sich eine Schulklasse. Ein Mann mit Jeans und kariertem Hemd klopfte an das Glas der Eingangstür. Wenn er keinen Termin hatte, konnte er lange klopfen. Montags waren die Museen geschlossen. Sogar das Polizeimuseum war montags zu.

Die Schüler fanden es auch vor der Tür spannend. Eine Reihe Mädchen saß auf der Mauer vor dem Brunnen und kicherte, als sich drei Jungen näherten. Eine gemischte Gruppe bildete einen Kreis um bunte Schultaschen, die auf dem Boden lagen. Hinter der Hand reichten sie eine Kippe von einer Hand zur nächsten.

»Wenn ich sitzenbleibe, hau' ich ab«, schrie unüberhörbar ein Junge mit halblangen Haarzotteln, den ich auf Zwölf schätzte. »Die Alten können mich mal.« Er sprang auf eine Bank und von dort in einem Sprung auf die nächste.

Mittwoch gab es Ferien. Hoffentlich kam er durch. Ich wollte ihn nicht vom Pflaster unter dem Fernsehturm kratzen.

Ich überquerte die Straße und bog in den Park. Unter dem grünen Dach der Bäume lief ich dem See entgegen. Eine Gruppe Schwäne paddelte über das Wasser. Auf einer Bank am Ufer saßen zwei Frauen mit Kinderwagen.

Ein Kellner in schwarzen Hosen und weißem Hemd stellte die Stühle von den Tischen. Ich suchte mir einen Platz, der in der Sonne lag. Der Kellner stellte eine Vase mit Stoffblumen, einen Aschenbecher und einen Zuckerstreuer auf den Tisch. Er reichte mir die Karte. Ich bestellte und zog das Heft mit dem Katzenbild aus der Tasche. Das Tesa hatte gehalten. Ich schlug auf und las.

›Es war einmal ein König, der hatte eine Frau mit gelben Haaren, und sie war so häßlich, daß sich ihresgleichen nicht mehr auf Erden fand.‹

Ein rasanter Anfang. Endlich einmal eine Königin, die nicht langweilig schön war.

›Es geschah, daß sie krank lag, und als sie spürte, daß sie bald sterben würde, rief sie den König und sprach …‹

Ich hatte mich zu früh gefreut. Kaum traf ich auf eine Königin, die mir gefiel, da starb sie schon weg.

›Wenn du nach meinem Tod dich wieder vermählen willst, so nimm keine, die nicht ebenso häßlich ist, als ich es bin, und die nicht ebenso gelbe Haare hat, wie ich habe; das mußt du mir versprechen.‹

Ein verrückter Wunsch. Ich fragte mich, ob die Männer in den Märchen immer das taten, was ihre Frauen wollten?

Der Kellner brachte mein Eis. Der silberne Becher war mit einem feuchten Film überzogen. Er erinnerte mich an die Beutel, die wir auf dem Gefrierschrank gefunden hatten. Ich zog den Papierschirm aus der obersten Kugel und schnitt mit dem flachen Löffel in das Eis. Es schmolz auf meiner Zunge. Erdbeer. Ich kaute auf den Fruchtstückchen und kehrte zu meiner Königin zurück.

›Sie tat die Augen zu und starb.‹

Es traf mich nicht unvorbereitet. Alles, was ich über Männer und Märchen wußte, sagte mir, daß möglichst schnell Ersatz beschafft werden mußte.

›Der König war lange Zeit nicht zu trösten.‹

Dieser Aussage mißtraute ich auf Anhieb. Als Kriminalistin und als Frau. Lange Zeit ist ein relativer Begriff. Vielleicht war er drei Tage lang traurig.

›Dann wurden Boten weit und breit umhergeschickt, um eine Braut zu suchen, die der verstorbenen Königin an Häßlichkeit ganz gleichkäme. Es war aber keine in der ganzen Welt zu finden, und wenn man sie auch gefunden hatte, so war doch keine da, die die gleichen gelben Haare gehabt hätte. Also kamen die Boten unverrichteterdinge wieder heim.‹

Ein König auf Brautschau.

Mit dem Löffel schabte ich das weiche Eis von den Seiten der Kugeln. Es war viel zu süß. Keine häßliche Braut weit und breit. Was machte der arme Mann jetzt bloß?

›Der König hatte eine Tochter. Die war genauso häßlich wie ihre verstorbene Mutter und hatte auch solche giftigen Haare. Der König sah sie an und fühlte plötzlich eine heftige Liebe zu ihr. Er sprach: Ich will meine Tochter heiraten.‹

Wie im richtigen Leben. Die Sonne war weitergewandert. Ich saß im Schatten und fröstelte, als ich das restliche Eis aus dem Becher löffelte.

›Als die Räte das hörten, erschraken sie und sprachen: Gott hat verboten, daß der Vater seine Tochter heirate, aus der Sünde kann nichts Gutes entspringen.‹

Er wäre der erste Mann, der auf die Stimmen der Vernunft hören würde. Ich hatte Durst vom Eis und bestellte ein Mineralwasser. Die Schwäne schwammen ans Ufer. Einer von ihnen war schwarz.

›Die Tochter erschrak.‹

Ich las gespannt weiter. Erst einmal spielte sie auf Zeit, in der Hoffnung, daß ihr Vater von selbst zur Vernunft kommen würde. Sie war jung. Sie kannte die Männer noch nicht. In Anbetracht solcher Handikaps schlug sie sich nicht schlecht.

›Eh' ich Euren Wunsch erfülle, muß ich erst drei Kleider haben, eins so giftig wie die Sonne, eins so tot wie der Mond und eins so schmutzig wie die Erde; ferner verlange ich einen Mantel, von tausenderlei Pelz und Rauhwerk zusammengesetzt, und ein jedes Tier in Eurem Reich muß ein Stück von seiner Haut dazu geben.‹

Die beiden Frauen erhoben sich von der Bank am Ufer, griffen die Lenker der Kinderwagen und schoben davon. Drei Männer kamen ihnen entgegen. Sie traten an die Seite, um die Frauen vorbeizulassen. Neugierig sahen sie in die Kinderwagen. Ich leerte das Glas mit dem Mineralwasser in einem Zug und goß mir nach.

›Der König ließ nicht ab, und die geschicktesten Jungfrauen in seinem Reich mußten drei Kleider weben, eins so giftig wie die Sonne, eins so tot wie der Mond und eins so schmutzig wie die Erde; und seine Jäger mußten alle Tiere im ganzen Reiche einfangen und ihnen ein Stück von ihrer Haut abziehen; daraus ward ein Mantel von tausenderlei Rauhwerk gemacht.‹

Die Männer setzten sich auf die Bank. Sie knöpften die Jacken auf. Für das Wetter waren sie zu warm angezogen. Ein Mann trug eine Weste, die aus Fellresten zusammengenäht war.

›Als alles fertig war, ließ der König den Mantel herbeiholen, breitete ihn vor ihr aus und sprach: Morgen soll die Hochzeit sein.‹

Der Mann mit der Fellweste holte eine Flasche aus einer Plastiktüte, schraubte sie auf und setzte sie an die Lippen. Er reichte die Flasche an seine Kumpel weiter.

›Als die Königstochter sah, daß keine Hoffnung mehr war, ihres Vaters Herz umzuwenden, faßte sie den Beschluß zu bleiben. Sie machte sich Gesicht und Hände mit Ruß schwarz. Zur Hochzeit legte sie den Mantel mit den verwesenden Tierfellen an. Geier kreisten über den Zinnen des Schlosses. Der König sagte: Du bist meine Braut, und wir scheiden nimmer voneinander. Er gab ihr einen Kuß. Seine Lippen waren eiskalt. Der Himmel färbte sich schwarz, und die Sonne schien nie mehr.‹

›Ende‹ stand in dicken schwarzen Buchstaben unten auf der Seite. Ich drehte die eingerissenen Seiten um. ›Es war einmal.‹ Über vier Seiten war Zeile um Zeile mit diesem Satz gefüllt. Dann kam eine Seite ›Sie lebten‹ und ein großes ›vergnügt‹ in Druckbuchstaben, das mit zwei dicken schwarzen Balken durchgekreuzt war. Auf der letzten Seite standen vier Worte. ›Bis in ihren Tod.‹ Ich klappte das Heft zu.

Verdammt. Ich nahm den Zuckerstreuer in die Hand und besah mir die weißen Körner. Wie viele das sein mochten? Ein paar Hundert, ein paar Tausend? Was wußte ich schon. Gar nichts. Die Mutter, der Vater, die Tochter, die schmutzige Erde und der tote Mond. Die geballte Häßlichkeit kroch mir unter die Haut. Die Hochzeit mit dem Vater. Und dieses Ende. ›Die Sonne schien nie mehr.‹ Ich schüttelte den Zucker. Er stob nach oben und senkte sich wieder.

Was war das für ein Märchen? Ordentliche Märchen hatten gefälligst glücklich zu enden.

30

Es war kurz vor eins, als ich aus der Tiefgarage auf den Hansaplatz kam. Menschen hockten auf den Stufen und drehten die Köpfe nach oben. Ein Motorrad bewegte sich auf einem steilen Drahtseil auf ein Podest zu. Auf halbem Weg blieb es stehen, rollte ein Stück zurück, um weiter nach oben zu fahren. Am Ende des Seils stand das Motorrad still. Der Fahrer stieg von der Maschine, trat auf das Podest und begann einen schmalen Mast nach oben zu klettern. Am Ende der Stange setzte er sich auf den Mast, breitete die Arme aus und schwang auf dem dünnen Rohr hin und zurück. Das Publikum auf dem Platz applaudierte.

Die Leute schlenderten in kleinen Gruppen über den Markt. Mit zusammengekniffenen Augen blinzelten sie in die Sonne. Die Büros der Innenstadt entließen ihre Angestellten in die Mittagspause. Die Tische vor dem ›Alten Markt‹ waren besetzt. Drinnen war es angenehm kühl. Um den Tresen staute sich eine doppelreihige Männerriege mit Pils- und Korngläsern auf den Bierdeckeln.

Lore saß an einem Tisch auf der Galerie. Sie war nicht zu übersehen. Eine wilde Mähne grauer Locken, ein selbstgehäkeltes Ungeheuer von einem Pullover über dem strammen Busen, ein Zigarillo zwischen den Lippen. Durch die weiten Maschen sah ich ein Nylonunterkleid mit Spitze. Früher hatte sie ihre Pullover blickdicht gehäkelt.

»Wie siehst du denn aus?« fragte sie mich zur Begrüßung. Ich kann mich nicht erinnern, daß sie jemals einen freundlichen Kommentar bezüglich meiner Aufmachung gemacht hat. Als ich in Jeans und T-Shirt durch die Gegend turnte, war es ihr nicht recht. Jetzt, wo ich mich bunter verpacke, nörgelt sie genauso. Müttern kann man es nie recht machen. Außer, ich würde mir ihre Nylonunterröcke, Gummistrapse und Stäbchenpullis ausleihen. Vielleicht wäre sie dann zufrieden.

»Trägt man das heute?« Manchmal wundere ich mich, warum ich Beißhemmung habe und ihr nicht sage, was ich von Häkeldekken über dem Busen halte. Sie schaffte es tatsächlich, daß ich an mir herunterschaute und mich fragte, ob schwarze Leggings und ein Tigerhemd noch als Damenoberbekleidung durchgehen oder nur im Bett getragen werden sollten.

»Ich lade dich ein.« Lore schob die Speisekarte über den blankgescheuerten Holztisch. »Nimm was Ordentliches.«

Sie zerquetschte den Rest des Zigarillos im Aschenbecher.

Mit einem Blick überflog ich die Mittagskarte und entschied mich für Krüstchen mit Röstkartoffeln. Lore nahm Sülze und Röstkartoffeln. Eine selten harmonische Entscheidung. Bei den

Getränken trennten sich unsere Wege wieder. Sie ein Alt, ich ein Mineralwasser.

»Wie geht es dir?« fragte sie nach dem ersten Schluck Bier und wischte sich den Schaum vom Mund.

»Danke«, sagte ich. »Ich kann nicht klagen.«

Eine Antwort, die sich zwanzig Jahre lang bewährt hat. Mit zehn, schätzungsweise, habe ich aufgehört, ihr mein Innerstes unverpackt zu präsentieren.

»Das freut mich, daß es dir gutgeht«, sagte sie und zündete sich einen neuen Zigarillo an. Sie blies mir eine Rauchwolke ins Gesicht. Ich hustete.

»Und du?« stellte ich die Frage, auf die sie wartete.

»Was hältst du davon, wenn du wieder einen Vater bekommst?«

Ich hustete weiter. Diesmal vor Überraschung. Für wie alt hielt sie mich eigentlich?

»Einen Vater?« fragte ich dämlich. Das Wort war jahrelang tabu gewesen. Seit mein Vater uns verlassen hatte. Sie sprach nur noch von dem Mistkerl, der uns das Leben zur Hölle gemacht hatte.

»Er hat Niveau. Er würde dir gefallen.«

Ich hatte so meine Zweifel. Abgesehen davon, daß ich nicht den Hauch einer Ahnung hatte, was meine Mutter unter Niveau verstehen könnte. Niveau bei Männern. Mein Leben lang habe ich von ihr gehört, daß Männer Schweine sind, die alle nur das eine wollen.

Sie zog an ihrem Zigarillo. Ihr Busen bebte.

»Er ist ein Kavalier.«

Wenn er der Kavalier war? Was war sie? Es fiel mir schwer, sie mir in der Rolle der Kameliendame vorzustellen.

»Was macht er?« wollte ich wissen.

»Also, das ist doch wirklich nebensächlich«, wies sie mich in die Schranken. »Freust du dich nicht für mich?«

»Doch, doch«, versicherte ich ihr. Es warf ein liebgewordenes Bild über den Haufen. Die lockeren Maschen des Pullovers gestatteten mir ganz neue Einsichten.

»Ich bin froh, daß du es weißt.«

Sie fuhr sich mit der Hand unter den Nylonunterrock und verstellte irgend etwas an ihren Trägern. Der Busen hing schief.

»Eine Frau braucht einen Mann. Das habe ich immer gesagt.«

Ich konnte mich nicht daran erinnern, von ihr je irgend etwas in dieser Richtung gehört zu haben. Es trifft einen immer etwas unvorbereitet, wenn die eigene Mutter neue Seiten offenbart.

Die Kellnerin kam mit dem Essen.

Lore beäugte mißtrauisch ihre Sülze.

»Man weiß natürlich nie, was die da reintun.«

»Was machst du heute noch?« fragte sie mich mit vollen Bakken.

»Herausfinden, warum ein Mann ermordet wurde, in kleine Stücke zerlegt und eingefroren.«

»Ich habe dir von Anfang an gesagt, daß das kein Beruf für dich ist. Du wolltest ja nicht auf mich hören.«

Lore schob eine Gabel Röstkartoffeln in den Mund.

»Er hatte eine kleine Tochter. Es könnte gut sein, daß er sie ein wenig zu sehr geliebt hat.«

»Dann hat er verdient, zersägt zu werden.«

Das war in etwa die Tonart, die mich mein Leben lang begleitet hatte. Ich kämpfte mit dem letzten Stück meines Krüstchens.

»Auch von der eigenen Ehefrau?«

»Sie hätte sich scheiden lassen sollen, so wie ich.«

Lore kratzte mit dem Messer die Kartoffelkrümel auf die Gabel.

»Wenn ich ihn nicht rausgeschmissen hätte, wer weiß, was bei uns noch passiert wär'. Das Schwein war zu allem fähig.«

Heute servierte sie mir eine Überraschung nach der anderen. Ich hatte immer gedacht, er hätte uns verlassen. Warum bin ich nie auf die Idee gekommen, daß sie ihn rausgeworfen haben könnte?

»Davon hast du mir nie etwas erzählt.«

»Solche Dinge werden nicht besser davon, wenn man über sie redet.« Sie wischte sich mit der Serviette die Lippen ab. »Ich habe dafür gesorgt, daß er aus dem Haus war, bevor er schlimmeres Unheil anrichten konnte.«

Die Kellnerin kam und räumte unsere Teller ab.

»Möchten Sie einen Nachtisch?«

Wir bestellten zwei Kaffee.

Was sie gesagt hatte, ließ mir keine Ruhe.

»Was meinst du mit schlimmerem Unheil?«

»Ich will nicht mehr darüber reden. Das ist vorbei. Es gefällt mir nicht, daß du dich beruflich mit solchen Sachen beschäftigst.«

Die Kellnerin stellte die Tabletts mit den Kaffeetassen auf den Holztisch.

»Wenn ich ihn dir vorstelle, mußt du dir natürlich was Ordentliches anziehen. Ich will mich nicht blamieren.«

Ihr war nicht ganz wohl bei dem, was sie sagte. Sie krallte sich den letzten Zigarillo aus der Schachtel.

Ich merkte zu meiner eigenen Überraschung, wie sich so etwas wie ein Lachen auf meinen Lippen breitmachte. Es war wirklich zu komisch. Warum mußte ich zweiunddreißig Jahre alt werden, um die Komik solcher Situationen zu genießen?

»Ich habe da auch jemanden, den ich dir vorstellen möchte.«

»Einen Mann?«

Sie zog nervös an ihrem Tabakstümpchen.

»Eine Frau braucht einen Mann. Findest du nicht?«

»Doch, doch«, sagte sie und schob ihre freie Hand unter den Träger des BHs. Auch mit dieser Aktion gelang es ihr nicht, die Brüste ins Gleichgewicht zu bringen. Die linke zog weiter nach unten. Ich trank den Kaffee aus.

»Wenn ich ihn dir vorstelle, mußt du dir natürlich was Ordentliches anziehen. Ich will mich nicht mit dir blamieren.«

Sprachlos starrte sie mich an. Ich stand auf und schnappte meine Tasche. Ehe sie Luft für eine Antwort gefunden hatte, war ich wieder auf dem Markt.

Was für ein Gefühl, mit der eigenen Mutter so zu sprechen wie mit ganz normalen Menschen.

War ich dabei, endlich erwachsen zu werden?

31

Zwanzig nach drei. Ich öffnete die Glastür am Hinterausgang des Hauptbahnhofs. Ein Bettler saß vor der gelben Kachelwand und schlief. Ein graues Pappschild trug die Aufschrift:

»Bin in Not!!!«

Ich stieg die Treppe hoch.

Neben dem Fotoautomaten spielten zwei Jungen mit einer Coladose Fußball. Weiter vorn war gut Betrieb. Trauben von Menschen standen vor den Treppen, die zu den Bahngleisen hochführen. Schwitzende Gesichter kamen mir entgegen. Männer, die Koffer schleppten. Frauen mit Handtaschen und Tüten.

Ein Stand mit billigem Schmuck war dicht von Frauen und Männern umlagert. Ketten mit vergoldeten Blechherzen und Ohrringe, in denen Sterne schaukelten, lagen auf schwarzem Stoff. Vor einem Softeisstand hatte sich eine Schlange gebildet. Am Eingang des Bahnhofklos warteten Strichjungen auf ihre Kunden.

Ich grüßte die Kollegen in Uniform, die zu zweit durch die Bahnhofshalle liefen. Zwischen den Schließfächern hatten es sich ein paar alte Kunden von uns bequem gemacht. Auf einer Decke erkannte ich Schorsch mit seinen Hunden.

Mein Blick wanderte hoch zu dem Plakat, das den Durchgang zu den Zügen schmückte. Blauer Himmel, grüner Rasen. Eine glückliche Familie am Frühstückstisch. Wie Dinosaurier prangten sie da überlebensgroß. Vater, Mutter, zwei Kinder. Sauber gewaschen mit makellosen Zahnreihen. Glückliche Familien. Ich hatte einen abgestandenen Geschmack im Mund. Die Jungens, die sich vor dem Bahnhofsklo verkauften, wußten mit Sicherheit nicht, was das war.

Die Glaswand glitt vor mir auseinander, und ich betrat die Halle, in der die Fahrkarten verkauft wurden. Fünf lange Schlangen. Ich würde mich mal wieder beliebt machen.

Die Frau, die gerade eine Fahrkarte entgegennahm, musterte mich ungläubig, als ich mich neben ihr aufbaute.

»Sie sind noch nicht dran«, zischte sie mir zu, bevor sie den Schalter räumte.

Ich legte meinen Ausweis auf den Tresen.

»Kriminalpolizei. Haben Sie diese Frau schon einmal gesehen?«

Die Frau in der hellblauen Bluse nahm das Foto in die Hand und betrachtete es.

»Ich glaube nicht«, sagte sie.

»Oder vielleicht doch?« half ich nach.

»Ich glaube nicht«, sagte sie noch einmal.

»Aber Sie sind sich nicht sicher?« hakte ich nach.

»Was meinen Sie eigentlich, wie viele Fahrkarten ich hier täglich verkaufe?« Ihre Stimme blieb erstaunlich freundlich.

Ich hatte schon verstanden.

Bei ihren vier männlichen Kollegen hatte ich genausoviel Glück. Die andere Mannschaft konnte ich erst morgen früh erreichen. Ich war fast schon wieder zur Tür heraus, als ich sah, wie ein Beamter das Schild »Geschlossen« zur Seite räumte und sich vor seinem Schalter eine neue Schlange bildete. Ich sagte meinen Spruch auf und zeigte ihm das Bild.

»Sie sah irgendwie anders aus«, sagte er und sah weiter auf das Bild.

»Sie haben sie gesehen?« Ich konnte es kaum glauben.

Er nickte.

»Sind Sie sicher?«

»Hundertprozentig. So eine Verrückte vergißt man nicht so leicht.«

»Wieso?«

»Die hat hier ihren Sparstrumpf ausgeschüttet. Hier auf dem Tresen.« Er legte seine Hand darauf. »So was ist mir noch nicht passiert. Nicht in einundzwanzig Dienstjahren. So was.«

Er nahm die Hand von der Theke.

»Die hat hier vor mir Türme gebaut mit ihrem Silbergeld.«

Ich sah ihn gespannt an.

»Scheine hatte sie nur zwei, Zwanzigmarkscheine. Zwei Zwanzigmarkscheine.«

»Können Sie sich noch daran erinnern, wo sie hingefahren ist?«

»Wissen Sie eigentlich, wie viele Fahrkarten ich hier täglich verkaufe?«

Die Frage hatte ich heute schon mindestens viermal gehört.

»Sie hatte einhundertdreißig Mark. Das weiß ich noch genau.

Verkaufen Sie mir mir irgendeine Karte. Egal, wohin. Wenn die nicht verrückt war. Es war ihr egal, wo sie hinfuhr.«

Die Geschichte würde er in zwanzig Jahren noch seinen Enkelkindern erzählen.

»Was für eine Fahrkarte haben Sie ihr verkauft?«

»Eine für einhundertdreißig Mark. Eine Hinfahrt. Eine Erwachsene und ein Kind. Wissen Sie, was sie mir gesagt hat?« Er beugte sich mit dem Kopf über die Theke.

Der junge Mann in den Jeans neben mir hustete nervös.

»Was hat sie gesagt?« fragte ich brav.

»Ich will bloß weg, hat sie gesagt. Ist das nicht verrückt? Das glaubt einem keiner, was man hier alles erlebt.«

»Wohin kommt man mit einer Fahrkarte für einhundertdreißig Mark, eine Erwachsene und ein Kind?«

Er wischte sich mit einem hellblauen Taschentuch den Schweiß von der Stirn.

»Jetzt fangen Sie auch so an. Dasselbe hat sie mich gefragt. So geht das hier nicht.«

»Versuchen Sie sich zu erinnern«, bat ich ihn. »Vielleicht fällt Ihnen ja wieder ein, wo sie hingefahren ist.«

Er überlegte.

Der junge Mann in den Jeans nutzte die Pause. »Dauert es noch lange?«

»Ich bin sofort fertig«, versicherte ich ihm nicht ganz wahrheitsgemäß.

»Irgend etwas mit K«, sagte er schließlich.

»Köln, Krefeld, Koblenz«, schlug ich vor.

Er schüttelte den Kopf. »Weiter weg.«

»Karlsruhe, Kaiserslautern, Kulmbach.«

»Nein. Das ist es nicht.«

Er blätterte in einem Ständer, auf dem die Abfahrtszeiten der Züge standen. Von der Anstrengung hatte er Falten auf der Stirn.

»Konstanz.« Die Falten glätteten sich. »Es war Konstanz. Sie ist nach Konstanz gefahren. Mit dem Interregio. Sie hat gefragt, ob sie für den Zug einen Zuschlag braucht. Für den Interregio braucht man keinen«, klärte er mich auf.

»Wissen Sie noch, an welchem Tag sie die Fahrkarte gekauft hat?«

»An einem Samstag«, sagte er, ohne zu überlegen. »Samstags holt mich meine Frau von der Arbeit ab. Wir gehen zu den Kindern.«

»Heute haben wir Dienstag, den sechzehnten Juli. Letzten Samstag war der dreizehnte.«

»Letzten Samstag war es nicht. Das ist länger her.«

»Und der Samstag davor?«

»Der sechste?« fragte er. Ich nickte.

»Da hatte mein Enkelkind Geburtstag. Ich habe ganz pünktlich Feierabend gemacht. Es muß der Samstag davor gewesen sein.«

Ich rechnete.

»Der neunundzwanzigste Juni also.«

»Der Samstag war's. Meine Frau mußte eine Viertelstunde auf mich warten. Da bin ich erst später weggekommen.«

»Eine letzte Frage, Herr...«

»Giebel, Roland Giebel«, sagte er unaufgefordert.

»Was meinten Sie damit, daß sie irgendwie anders aussah?« Ich hielt ihm noch einmal das Foto vor.

»Ich kann mich nicht erinnern, was sie für Haare hatte«, sagte er.

»Hatte sie die Haare vielleicht hochgesteckt oder abgeschnitten?« fragte ich. »Oder vielleicht eine Perücke?«

Er zuckte die Achseln. »Ich weiß es nicht mehr.«

Ich ließ es dabei bewenden.

»Das hat ja gedauert«, sagte der Mann in Jeans und trat mit dem Fuß gegen seine Tasche, daß sie an die Schalterwand knallte. Besser die Tasche als mein Schienbein.

Als ich den Schalter räumte, fiel mein Blick auf die Wand hinter Herrn Giebel. Blaues Wasser, Palmen, Schwäne. Besuchen Sie die Blumeninsel Mainau. Konstanz am Bodensee.

Was für ein Zufall.

32

»Was machen wir, Mama?« Das kleine Mädchen saß erwartungsvoll neben der Babypuppe auf dem Bett.

»Zähneputzen.« Sie reichte ihrer Tochter ein Handtuch und eine Zahnbürste.

»Komm«, Silke Pape klemmte sich die Toilettentasche unter den Arm.

Auf einem breiten Weg gingen sie zum See hinunter.

»Halt mal, Mama.« Mirjam drückte ihr das Handtuch und die Zahnbürste in die Hand. »Enten.«

Sie lief zum Strand hinunter. Eine Gruppe von fünf Enten kam zwischen den abgestellten Ruderbooten gemächlich den Sand hochgewatschelt.

Silke Pape ließ ihren Blick zu ihrer Tochter wandern, zu den Enten, zu dem Schilf am Ufer und dann weit über die glatte Wasserfläche hinaus. Auf der anderen Seite waren die Umrisse einer Stadt zu erkennen.

»Mirjam, komm.«

Das Mädchen kam mit roten Wangen zu ihr gelaufen. Die Enten watschelten zurück ins Wasser und paddelten auf den See hinaus.

Im Waschraum hatte eine Gruppe von Schulmädchen die Spiegel vor den Waschbecken besetzt. Silke Pape öffnete die Tür zur Dusche und stellte die Toilettentasche auf das Brett vor dem Spiegel. Von den Waschbecken war ein verhaltenes Lachen und Prusten zu hören.

»Gib mir die Sachen, Kleines.«

Sie hängte Mirjams Kleidung über ihr Sommerkleid. Dann drehte sie die Dusche auf und hielt ihr Gesicht dem Wasserstrahl entgegen. Das warme Wasser weichte das verkrustete Blut auf ihrer Stirn, spülte es fort. Sie seifte sich mit dem Schampon den Kopf ein.

»Mami, ich auch.« Fasziniert beobachtete Mirjam den weißen Schaum, der auf dem Kopf ihrer Mutter immer mehr wurde, in dicken Flocken über den Körper fiel.

»Jetzt bist du dran.«

Mirjam kniff die Augen zusammen. Silke Pape löste die blonden

Zöpfe und schäumte die Haare ein. Mit dem Schaum rieb sie den kleinen mageren Körper ab. Die Knochen unter der Haut kamen ihr so zerbrechlich wie Glas vor.

»Fertig.« Sie stieg aus der Dusche und breitete das Badetuch aus. »Komm.«

Mirjam ließ sich von ihrer Mutter in das Badetuch einwickeln. »Jetzt bin ich ganz sauber«, sagte sie stolz. »Was machst du da, Mama?«

Silke Pape hielt eine Strähne ihrer langen Haare in der Hand und säbelte mit einer Nagelschere daran herum.

»Ich mache die Haare kurz.«

»Ich auch«, verlangte Mirjam.

Silke legte die abgeschnittenen Strähnen der Haare auf das Brett vor dem Spiegel. Mit jedem Haarstrang, den sie in die Schere hielt, fühlte sie sich besser. Es war, als ob ein neues Gesicht geboren würde. Die Frau im Spiegel gefiel ihr. Keine hübsche Blondine. Eine ganz normale junge Frau mit ausgefransten Haarspitzen und einem wachen Blick. Die Verletzungen über der Stirn waren nur noch feine Schrammen.

»Mama, ich auch.«

»Na, komm, Äffchen.«

Sie griff die blonden Haare ihrer Tochter und schnitt sie kurz über der Wurzel ab. Strähne für Strähne kürzte sie die blonden Locken auf Streichholzlänge.

»Wie gefällt dir das?« Sie hob Mirjam hoch, damit sie ihre neue Frisur im Spiegel bewundern konnte.

»Wie Mama«, befand Mirjam zufrieden.

»Nein, nicht wie Mama«, sagte Silke bitter und stellte ihre Tochter auf den Boden. »Wie Mirjam.«

Der Container war leer. Sie hörten die Haare auf den Boden fallen.

»Wo kommen die hin?« fragte Mirjam neugierig.

Silke zuckte die Achseln. »Das weiß ich nicht.«

»Warum nicht?« fragte Mirjam vorwurfsvoll. »Das sind unsere Haare.«

»Das ist nicht so einfach, Mirjam.« Sie seufzte. »Wohin das kommt, was Menschen wegwerfen.«

»Wohin kommt das?« Mirjam ließ nicht locker.

»Manchmal kommt alles in einen großen Ofen und wird verbrannt.«

»Die Haare auch?« fragte Mirjam.

Silke Pape nickte.

»Und manchmal kommt es auf einen Berg, und dann kommen die Vögel und fressen, was ihnen schmeckt.«

»Meine Haare auch?«

»Deine Haare auch. Sie bauen Nester damit. Die werden dann schön weich.«

»Die Vögel können meine Haare haben«, sagte Mirjam großzügig.

Sie gingen den Weg zurück, den sie gekommen waren. Die Ruderboote waren auf dem Wasser bis auf ein einziges, das noch am Ufer lag. Ein Mann mit einer Armbinde saß auf einem Stuhl am Strand. Silke lief schneller.

»Mama, die Enten.«

»Jetzt nicht, Mirjam. Jetzt gehen wir nach Hause.«

Ihre Stimme war überzeugend. Mirjam wagte sich nicht von ihrer Seite. Sie hängte die Handtücher auf die Leine neben dem Zelt. Der Platz für das Auto war leer.

»Wo ist Udo?« fragte Mirjam.

Sie hatte vergessen, daß der Mann mit dem Pferdeschwanz einen Namen hatte.

»Er ist einkaufen.«

Mirjam saß auf ihrer Liege und spielte mit der Babypuppe. Sie fuhr der Puppe über den kahlen Kopf.

»Nathalie hat keine Haare«, stellte sie fest.

Silke Pape streckte sich auf der Liege gegenüber ihrer Tochter aus und merkte, wie ihr die Augen zufielen.

»Warum haben Babys keine Haare?« war das letzte, was sie hörte, ehe sie einschlief.

33

Die Nachmittagssonne tauchte die Eingangshalle des Präsidiums in ein barmherziges Licht. Der Boden war nicht kalt und grau, sondern gelb und warm. Oder war ich nur barmherzig gestimmt, weil ich Schlimmeres gesehen hatte? Den verdreckten Steinboden im Hauptbahnhof und die grauen Betonwände der Tiefgarage.

Auf dem Gang waren wie üblich sämtliche Sitzplätze vergeben.

»Was Neues?« Ich steckte den Kopf bei Petra zur Tür rein.

»Alles auf deinem Schreibtisch«, rief sie mir zu und drückte weiter die Tasten ihres Telefons.

Ich machte die Tür zu und ging in mein Büro.

Das Kaninchen hob interessiert den Kopf, als ich die Tür öffnete. Wenigstens einer, der sich freute, mich wiederzusehen.

Ich hängte mich ans Telefon, um die Fahndung Richtung Konstanz in Gang zu bringen. Wenn sie da unten war, mußte sie jemand gesehen haben. Eine Frau mit einem Kleinkind war so unauffällig wie ein weißer Elefant. Zeugen erinnern sich nicht daran, wie groß jemand ist, welche Haarfarbe er hat. Aber keinem entgeht, wenn jemand von einem Tier begleitet wird. Ein kleines Mädchen war fast so gut wie ein Schäferhund. Ich konnte nur hoffen, daß sie sich nicht schon längst in die Schweiz abgesetzt hatte.

Das Kaninchen steckte das Maul zwischen zwei Käfigstangen durch. Zu fressen hatte es noch, aber der Wassertopf war leer. Ich füllte frisches Wasser nach. Sofort nuckelte es los. Ein richtiger kleiner Säufer.

Als nächstes widmete ich mich dem Papierkram. Es ist erstaunlich, wie schnell ein leerer Schreibtisch im Laufe eines einzigen Tages wieder voll wird. Ich sortierte den Routinekrempel auf einen Haufen. Alte Zeugenaussagen, Rückfragen aus anderen Abteilungen, die neuesten Runderlasse vom Landeskriminalamt und ähnlichen Mist. Dazwischen ein handgeschriebener Zettel von Petra: »Kaninchen brauchen Auslauf!!!«

Zurück blieb der Bericht der Jungs von der Spurensicherung und Fleischers Resümee der Fleischteile.

Ich überflog den Obduktionsbericht. Es war mit Abstand der längste, der mir je von ihm auf den Schreibtisch geflattert war, und der nichtssagendste. Eine gewissenhafte Aufzählung jedes verdammten Knochens und eine Klassifizierung der Schnittstellen danach, ob sie mit einem Beil oder einem Elektromesser bearbeitet worden waren. Seitenlang lateinische Namen, durchtrennte Sehnen und Muskeln. Im Kern nichts Neues.

Der Bericht der Spurensicherung gab mehr her. Es stand einwandfrei fest, daß der Fundort der Tatort war. Die Fotos sprachen Bände. Der Eßzimmertisch mit den tiefen Furchen der Beilhiebe. Die Blutspritzer auf der Tapete. Das Blut, das in die Fugen der Keramikplatten gesickert war. Diese Details ließen mich nicht kalt. Mein Magen krampfte sich zusammen. Was die mögliche Tatzeit anging, wanden sie sich vor und zurück. Angenommen dies, unter der Voraussetzung, daß, könnte man eventuell... Das Eventuell ließ sie den 29. Juni als Tatdatum vermuten. Die Tiefkühltüten hatten nach Meinung der Spezialisten etwa fünfzehn Tage im Müll gegammelt. Wenn die Aussage des Bahnbeamten stimmte, war Silke Pape am Samstag, dem 30. Juni, auf dem Bahnhof erschienen, um eine Fahrkarte zu erstehen.

Ich sah das Kaninchen an seinem Tropf nuckeln und wunderte mich, daß sich keine Triumphgefühle bei mir einstellen wollten. Immerhin sah alles so aus, als wüßte ich, wer die Täterin war, wohin sie sich abgesetzt hatte. Was das Motiv anging, hatte ich mehr als eine Ahnung. Eine Frau, die das Bett ihrer Tochter bewacht und sonderbare Geschichten über Könige aufschreibt, die Gefallen an ihren Töchtern finden. Das wies eindeutig in eine Richtung. Auch wenn es mir nicht gefiel.

Weber kam zur Tür rein. Er ließ sich in seinen Sessel fallen und stöhnte. »Ich brauche Ferien.«

»Wie gefällt dir der Bodensee? Für den Anfang.«

Er rückte an den Schreibtisch.

»Machst du Witze?«

»Silke Pape hat eine Fahrkarte nach Konstanz gelöst. Eine Erwachsene, ein Kind. Am 30. Juni.«

»Das ist lange her. Die ist bestimmt schon über alle Berge.«

»Muß nicht sein«, sagte ich. »Sie hatte kein Geld.«

»Kein Geld? Dem Alten gehört das Haus, und die Computerfirma läuft bombig. Der schwamm im Geld.«

»Aber sie nicht. Er hat ihr das Geld bar in eine Schublade gelegt, sagt die Schwester, und der Bahnbeamte erzählt, daß sie ihr ganzes Kleingeld vor ihm auf den Tresen ausgeschüttet hat.«

»Nee.« Er war tief erschüttert. »Das glaubt mir Inga nie, daß es so was noch gibt.«

»Wieso Konstanz?« fragte er.

Ich zuckte die Achseln.

»Vielleicht wegen der Schweiz. Vielleicht war es aber auch Zufall. Hinter dem Bahnbeamten, bei dem sie die Fahrkarte gekauft hat, hing ein Werbeplakat. Das kann sie gesehen haben. Am Anfang wollte sie nur irgendeine Fahrkarte, egal, wohin.«

»Frauen«, er drehte die Augen zur Decke. »Ich werde sie nie verstehen.«

»Ist doch ganz einfach«, sagte ich. »Sie wollte bloß weg. Es war ihr egal, wohin.«

»Dann war sie es«, sagte er mit Überzeugung.

»Sieht ganz so aus«, stimmte ich zu.

»Und warum?«

Ich erzählte ihm von dem Märchen.

»Das glaube ich nicht.« Er schüttelte den Kopf.

»Alle sagen, er wär' so ein toller Typ gewesen. Echt nett und verständnisvoll.« Er zählte an seinen Fingern. »Das sagt die Sekretärin, Frau Kunze, die Putzfrau im Büro, sogar seine Ex. Alle sagen das. Meinst du, die lügen?«

»Die sehen ihn nicht zu Hause, oder?« hielt ich ihm entgegen.

»Ich glaube, daß sie nicht ganz in der Welt ist.« Weber legte los. »Etwas verwirrt im Kopf. Wer schreibt denn solche Märchen? Und dann die Nummer auf dem Bahnhof mit dem Bargeld. Ich sage dir, die ist verrückt. Das sagen sie alle mehr oder weniger deutlich.«

»Wer sagt was?«

»Alle«, Weber nahm wieder die Finger zu Hilfe. »Der Geschäftsführer sagt, daß sie etwas ›empfindlich‹ gewesen sei. Die Sorte, bei der man leiser spricht, um ihre Nerven zu schonen. Seit sie ihre Tochter hat, soll es schlimmer geworden sein. Wenn jemand der Kleinen die Hand schütteln wollte, ist sie ausgeflippt.«

»Bei jedem?«

»Bei jedem Mann«, präzisierte er. »Ein Mieter im Haus sagt dasselbe. Sie hat ihn angeschrien, er soll seine Finger von der Kleinen lassen, als er sie mal ins Haus getragen hat, weil sie hingefallen ist.«

»War der Mieter so ein blonder Typ im Dschungellook?«

»Genau der«, sagte Weber. »Doktor Preißner. Informatiker. Ein heller Typ.«

»Ein oller Grabscher«, stellte ich klar. »Dem würde ich meine Tochter auch nicht anvertrauen.«

»Du auch noch«, stöhnte er auf.

»Was sagen die Frauen über sie?«

»Nicht viel. Ein reizendes Frauchen. So in der Art. Etwas schwierig. Was der arme Herr Pape mit ihr durchzumachen hatte. Sie ging nie zu Fremden. Die beiden lebten total isoliert. Alles ihretwegen, sagen die Leute.«

»Vielleicht ist es ja genau anders herum«, sagte ich. »Nach dem, was ich vermute, hätte er allen Grund zu verhindern, daß sie anderen etwas über die Ehe ausplaudert.«

»Du weißt, daß ich Männern viel zutraue.« Er haute mit der Bleistiftspitze auf den Schreibtisch. »Aber du hättest die hören sollen. Ich glaube nicht, daß sie gelogen haben. Wenn sogar die geschiedene Frau nur Gutes über ihn erzählt.«

»Wie heißt es? Über Tote nichts Schlechtes oder so ähnlich. Vielleicht hat sie nur gute Manieren.«

»Hast du die Fahndung schon Richtung Konstanz gepolt?«

Ich nickte stumm.

»Irgendwie komisch, alles.« Weber sprach mir aus der Seele. »Und wir sitzen hier und warten.«

»Wir könnten höchstens die Eltern fragen, ob wir mit der Vermutung, was die Kleine angeht, recht haben. Aber ich weiß nicht, ob das was bringt.«

»Vielleicht die Schwester«, schlug er vor.

»Ja, vielleicht«, stimmte ich zu.

Die Tür ging auf. Petra setzte sich mit einem Stapel Zettel zu uns. Die Ausbeute von der Veröffentlichung des Fotos in der Zeitung.

»Haben die Anrufe was gebracht?« fragte ich sie.

»Taube Nüsse hoch drei. Ein knappes Dutzend seriöser Sachen, die von den Kollegen abgeklopft werden.«

»Irgendwas in Süddeutschland?«

Petra massierte sich die Schläfe.

»Ein Typ in einem Zug, der einem kleinen Mädchen ein Bonbon geben wollte. Da ist die Mutter angeblich ausgerastet.«

Weber und ich sahen uns an.

»Hast du noch mehr?«

Sie feuchtete den Zeigefinger an und blätterte den Zettelhaufen durch. »Klang seriös, im Zug zwischen Köln und Frankfurt. Samstag, 30. Juni.«

»Gib her.« Ich legte den Zettel auf den Schreibtisch.

»Das deckt sich mit dem, was wir schon haben. Jetzt wissen wir, daß sie wirklich im Zug nach Süden gefahren ist.«

»Wie lange wollt ihr den noch hierbehalten?« Sie zeigte auf den Käfig.

»Woher weißt du, daß es ein ER ist?« fragte ich entgeistert. »Nur weil er dich nervt, muß es kein Mann sein.«

Petra stöckelte um meinen Schreibtischstuhl, öffnete den Käfig und schnappte den Nagezahn mit festem Griff am Nacken. Dann setzte sie sich wieder zu uns. Sie hatte das Schlappohr auf ihrem Schoß, hielt es von unten mit einer Hand und preßte die andere zwischen seine Läufe. Zwischen ihrem Daumen und Zeigefinger regte sich eine kleine Schwellung in Rosa.

»Ein Männchen«, triumphierte Petra. »Was habe ich gesagt. Da kenne ich mich aus.«

Bewundernd blickten wir auf die roten Fingernägel im hellen Fell des Kaninchens. Eine zupackende Mitarbeiterin.

»Pfui Teufel.«

Petra hob die Hände hoch, und unser Nagezahn sprang von ihrem Schoß.

»Guckt mal.« Auf dem kurzen Rock waren helle Tupfen.

Sie zerrte das Vorderteil des Rocks unter den Wasserhahn. Weber genoß die Aussicht auf ihre Beine, die länger wurden, je höher sie den Rock zerrte.

»Typisch Mann«, fluchte Petra und rieb den Stoff zwischen den Händen. »Die pissen überall hin.«

»Du bist der Tierspezialist«, riß ich Weber aus seinen Betrachtungen. »Wer hat ein Streifenhörnchen und drei Hamster?«

Gemeinsam begaben wir uns auf den Boden und legten den Kopf schief. Er auf seiner Seite des Schreibtischs. Ich auf meiner. Unter unseren Schreibtischen war er nicht.

»Er ist an der Telefondose«, rief Petra, als sie in voller Größe an uns vorbeistolzierte.

Ich stand auf und setzte mich wieder auf meinen Stuhl. Die Aussicht war bestens. Mein Kollege näherte sich auf allen vieren dem Nagezahn, der die Schnur schon im Maul hatte.

»Was ist hier los, Teufel noch mal?«

Heinze hatte einen Riecher für unterhaltsame Situationen.

»Weber übt Anpirschen im feindlichen Terrain.« Mein Lagebericht.

»So, so«, sagte er abwesend und ging wieder.

»Was ist denn mit dem los?« fragte Weber und packte das Kaninchen am Nacken.

»Neue Freundin, eine Rothaarige. Er ist total überfordert.«

Petra war gut informiert. Wer so wenig Innendienst machte wie wir, mußte die Hälfte verpassen.

»Nun gib mir schon das Kabel«, versuchte Weber das Kaninchen friedlich zu überreden.

»Wir machen es anders.« Petra ergriff die Initiative. »Es ist doch ein Männchen.«

»Du hältst ihn fest«, befahl sie ihm.

Petra machte noch einmal ihre Nummer von vorhin. Prompt ließ das Kaninchen das Kabel sausen und lehnte sich entspannt in Webers Hand zurück.

»Männer«, sagte Petra verächtlich, als sie das Kabel zusammenrollte.

»Weiber sind heimtückisch«, klärte Weber seinen neuen Freund auf, als er ihn in den Käfig setzte. »Du darfst nicht zu vertrauensselig sein. Die nutzen das brutal aus.«

Er machte den Käfig wieder zu.

»Ich mache Feierabend«, verkündete Petra. »Erst die tauben Nüsse den ganzen Tag und dann das hier.« Sie stand auf und deutete auf die nassen Flecken auf ihrem Jeansrock.

»Man will ja noch was vom Leben haben.« Sie sah nicht so aus, als hätte sie Schwierigkeiten, ihre Scheibe abzukriegen.

»Ach.« Sie blieb an der Tür stehen. »Wenn Fredy anruft, sagt ihm, ich wär' auf 'ner Fortbildung oder so. Ja?«

Ich kannte Petra, seit ich in der Abteilung arbeitete. Fredy konnte kein großer Menschenkenner sein, wenn er ihr das abnahm.

»Bleib sauber.« Weber konnte sich nicht verkneifen, ihr das mit auf den Weg zu geben.

»Das mußt du gerade sagen.« Petra drehte sich auf den Absätzen um und schloß die Tür.

Weber betrachtete seine Handflächen, auf denen der Boden seine Spuren hinterlassen hatte. Er ging zum Waschbecken. Frisch gewaschen und gekämmt kam er an den Schreibtisch zurück.

»Willst du auch was vom Leben haben?« fragte er mich und betrachtete seine Fingernägel. »Ich bleibe heute hier und halte die Stellung.«

»Wieso?«

»Zu Hause vermißt mich keiner.«

»Ist sie immer noch da?« fragte ich mitleidig.

Er nickte. »Ich fange schon mal an mit den Berichten. Wer weiß, wie es morgen weitergeht in diesem Chaosbunker. Was machen wir, wenn wir von ihr hören?«

»Hinfahren, verhaften. Wenn es nicht über Interpol laufen muß.«

»Du allein?« fragte er und sah an mir vorbei.

»Ich nehm' dich mit. Das ist versprochen.«

Er streichelte zufrieden seine Barthaare.

»Worauf wartest du? Hau ab, mach was aus deinem Leben.«

Ich griff zum Telefon. Mein Kaninchenkoch war bestimmt noch im Büro.

»Hallo«, sagte ich zur Begrüßung.

»Frau Kommissar«, tönte es durch den Hörer. »Fall gelöst?«

»So gut wie. Wir brauchen nur noch den Täter.«

»Ich war's nicht. Warum rufst du an?«

»Ich will was vom Leben haben.«

»Wer will das nicht.«

»Wir könnten uns zusammentun.«

»Wann?« fragte er.

»Sofort.«

»Ich will immer alles, und das sofort.«

»Genau«, sagte ich.

»Bis der Piepser uns scheidet.«

»Du hast gewußt, bei welchem Verein ich arbeite.«

»Wo?« fragte er.

»Wo du willst«, kam ich ihm entgegen.

»Bei mir auf dem Balkon. Halb neun.«

»Halb neun«, sagte ich und hängte auf.

Weber spannte Papier in die Maschine.

»Manchmal wünsche ich mir, wir hätten nie geheiratet, Inga und ich. Nichts als Pflichten, die Kinder, die Mutter, die Wohnung, die Autos, die Klinik, das Einkaufen. Scheiße.«

Er zog das Papier wieder aus der Maschine.

»Ein dickes Ding drehen und dann abhauen. Für immer.«

Er sah aus dem Fenster über die Hausdächer.

»Das bringt es nicht. Damit landest du nur im Knast«, warnte ich ihn. »Du mußt in die Politik. Da kannst du legal absahnen.«

»Du bist pervers. Ein ehrliches Verbrechen, ja.« Er sah mich an. »Aber für so 'ne Dreckkacke bin ich zu moralisch.«

»Das ist das Problem«, bestätigte ich. »Mir geht's genauso. Zu verdammt moralisch und zu tierlieb.«

Ich sah auf unseren Vierbeiner, der wohlig die Beine von sich streckte.

»Ich versuch's mal, ihm ein Zuhause zu verschaffen. Bis halb neun ist ja noch Zeit.«

»Familie Wessel?« fragte er.

»Ein ordentliches Zuhause mit regelmäßigen Mahlzeiten, nicht solche Chaoten wie wir. Das wird ihm guttun.«

»Meinst du?« Weber war nicht überzeugt. »Ich hatte mich schon so an ihn gewöhnt. Ein Verbündeter im Kampf gegen die Weiber.«

»Ich find' ihn ja auch nett. Mir hat er nicht auf den Rock gepinkelt. Trotzdem... Ein Kaninchen gehört nicht auf einen ordentlichen Beamtenschreibtisch.«

»Wie kannst du nur so hart sein?«

Er sah mich aus traurigen Dackelaugen an.

»Es wird immer schlimmer. Wir gewöhnen uns an ihn, und als nächstes läuft uns ein Hund zu, und als übernächstes können wir hier einen Streichelzoo aufmachen.«

»Du hast ja recht«, gab er zu.

Ich hängte meine Tasche über die Schulter und schnappte mir vorsichtig den Käfig. Als ich ihn vom Schreibtisch hob, rollte das Kaninchen sich auf die Vorderbeine und preßte sich auf den Boden.

»Wir würden dich behalten, alter Junge. Ehrlich, wenn wir hier die Regeln aufstellen dürften. Halt dich wacker«, gab Weber ihm mit auf den Weg.

»Es gibt Dinge, die einfach getan werden müssen«, versuchte ich ihn und mich zu beruhigen.

»Das sagen sie alle.« Er hatte ja so recht.

34

»Hey«, ich legte den ersten Gang ein und drehte mich um. »Die werden sich schon ordentlich um dich kümmern. Die haben zwei Mädchen großgezogen. Die sind in Übung. Ich nicht.«

Im Feierabendverkehr steuerte ich dem Knappenberg entgegen. In den Autoschlangen sah ich müde Gesichter.

Ich parkte mit dem Vorderreifen auf dem Bordstein. Direkt vor Nummer 34. Das Schlappohr ahnte, daß Neues auf ihn zukam, und hatte vorsichtshalber die Augen geschlossen.

»Du kannst die Augen ruhig aufmachen«, riet ich ihm. »Es ist alles in Ordnung.« Er glaubte mir nicht. Die Augen blieben zu.

Ich faßte den Käfig mit beiden Händen und trug ihn zum Hauseingang. Dort klemmte ich ihn mit dem Knie gegen die Wand. Mit der freien Hand drückte ich den zweiten Klingelknopf von unten.

»Wessel«, meldete sich eine Männerstimme.

»Kriminalpolizei. Beate Stein. Könnte ich Sie wohl einen Moment sprechen?«

Frau Wessel stand in der offenen Tür. Ganz so, wie ich sie in Erinnerung hatte. Hochgeknöpfte Bluse, Rock ohne Fluse und ein blonder Pagenkopf, der die ersten grauen Haare kriegte. Sie sah mich an. Den Käfig in meinen Armen.

»Haben Sie meine Tochter gefunden?« fragte sie.

»Die Fahndung läuft«, sagte ich. »Es gibt Hinweise, wo sie sein könnte.«

»Kommen Sie herein.«

Das Kaninchen lag platt auf dem Boden, die Schnauze ins Heu gewühlt, die Augen geschlossen. Ein plattgewalzter Haufen Unglück. Ich kam mir vor wie die Dampfwalze, die das verbrochen hatte.

Frau Wessel führte mich zu den grünen Polstermöbeln.

»Kann ich ihn...?« fragte ich, bevor ich den Käfig neben mich auf das Sofa setzte. Sie nickte gnädig. Ihr Röntgenblick saß auf dem Fell des Käfigtiers. Der Ausdruck in ihren Augen war schwer zu bestimmen. Entsetzen? Ekel? Ein Kaninchenfell besteht aus Tausenden von Haaren. Haaren, die ausfallen und sich in Form von Flusen auf Teppichen, Polstermöbeln und Kleidungsstücken festsetzen können.

Ein schlanker Mann mit grauen Haaren kam durch die Tür.

»Darf ich vorstellen...« Frau Wessel deutete auf den Mann. »Mein Mann. Professor Wessel.«

»Wessel«, sagte er und streckte mir die Hand entgegen. Silbergraue Haare, freundliche Augen. Der Händedruck war angenehm. Sein Blick wanderte von mir zu dem Begleiter an meiner Seite. Ich kam mir etwas dumm vor auf der Couch. Kriminalkommissarin mit Kaninchen. Ein Stilleben.

»Wo ist Silke?«

Frau Wessel spielte mit ihrer Perlenkette. Die Frage nach dem Aufenthaltsort ihrer Tochter ließ sie nicht kalt.

»Wir wissen, daß sie eine Fahrkarte nach Konstanz gelöst hat.«

»Konstanz.« Frau Wessel wandte sich an ihren Mann. »Aber da kennt sie doch niemanden.«

»Wir kennen niemanden in Konstanz.«

Auch für Herrn Wessel war es unvorstellbar, daß seine Tochter in eine Stadt gereist sein sollte, in der sie niemanden kannte.

»Haben Sie etwas mit den Zeitungsberichten zu tun?« fragte er nach einer kurzen Pause.

»Nicht direkt«, antwortete ich. »Wieso?«

»Das ist pure Sensationsmache«, empörte er sich. »Da muß man sich ja schämen. Die Leute sprechen einen schon auf der Straße an.«

Ich stellte mir Herrn Wessel vor, wie er im Geschäft an der Ecke von sensationslüsternen Kunden zwischen die Regale gedrängt wurde. ›Nein, ist das wirklich wahr? Ihre Tochter wird gesucht. Nein, nein. Und ihr Mann ist tot.‹ Ich konnte verstehen, daß er sich aufregte.

»Sie haben recht«, gab ich zu. »Solche Artikel sind Sensationsmache. Wir haben keinen Einfluß darauf, was die Zeitungen schreiben.«

»Das Foto«, eine silberne Haarsträhne fiel ihm in die Stirn. »Sie haben kein Recht dazu, so ein Foto in die Zeitung zu setzen. Niemand hat Ihnen die Erlaubnis dafür gegeben.«

»Herr Wessel, vielleicht befindet sich Ihre Tochter in Gefahr, und das Foto rettet ihr Leben.«

Er erfuhr noch früh genug, daß seine Tochter unter Mordverdacht stand.

»Reine Sensationsmache«, wiederholte er. »Dadurch muß ja ein ganz falscher Eindruck entstehen. Was sollen die Leute von uns denken?«

Das war seine größte Sorge. Ich kann nicht sagen, daß er mir sympathischer wurde.

»Es geht um das Wohl Ihrer Tochter und Ihrer Enkeltochter.«

»Hoffentlich ist Mirjam nichts geschehen.«

Immerhin, er machte sich Sorgen um sein Enkelkind.

»Ich bin hier, um Sie zu fragen, ob Sie das Kaninchen in Pflege nehmen könnten.«

Frau Wessel griff nach der Hand ihres Mannes. Beide sahen auf den Käfig. Das Kaninchen hatte sich inzwischen so weit erholt, daß es den Kopf vom Boden genommen und die Augen geöffnet hatte.

»Was ist das für ein Tier?« Er strich die Haare aus der Stirn.

»Sie kennen es nicht?«

Jetzt verstand ich gar nichts mehr.

»Ich habe es noch nie gesehen«, sagte er fest.

Ich beobachtete, wie Frau Wessel seine Hand drückte.

»Wir haben den Käfig mit dem Kaninchen in der Wohnung Ihrer Tochter gefunden.«

Frau Wessel ließ die Perlenkette los und übernahm die Gesprächsführung.

»Wir sehen das Tier heute zum erstenmal.«

»Sind Sie sicher?«

»Wenn ich es Ihnen doch sage.«

Ihre Stimme klang deutlich ungehalten.

»Wir vermuten, daß das Tier Ihrer Enkelin gehört. Bisher hat es bei uns im Präsidium gestanden. Das geht natürlich nicht auf Dauer...«

»Was haben wir damit zu tun?«

Ihre stahlblauen Augen bohrten sich in meine.

»Wir dachten, daß Sie es vielleicht in Pflege nehmen könnten, bis Ihre Enkelin wieder da ist.«

»Wir wollen nichts mit dem Tier zu tun haben.«

Seine Stimme bebte vor Empörung.

Sie streichelte seine Hand.

»Es ist ganz einfach. Wir kennen das Tier nicht, und folglich werden wir es auch nicht in Pflege nehmen. Das verstehen Sie doch sicher.«

Ich verstand gar nichts. Außer, daß das Schlappohr hier keine Fans hatte und ich vermutlich auch nicht.

»Noch eine letzte Frage«, da ich schon mal da war, konnte ich mich weiter unbeliebt machen. »Können Sie sich vorstellen, daß Ihre Tochter Angst um Ihre Enkelin hatte, Angst, daß Ihr Schwiegersohn sich an ihr vergreifen könnte?«

Herr Wessel zitterte am ganzen Körper.

»Das brauchen wir uns nicht bieten zu lassen. Diese Unverschämtheiten.«

Frau Wessel sah mich strafend an.

»Mein Schwiegersohn liebte seine Tochter über alles. Er hätte ihr nie ein Haar gekrümmt. Wenn Sie ihn kennen würden, wüßten Sie, wie unsinnig Ihre Vermutung ist. Und jetzt gehen Sie bitte. Sie sollten Ihre Arbeit tun und nicht unschuldige Bürger belästigen, nur weil Ihnen nichts Besseres einfällt.«

Was sollte ich ihr darauf schon antworten? Ich klemmte das Kaninchen unter den Arm und stieg die Treppenstufen hinunter. Einen Moment überlegte ich, was passieren würde, wenn ich den Käfig unter der Grünlilie abstellen würde. Das ließ ich besser bleiben.

»Mach dir nichts draus«, sagte ich ihm, als ich es wieder auf seinen Platz auf dem Rücksitz setzte. »Es sind nur die Besten, die sich bei anderen unbeliebt machen. Kriminalkommissare, Kaninchen. Die Crème der Crème.«

Ich fragte mich, ob ich wirklich noch einen zweiten Versuch zur Unterbringung des Kaninchens starten sollte. Eigentlich wollte ich heute doch noch was vom Leben haben.

35

Der graue Chevy sagte mir, daß ich mich nicht in der Straße geirrt hatte. Als ich ausstieg, empfing mich das monotone Dröhnen eines Ghettoblasters im Rap-Stakkato. Der schwarze Kasten stand auf einer Mülltonne, auf die ein begnadeter Künstler rotgelb züngelnde Flammen gemalt hatte. Sehr witzig. Auf den Steinplatten des Bürgersteigs hüpfte ein zierliches Kerlchen in zerrissenen Jeans und Baseballhemd herum, ging in die Knie und machte atemberaubende Drehungen.

»Das sind tolerante Leute hier«, beruhigte ich das Kaninchen, das total angespannt mit waagerechtem Schwanz und angelegten Ohren im Käfig stand. »Kein Grund, nervös zu werden.« Ich griff den Käfig, und das Kaninchen legte sich platt auf den Boden. »Ich weiß, Umzüge sind grauenhaft. Bald hast du's überstanden. Ein nettes Frauchen, frische Salatblätter, das süße Leben.«

Mit dem Fuß knallte ich die Autotür zu. Das Kaninchen zitterte. Ich hatte ganz vergessen, wie sehr Lärm an Kaninchennerven zerrt. Der Raptänzer brach abrupt die Drehung ab. Ich wunderte mich. Der Rapper war ein Mädchen. Ich ging an ihr vorbei auf die Haustür zu. Meine Trommelfelle vibrierten. Irgendwo hatte ich gelesen, daß Lärmbeschallung eine Foltermethode ist. Jetzt konnte ich es glauben.

»Bist du eigentlich schwerhörig?« schrie ich der Teenie-Frau zu.

»Leck mich.«

Sie stoppte, stach ihren Zeigefinger in die Luft und tanzte weiter.

Das Kaninchen zitterte am ganzen Körper, als wir den Hausflur erreichten.

»Ist ja schon gut. Du hast es bald überstanden.«

›Nieder mit dem Männlichkeitswahn.‹ Es war die richtige Haustür. Ich machte wieder meine Nummer mit dem Knie und stellte den Käfig darauf, damit ich eine Hand für die Türklingel frei hatte. Es schellte. Nichts rührte sich. Ich probierte es gleich noch ein paarmal. Dann tat sich drinnen was. Die Tür ging auf.

Rote Lederhosen und ein nicht mehr ganz weißes Unterhemd, ein brauner Igelkopf über einem blassen Gesicht.

»Was wollen Sie denn?« Eva Wessel war nicht gerade begeistert von meinem Besuch.

»Kann ich einen Moment reinkommen?«

Sie trat zur Seite und ließ mich in die Diele.

»Erste Tür rechts«, sagte sie und machte die Tür zu.

Ich drückte mit dem Ellbogen die Türklinke runter. Langsam wurde ich richtig gut im Jonglieren mit Käfig. Wenn ich weiter übte, konnte ich mit dem Kaninchen im Käfig auf dem nächsten Polizeisportfest auftreten.

Das Zimmer hatte hohe Stuckdecken und war mit dem Nötigsten ausgestattet. Auf dem Boden lag eine breite Matratze. Vor dem Fenster stand ein Schreibtisch mit einem Stuhl. An der Wand hing ein riesiges Poster. Zwei Frauen, die sich in einer Sanddüne näherkamen. Ansonsten viel freier Raum. Ich stellte das Kaninchen auf den Holzboden und setzte mich daneben.

»Wollen Sie nicht den Stuhl?« fragte Eva Wessel, als sie zur Tür reinkam.

»Danke, das ist angenehm so.«

Sie hockte sich im Schneidersitz zu mir auf den Boden.

»Möchten Sie einen Tee?«

Ich schüttelte den Kopf.

»Haben Sie Silke gefunden?«

»Nein, wir wissen aber, wo sie hin ist. Sie hat eine Fahrkarte nach Konstanz gekauft.«

»Das ist nicht wahr«, sagte Eva überrascht. Sie ließ sich mit dem Oberkörper nach hinten fallen und zog mit den Händen eine Schachtel Tabak unter der Matratze hervor.

»Es ist wahr. Der Schalterbeamte erinnert sich genau. Sie hat mit Silbergeld bezahlt, als hätte sie ein Sparschwein geschlachtet.«

Eva Wessel nahm ein Papierchen zwischen die Finger und krümelte den Tabak hinein. Sie sah mich nicht an.

»Wissen Sie, was sie dem Beamten gesagt hat?«

Sie rollte die Zigarette mit beiden Händen.

»Machen Sie's immer so spannend?« fragte sie, ohne aufzusehen, und zündete mit dem Feuerzeug die Zigarette an.

»Ich will bloß weg, hat sie gesagt.«

»Nein.« Sie blies den Rauch aus. Ihre Augen glänzten feucht.

»Das hat Silke gesagt?«

»Überrascht Sie das?«

Eva Wessel sprang auf und lief ans Fenster. Sie stützte sich auf die Schreibtischplatte und blickte nach draußen. Ich sah den Qualm vor der Fensterscheibe hochsteigen.

»Scheiße.« Eva Wessel kam zurück. Die Asche fiel auf die Holzbohlen. Sie drückte die Zigarette im Aschenbecher aus.

»Verflixte Scheiße«, fluchte sie weiter.

In diesem Augenblick setzte draußen ein markerschütterndes Kreischen ein. Das Kaninchen erstarrte. Eva Wessel lief zum Fenster. Mit einem Knall fiel das Oberlicht zu. Was jetzt durch die geschlossenen Fenster ins Zimmer drang, hörte sich an wie eine Alarmanlage.

»Es sieht schlecht für sie aus?«

Ich nickte.

»Aber warum? Warum sollte sie Klaus umbringen? Es gibt keinen Grund.«

»Vielleicht doch. Ich bin da auf etwas gestoßen.«

Sie sah mich fragend an.

»Ein Märchen in der Handschrift Ihrer Schwester. Von einem König, der seine Tochter heiraten will. Seine häßliche Tochter«, setzte ich nach.

»Seine häßliche Tochter?«

»Sagt Ihnen das was?« bohrte ich nach.

»In bezug auf Silke? Nein. Sie war die schöne Tochter. Ganz eindeutig.« Ihre Stimme klang bitter.

»Aber das Motiv. Vater und Tochter. Könnten Sie sich vorstellen, daß Klaus Pape sich an seiner Tochter«, ich suchte nach einem halbwegs passenden Wort, »vergangen hat und Ihre Schwester ihn deshalb umgebracht haben könnte?«

»Mirjam?« Sie sprang auf und ging zur Wand. Mit der Faust trommelte sie dagegen. »Nein, nein, nein.«

Die Faust öffnete sich, und eine flache Hand klatschte auf. Ein einziges Mal. Sie drehte sich um und sah mich an.

»Nicht Mirjam, sagen Sie, daß das nicht wahr ist.«

Ihr Satz fiel in eine unwirkliche Stille. Der Lärm draußen hörte genauso plötzlich auf, wie er eingesetzt hatte.

»Es ist nur eine Vermutung«, sagte ich nach einer Pause. »Ihre Schwester hat im Kinderzimmer geschlafen. Das deutet in die Richtung.«

Sie drehte mir den Rücken zu, stieß mit dem Kopf gegen die Wand. Ich ging zu ihr. Unbeholfen streckte ich eine Hand nach ihr aus.

»Fassen Sie mich nicht an. Ich brauche Ihr Mitleid nicht.«

Auf der Gesichtshälfte, die ich sehen konnte, hatte sich die Haut um das Kinn rot entzündet.

»Ich brauche von niemandem Mitleid.«

Sie fuhr mit der Hand über die glühende Hautpartie in ihrem Gesicht.

»Sonst noch was?«

Sie drehte sich zu mir.

»Ich wollte Sie fragen, ob Sie nicht das Kaninchen in Pflege nehmen könnten. Wir haben es in der Wohnung Ihrer Schwester gefunden.«

»Stecken Sie sich Ihr dämliches Kuscheltier an den Hut. Ich will mit der verfluchten Familie nichts zu tun haben.«

Ich weiß, wann es sich lohnt, weiterzumachen und wann nicht. Das hier war ein Fall von nicht. Ich schnappte mir den aufgeregten Nagezahn und bewegte mich in Richtung Ausgang.

Sie hielt die Tür auf.

So wie sie dastand, sah sie nicht wie Ende Zwanzig, sondern wie Ende Fünfzig aus.

»Es tut mir leid.«

»Sie können ja auch nichts dafür«, sagte sie müde.

»Es liegt nicht an dir«, verriet ich dem Nagezahn. »Ich mache irgend etwas falsch. Ehrlich.« Er sah mich aus großen Augen an.

Der Ghettoblaster war vom Mülleimer verschwunden. Und auch die Raptänzerin war weg. Schade. Auf einmal fehlte mir so ein Mensch, der sich auf den grauen Steinplatten drehte.

Ein Transporter voll alter Möbel fuhr durch die Einfahrt in den Hinterhof. ›Werk-Stadt‹, Holzarbeiten, Entrümpelungen, An- und Verkauf. Daher der Lärm im Hinterhof. Ich tippte auf eine Kreissäge.

36

Da war es wieder. Dieses Brummen. Das Fauchen eines wilden Tieres, das jeden Moment zuschlagen konnte. Sie wagte nicht, die Augen zu öffnen, lag da wie erstarrt. Nur keine Angst zeigen, nicht atmen, totstellen. Das bist nicht du. Das bist du nicht wirklich. Dir kann das Tier nichts tun.

Sie schlug die Augen auf. Wo waren ihre Freunde? Das Mädchen mit dem roten Hut, der Frosch mit der goldenen Kugel im Maul? Wo war die Frau, die sich aus dem Fenster lehnte und die Betten schüttelte? Die Wand war leer. Eine glatte halbrunde Plastikwand, und sie war allein. Ihr Kopf dröhnte, war kurz vorm Zerspringen. Das Blut rauschte. Sie legte beide Hände über die Ohren.

Wo war sie? Was war das für ein Raum? Die Plastikwände. Dieses Bett, das in der Luft hing. Das Bett gegenüber. Die Babypuppe, die auf dem Rücken neben dem Kissen lag, Arme und Beine in die Luft gestreckt.

Sie nahm die Hände von den Ohren. Das Rauschen war nicht nur in ihrem Kopf. Es kam durch die Tür.

Mirjam, wo war Mirjam? Wo war ihr Baby?

Sie sprang vom Bett und stieß die Tür auf. Das Vorzelt war leer.

»Mirjam?«

Panik stieg in ihr auf. Sie rannte durch das Zelt ins Freie.

Der Mann mit dem schwarzen Zopf stand in der offenen Tür des Taxis. Sie lief auf ihn zu, das Röhren wurde immer lauter. Als er sie sah, drückte er auf einen Knopf und schaltete das Gerät aus, mit dem er die Polster abgesaugt hatte.

»Wo ist meine Tochter?« Ihre Stimme überschlug sich.

»Nun mal langsam.« Er legte den Staubsauger aus der Hand.

»Wo ist Mirjam?«

»Sie können sie sehen von hier.«

Er ging hinter den Wagen. Sie folgte ihm.

»Da ist sie.«

Ein paar Meter entfernt saß Mirjam zwischen zwei gelben Zelten im Gras.

»Sie wollte unbedingt den Kaspar streicheln.«

Sie ließ den Mann mit dem Zopf stehen und lief zu ihrer Tochter.

»Mama.« Mirjam lachte sie an. »Das ist Kaspi. Ist der nicht lieb?«

Der Foxterrier wedelte mit dem Schwanz. Er war mit einer Leine an einem Pflock festgebunden. Mirjam kraulte ihm die Ohren. Sie kniete sich zu ihrer Tochter und strich ihr über die Arme. Als sie die warme Haut spürte, fiel die Anspannung von ihr ab.

»Komm, wir gehen, Mirjam.«

»Oh.« Sie war enttäuscht. »Ich will mit Kaspi spielen.«

»Gut«, Silke stand auf und schüttelte das Gras von ihrem Kleid, »aber bleib hier, damit ich dich sehen kann.«

Mirjam nickte und fuhr dem Hund über die Schnauze. Der Terrier ließ sich das gefallen, wedelte weiter mit dem Schwanz.

Silke lief zum Taxi zurück. Der Mann mit dem dunklen Haarzopf hielt den Staubsauger in der Hand und war dabei, die Schnur aufzuwickeln.

»Können Sie den Stecker mal rausziehen?«

Sie folgte der Schnur zu dem Stromaggregat am Wohnwagen.

Mit dem Stecker in der Hand kam sie zum Taxi zurück. Er wikkelte die Schnur auf die Kabeltrommel und fragte beiläufig: »Klinken Sie öfter so aus?«

»Nur, wenn ich Staubsauger höre.«

Sie hatte ihre Stimme unter Kontrolle.

»Läßt sich mit leben.« Er stellte die Kabeltrommel in den Kofferraum und schlug die Klappe zu. »Wär' schlimmer, Sie würden jedesmal durchdrehen, wenn Sie einen Mann mit langen Haaren sehen.«

»Ich mag lange Haare bei Männern«, sagte sie langsam.

»Noch was? Spucken Sie's aus.«

»Glatte Haut. Im Gesicht«, setzte sie erklärend hinzu.

Er strich sich über das Kinn.

»Langsam werden Sie lästig. Jetzt muß ich mich Ihretwegen zweimal täglich rasieren. Oder wie?«

»Das wäre wirklich freundlich.«

»Sie sind vielleicht verkorkst.«

Er kratzte sich mit der Hand am Kopf.

»Das ist wahr«, sagte sie.

»So hab' ich das nicht gemeint. Nehmen Sie mich bloß nicht ernst.«

Er machte die Autotür auf und zog eine große Plastiktüte vom Rücksitz.

»Wollen Sie sehen, was ich für Klamotten besorgt habe?«

Sie legte die Hände zu einem Trichter vor ihren Mund.

»Mirjam. Mirjam.«

Die Kleine stand auf.

»Warum tun Sie das für uns?« Sie zeigte auf die Tüte.

»Na, was meinen Sie?«

Sie wich seinem Blick aus und sah nach unten auf das Gras. Wo die Autoreifen darübergerollt waren, lag es platt am Boden.

»Vergessen Sie es.«

Über dem plattgewalzten Gras lagen gelber Staub und zerrissene weiße Blütenblätter. Gänseblümchen, die von Autoreifen zerquetscht worden waren.

»Sie können sich das vielleicht nicht vorstellen, aber ich bin beliebt bei den Damen. Ich nehme nur Frauen, die wollen.«

Mirjam kam angelaufen und schlang beide Arme um Silkes Hüfte.

»Und auf Kinder steh' ich auch nicht.«

Silke sah ihm in die Augen.

»Warum helfen Sie uns dann?«

Er blickte über das Wasser.

»Wissen Sie immer so genau, warum Sie was tun?«

»Sie haben die Frage nicht beantwortet.«

Er wandte den Kopf nicht vom Wasser. Ein Boot mit weißen Segeln legte sich quer und machte eine Wende.

»Sagen wir, ich habe eine Schwäche für Verrückte.«

»Mama, gehen wir zu den Enten?«

Der Mann mit den dunklen Haaren zog etwas Rotes aus der Plastiktüte.

»Magst du Pinguine?«

Er faltete ein Hemd auseinander, auf dem zwei Pinguine nebeneinander standen.

Mirjam strich mit der Hand über die beiden Figuren.

»Können die schwimmen?« fragte sie interessiert.

»Schwimmen und tauchen.« Er reichte ihr das Hemd. »Das ist für dich.«

Mirjam sah Silke an. »Mama, darf ich?«

»Ja, das darfst du haben.«

»Welche Haarfarbe hätten Sie gern?« fragte er und beugte sich über die offene Tüte. »Schwarz, rot oder blau?«

»Schwarz«, antwortete Silke.

Er fischte ein Paket heraus und gab es ihr.

»Ich habe Ihnen auch nur Schwarz mitgebracht.«

»Sind Sie Hellseher?«

»Taxifahrer. Zu einer behüteten Dame paßt kein Rot oder Blau.«

»Ich bin keine behütete Dame mehr«, sagte sie. »Das war einmal.«

»Meinen Sie, das werden Sie so schnell los wie Ihre Locken? Schnipp schnapp, und die Dame landet im Papierkorb.«

Silke Pape sah auf die Packung in ihrer Hand. Sie drehte sie zwischen den Fingern.

»Ich will Rot.«

Sie ließ die Packung zurück in die Plastiktüte fallen.

»Ist nicht wahr«, sagte er staunend.

37

Der Verkehr Richtung Stadtmitte war mäßig. Ich grüßte die Graffitiwand und die Gleise unter der Brücke.

»Das wär' sowieso keine Wohnung für dich gewesen«, tröstete ich das Kaninchen auf dem Rücksitz. »Viel zu laut.«

Ein alter Opel, vollgepfropft mit einer Großfamilie, fuhr auf dem Überholstreifen neben mir. Ich drückte auf das Gaspedal und preschte davon. Mein Bedarf an Familien war für heute gedeckt.

Auf der Suche nach einem Parkplatz kurvte ich durch das Ostwallviertel. Viertel vor neun ist noch eine Uhrzeit, zu der sich das Suchen lohnt. Ab halb zehn geht hier nichts mehr. Da sind die Straßen in Doppelreihe mit den Schlitten der jungen Leute aus den umliegenden Kleinstädten zugestellt.

»Du kommst mit. Sonst machen dich die Besoffenen noch verrückt hier.«

Mit dem Käfig im Arm lief ich dem Museum entgegen. Mein Liebhaber wohnt in einem Prunkbau für Singles gleich neben dem Museum.

»Besser, ich sag' dir die Wahrheit.« Ich beugte mich über den Käfig. »Wir besuchen einen Kaninchenfresser.«

Täuschte ich mich, oder zuckte das Kaninchen zusammen?

»Er tut dir nichts«, versicherte ich ihm. »Ich bin ja bei dir.«

Die Tür ging auf. Beiger Marmor, polierte Messinggeländer, angenehme Kühle. Ich ging zum Fahrstuhl. Er zahlt an Miete ungefähr das, was ich einmal im Monat im Austausch für meine Arbeitskraft auf das Konto kriege. Der Aufzug glitt lautlos nach oben.

Auf beigem Marmor lief ich einer weißen Eingangstür mit Messingbeschlägen entgegen. Die Tür öffnete sich, und der Mann meiner Begierde breitete die Arme aus. Was für ein Empfang. Für eine

Frau mit freien Händen. Ich stand mit dem Kaninchenkäfig vor ihm und lächelte freundlich. Er ließ die Arme sinken.

»Ist das ein Keuschheitskäfig?« fragte er. »Ein Abstandhalter für die bindungsscheue Emanze?«

»Nicht nur. Laß dich überraschen.«

»Na denn.« Mit einer eleganten Handbewegung ließ er mir den Vortritt.

Ich setzte den Käfig auf die Glasscheibe, die über einem Steintrog lag, der mit Steinen unterschiedlicher Farbe gefüllt war. Dann drehte ich mich zu ihm um. Er hatte nicht so unrecht mit der bindungsscheuen Emanze. Mein Verstand sagte mir haarklein, was von Männern zu halten war. Mein Körper war ganz anderer Ansicht.

Wir verhakten uns ineinander. Ich knetete seine Schulterblätter, das Fleisch in seinem Rücken, rieb mit fünf Fingern an seiner Wirbelsäule entlang.

»Au«, sagte er und biß in mein Ohrläppchen.

Ich zog ihm das Hemd aus der Hose und legte meine Hand auf seinen nackten Bauch. Er hielt mich auf Abstand und stopfte sein Hemd wieder in die Jeans.

»Nicht so gierig. Ich bin der Nachtisch, erst kommt der Aperitif.«

Er holte eine Flasche aus dem Kühlschrank, pulte das Goldpapier vom Korken und griff ein Geschirrtuch.

»Soll ich's knallen lassen?«

»Lieber nicht.« Ich zeigte auf das Kaninchen. »Dann kriegt er einen Herzschlag.«

Mit leisem Plopp köpfte er den Korken und goß die Gläser voll.

»Auf bindungsscheue Emanzen.«

»Auf coole Typen.« Mein Trinkspruch.

»Das sind blöde Sprüche. Fällt uns nichts Besseres ein?«

Wir überlegten beide.

»Auf einen schönen Abend«, wagte ich.

»Das ist originell«, er verschluckte sich vor Lachen und mußte husten.

»Auf einen schönen Abend«, sagte er, als er sich wieder beruhigt hatte. Wir stießen an und tranken.

Er nahm die Flasche, ich die Gläser. Gemeinsam gingen wir auf den Balkon. Zwischen dem Knöterich, der über den Drahtseilen hing, saßen bunte Lämpchen.

»Neu?« fragte ich.

Er nickte.

»Ergreifend, schön kitschig.«

»Magst du das nicht?«

»Doch. Wunderschön. Das ist ernst gemeint.«

»Was macht deine Küche?« fragte er vorsichtig.

»Keine Ahnung. Ich hab' sie schon lange nicht mehr gesehen.«

»Noch nicht saubergemacht?«

»Keine Zeit, keine Lust«, gab ich Auskunft. »Vielleicht hast du ja mehr Lust. Zum Putzen überlaß ich sie dir jederzeit gern.«

»Am Wochenende. Wenn du nicht vorher zuschlägst.«

»Ich doch nicht«, sagte ich träge. »Dann kommt bloß wieder so ein blöder Kerl und verwüstet mir die saubere Küche. Außerdem muß ich Mörder fangen.«

»Wir wollten uns einen schönen Abend machen«, erinnerte er mich. »Kann ich den ersten Gang auftragen?«

Ich steckte meinen Kopf durch den Knöterich und begutachtete die Aussicht. Häuserwände, ein paar Balkone, unten Mauern zwischen den Grundstücken, Pflastersteine, Garagen. Nicht zu vergleichen mit meiner Aussicht auf den Hafen.

Er schleppte ein weißes Tischtuch an und deckte den Tisch. Der erste Gang kam, gemischter Salat, gut gewürzt und knackig.

»Wir kennen uns schon eine Weile. Auf einmal fängst du an zu kochen. Wieso?« fragte ich ihn.

»Stört dich das? Es ändert sich doch nichts dadurch.«

»Doch. Wenn jemand für dich kocht, dann ist das irgendwie...« Ich suchte nach einem Wort: »...verbindlich.«

»Gleich raste ich aus.« Er schraubte den Korken aus der Weinflasche. »Jetzt muß ich mich dafür verteidigen, daß ich für dich koche. Ich hab' einfach Lust dazu.«

»Früher hattest du keine Lust dazu.«

»Da kannte ich dich noch nicht. Hätte ja sein können, daß du zu der klebenden Sorte gehörst.«

»Der klebenden Sorte?«

»Die kriegt man schon schwer los, wenn man einmal mit ihnen gebumst hat. Wenn man für sie kocht, ist es hoffnungslos.«

»Und bei mir ist das Kochen nicht gefährlich?« fragte ich.

»Du klebst nicht«, sagte er. »Wie wär's mit dem Hauptgang?«

»Was ist es denn?«

»Überraschung.« Er verschwand in der Küche und kam mit einer riesigen Reisplatte zurück, auf der sich Meerestiere tummelten.

»Lecker«, ich griff zu.

»Ich bin ein begnadeter Koch und Liebhaber, aber das weißt du ja...«

Ich konnte nicht widersprechen.

»Was ist mit dem Kaninchen?« wollte er wissen.

»Das ist eine lange Geschichte«, warnte ich ihn.

»Mach sie kürzer«, forderte er mich auf. »Sonst gibt es keinen Nachtisch.«

»Wir haben das Kaninchen in einer leeren Wohnung zusammen mit einer Leiche gefunden. Dann stand es drei Tage lang auf meinem Schreibtisch. Heute habe ich versucht, es woanders unterzubringen. Keiner wollte es haben.«

»Jetzt hast du es.«

»Erst mal. Aber was soll ich mit einem Kaninchen?«

»Bei deinem Lebensstil... Du bist ja schon mit einem Liebhaber völlig überfordert. Und ich bin weiß Gott pflegeleicht.«

»Na ja«, ich gab ihm einen Kuß auf die Stirn, »wenn ich von verwüsteten Küchen absehe.«

»Du bist nachtragend«, rügte er mich. »Das paßt nicht zu einer Tierfreundin.«

Mit dem Messer klapperte ich auf dem Tellerrand.

»Ich will endlich meinen Nachtisch.«

»Komm, den Nachtisch gibt es drinnen.«

Er zog mich vom Stuhl.

»Meinst du, wir sollten den Nagezahn raustragen«, flüsterte ich ihm unter der Bettdecke ins Ohr.

»Er kann nur von mir lernen«, flüsterte er zurück. »Kaninchen sind phantasielose Rammler.«

Eine Ewigkeit später suchte ich mir im Licht der Nachttischlampe vor dem Bett meine Kleidungsstücke zusammen. Am liebsten wäre ich die Nacht über hiergeblieben, aber ich mußte nach Hause. Der Nagezahn hatte nach den Aufregungen ein ruhiges Plätzchen verdient, und ich brauchte morgen früh frische Klamotten.

In der Straße neben dem Museum stand die Jugend nicht mehr ganz frisch in dichten Trauben vor den Kneipen.

»Was ist das denn?« Ein rosiges Babygesicht glotzte in den Käfig und schüttete einen Teil seines Biers auf den Boden. »Träum' ich, oder seh' ich graue Mäuse?«

Ich war mit meinem Käfig schon eine Kneipe weiter. Er würde nie erfahren, daß er keine Mäuse, sondern ein Kaninchen gesichtet hatte.

»Soll ich dir helfen, Mädchen?« lallte ein braungebrannter Bubi, der in Zickzacklinie über den Bordstein wankte.

Ich machte, daß ich samt Nagezahn in mein Auto kam.

Als ich aus der Parklücke fuhr, sah ich, daß er verwirrt den Bordstein hinunterstolperte, auf den Platz, wo gerade noch mein Golf gestanden hatte. Er ging in die Knie, fing sich wieder und stieg den Bordstein hinauf.

»Gleich sind wir zu Hause«, versprach ich dem Schlappohr. »Da hast du deine Ruhe.«

In der Unterführung zur Brückstraße war Hochbetrieb. Die Leuchtreklamen der Peepshows blinkten um die Wette. Vor dem Sichtschutz der Puffstraße stand eine Horde Männer. Aus den Häusern kam rotes Licht. Ich streckte mich vor meinem Lenkrad. Etwas vom Leben haben, das wollen wir alle. Mir war auch als erstes Sex eingefallen. Da war ich nicht viel origineller als die Jungs, die ihr Geld ins Bordell trugen. Ich gähnte. Es war mehr als Sex, aber darüber wollte ich mir jetzt keine Gedanken machen.

»Bist du ein bewußter Single?« fragte ich mein Kaninchen im Spiegel. »Oder gezwungenermaßen?«

Die Käfigstäbe blinkten. Wer im Käfig saß, hatte wohl keine andere Wahl. Was für eine dumme Frage. Aber saßen wir nicht alle in einem Käfig?

Mein Lieblingsparkplatz war frei. »Du kannst dir was einbilden«, sagte ich, als ich das Kaninchen vom Rücksitz holte. »Ich bin sehr wählerisch mit meinem Herrenbesuch.«

Er gönnte mir einen müden Blick aus braunen Augen.

38

Zwei kleine Mädchen standen am Rand des Hafenbeckens und zerrten an einem Kaninchen. Das Mädchen mit den roten Hosen hatte die Vorderpfoten in der Hand, das Mädchen im hellblauen Kleid die Hinterpfoten. Beide zogen mit all ihrer Kraft. Das Mädchen in Hellblau war bleich von der Anstrengung. Das Mädchen gegenüber hatte einen Ring roter Pusteln um den Mund. Das Kaninchen wurde länger und länger, bis es zerriß und blutige Gedärme heraustraten. Mit dem halben Kaninchen in der Hand fielen die Mädchen ins Wasser. Es klatschte hart. Das aufgewühlte Wasser spritzte über die Kaimauer.

Ich schreckte auf. Mein Herz klopfte wild. Was für ein Traum. Viertel nach sechs. Das Kaninchen lag friedlich auf seiner Streu im Käfig. Beruhigt machte ich die Augen wieder zu. Schlafen konnte ich jetzt nicht mehr, aber ich konnte mich noch einmal strecken und ausruhen.

Die beiden Mädchen aus meinem Traum waren Silke und Eva Wessel, die ungleichen Schwestern. Das war klar. Aber was bedeutete das Kaninchen, an dem sie beide zerrten? Hatte sich der Nagezahn nur in den Traum geschlichen, weil ich mit ihm gestern auf Tuchfühlung war? Oder stand er für mehr? Ging es um Konkurrenz zwischen zwei Schwestern? Um etwas, das die eine der anderen neidete? Eva Wessel hatte bis heute nicht vergessen, daß Silke eine Katze bekommen hatte. War es das?

Ich habe großen Respekt vor dem, was aus meinem Unterbewußtsein an die Oberfläche steigt. Der Verstand ist ein nützliches Werkzeug, mehr nicht. Nur mit dem Verstand zu arbeiten führt in die Sackgasse. Der Verstand seziert, wie ein Messer Stück für Stück eine Katze in ihre Einzelteile zerlegt, ohne ihr je in ihrer Eigenart näherzukommen. Das Unbewußte ist so viel mehr, ein unendlicher Resonanzboden, der die winzigsten Wahrnehmungen speichert und zum Klingen bringt.

In Gedanken ging ich meinen Fall noch einmal durch. Hatte ich etwas übersehen? War meine Sicht der Dinge schlüssig? Was sprach dafür, daß Silke Pape die Mörderin war?

Sie liebte ihre Tochter und wollte sie beschützen. War Mord die Art der Problemlösung, die zu Silke paßte? Zu der braven Tochter, zu Papas Liebling, zu der unselbständigen jungen Frau, die vom Elternhaus nahtlos in die Ehe mit einem sehr viel älteren Mann gewechselt war?

Sie war einsam, hatte keine Freundin, niemanden, dem sie sich mit ihrem Problem anvertrauen konnte. Die Schwester lehnte sie ab, und die Mutter schien mehr Sympathien für den Schwiegersohn zu haben als für die Tochter. Der Vater? Der durfte nicht aufgeregt werden. Genau die als ausweglos empfundene Situation, die in eine Gewalttat mündete. Ich hatte mehr als eine Mörderin im Knast gesehen. Es waren immer die Braven, Angepaßten, die eines Tages nicht mehr konnten und zuschlugen.

Der Mord mußte für sie der große Befreiungsschlag gewesen sein. Sie war nicht weinend neben der Leiche zusammengebrochen und hatte die Polizei gerufen, sondern zum Bahnhof gefahren und hatte für sich und ihre Tochter eine Fahrkarte gekauft. Auf und davon mit einem Haufen Silbergeld und zwei Zwanzigmarkscheinen.

Kurz vor sieben, ich schlug die Bettdecke zurück. Heute war die Gier nach Kaffee größer als der Horror vor meiner Küche. Ich warf die Kaffeemaschine an.

Mit einem Topf Kaffee verzog ich mich ins Badezimmer. Die Begegnung mit der Dame im Spiegel war aufbauend. Rosiger Teint, glänzende Augen. Männer haben ihre Vorzüge. In gezielten Dosen stärken sie die Schönheit von innen. Als ich fünf Minuten später in meiner roten Jeans und dem Hemd mit dem röhrenden Löwen durch die Wohnung lief, fühlte ich mich für diesen Tag gerüstet.

Ich begutachtete, was ich in meinen Drahtkörben hängen hatte. Einige Kartoffeln waren schon weich und durch das Drahtgitter auf den Boden getropft. Der Kopfsalat sah noch halbwegs passabel aus.

Ich steckte dem Nagezahn die gewaschenen Salatblätter durch

die Käfigstangen und versorgte meinen vierbeinigen Gast mit Müsli und Leitungswasser. Zutraulich kam er angehoppelt, stellte sich auf die Hinterbeine und rieb die Schnauze am Gitter. Ein stattliches Männchen, grauweiß.

»Heute muß ich dich allein lassen«, warnte ich ihn. »Teil dir dein Fressen ein, bis ich wiederkomme.«

Ich kraulte ihm die Backen. Mein Gott, waren die weich. Ich konnte verstehen, warum Kinder Kaninchen unwiderstehlich finden.

Die Sonne stand hinter dem Hafen. Ein Kahn mit Containern lag tief im Wasser und zog unter der Brücke durch. Ein LKW mit Anhänger bog um die Ecke und fuhr auf den Parkplatz der Mineralölgesellschaft. An der Plakette sah ich, daß er Giftstoffe geladen hatte. Ich stieg ins Auto und schaltete das Radio ein. Nachrichten. 2,5 Millionen Schüler bekamen morgen Ferien. Und Zeugnisse.

Ein kritischer Tag für die Kollegen von der Schutzpolizei und der Feuerwehr. Hoffentlich drehten nicht alle durch, die schlechte Zensuren kriegten. Auch das ist relativ. Ich habe einmal einen dreizehnjährigen Jungen von einem Dachbalken gebunden, der sich einen Strick um den Hals legte, weil er eine Drei in Latein hatte. Die Eltern bewahrten Haltung. Keine Träne, nichts. Ich wurde den Verdacht nicht los, daß sie irgendwie erleichtert waren, einen Sohn zu verabschieden, der in so jungen Jahren schon schlappmachte und Höchstleistungen verweigerte. Heutzutage war es nicht leicht, jung zu sein. Eltern erwarteten, daß ihre Kinder all das erreichten, was sie selbst nicht erreichen konnten.

Gegenüber dem Mallinckrodt-Gymnasium knubbelten sich die Jugendlichen vor einem Büdchen. Ich konnte mir vorstellen, wie sie ihr Taschengeld umsetzten. In zuckersüßen Kram, der auf den Zähnen klebte und für die Dauer von ein paar Minuten den Hunger stillte, der in diesem Alter kaum gestillt werden konnte. Vielleicht nie gestillt wurde. Der gleiche Hunger, der Menschen zur Flasche greifen läßt, zur Spritze, zur Frau, zum Mann, zum Auto, zum Haustier. Hunger nach dem bißchen Süße, die das Leben erträglich macht.

Das Schlimmste am Jungsein ist die Abhängigkeit, dachte ich, als ich dicht hinter einem VW-Bus auf den Ring zusteuerte. Der

Bus fuhr auf den Parkplatz am Hauptbahnhof, und Kinder mit dunklen Haaren kletterten aus der offenen Tür. Jungsein heißt, daß andere über dich bestimmen, Entscheidungen über dein Leben treffen, dich als Erfüllungsgehilfen ihrer Wünsche mißbrauchen.

Auf den Plakatwänden leuchtete mir das fotogene Gesicht einer glutäugigen kleinen Schönheit entgegen. ›Papis Liebe tut ihr weh.‹ Das Mädchen war fünf oder sechs. Was ist das für eine Liebe, die Papi dazu bringt, dem Mädchen seine Kindheit zu nehmen? Alle Zeugen sagten übereinstimmend, daß Klaus Pape ein netter Mann war. Was war schon ein netter Mann? Bei meinen Streifeneinsätzen am Wochenende habe ich mehr als einen netten Mann kennengelernt, der seiner Frau und seinen Kindern wenig nette Verletzungen zugefügt hatte. Dabei waren die, die man auf Anhieb sehen konnte, noch die harmloseren.

Ich fuhr auf den Parkplatz am Präsidium. Was war das für ein Job, bei dem ich hinter einer Frau herjagen mußte, die vielleicht ein einziges Mal in ihrem Leben selbständig gehandelt und den Mann gestoppt hatte, der ihre Tochter mißbrauchte? Ich konnte sie gut verstehen. Aber ich wurde dafür bezahlt, sie einzufangen und vor ein Gericht zu bringen. Was die Männer, die die Gesetze gemacht haben, an Gerechtigkeit zulassen, darüber mache ich mir keine Illusionen.

Das ist dein verdammter Job, das gehört dazu, stoppte ich mich. Du bist doch wohl nicht ernsthaft dafür, daß Frauen Lynchjustiz üben? Lynchjustiz, das Wort lief in einer Endlosschleife durch meinen Kopf. Lynchjustiz, Lynchjustiz. Wir leben in einem Rechtsstaat.

Rechtsstaat, Rechtsstaat, höhnte es. Oder etwa nicht? Oder etwa nicht?

39

Drei Frauen mit Kopftüchern und mit Putzeimern in der Hand belagerten den Stand unseres Pförtners. Im Vorübergehen hörte ich, wie eine Frau sagte: »Nix genug Zeit für saubere Heizung.«

Das alte Lied. Seit der Reinigungsdienst von einer privaten Firma übernommen wurde, gibt es nichts als Ärger. Die Frauen werden mies bezahlt, haben keine soziale Absicherung und können die Arbeit unmöglich in der vorgeschriebenen Zeit schaffen.

Ich schwang mich an dem Seitenbügel in den Paternoster. Er ächzte, als würde er innerhalb der nächsten Sekunden den Geist aufgeben, und beförderte mich nach oben. Ich steckte den Kopf bei Petra zur Tür rein.

»Na, wie war's auf der Fortbildung gestern?«

»Fortbildung? Auf welcher Fortbildung?«

»Du hast uns gesagt, wenn Fredy anruft, sagt ihm, daß ich auf der Fortbildung bin.«

»Anstrengend.« Petra gähnte und hielt sich die Hand vor den roten Mund. »Ein Ätztyp, total langweilig. Da weiß ich, was ich an Fredy hab'. Und du? Bist du immer noch mit dem Typen zusammen, der so 'ne sexy Stimme hat?«

Ich nickte. Frauen unter sich.

»Was Ernstes?« fragte Petra interessiert, nahm eine Feile aus der obersten Schreibtischschublade und begann, ihren linken Daumennagel zu bearbeiten.

»Ich hoffe nicht.«

»Willst du keinen festen?«

»Halbfest wär' mir am liebsten«, antwortete ich.

»Du bist 'ne komische Nudel.«

Petra steckte ihre Feile wieder in die Tasche.

»Hier, das ist für dich, ganz frisch.« Sie reichte mir einen Zettel. »Eine Nachricht aus dem Süden. Darauf habt ihr doch gewartet, oder?«

Ich überflog die Nachricht. »Und ob. Ich bin drüben.«

Eine Meldung der Kollegen aus Konstanz. Die gesuchte Person befand sich laut Aussage des Verwalters seit etwa vierzehn Tagen bei ihm auf dem Campingplatz. Zwei Streifenbeamte erinnerten sich ebenfalls, die Frau in Seenähe gesehen zu haben.

Ich hängte mich an die Leitung. Es dauerte, bis ich den zuständigen Mann an der Strippe hatte. Kommissar Schäffle, Kripo Konstanz.

»Sie haben unsere Nachricht also erhalten«, sagte er bedächtig.

»Wir haben Ihre Nachricht erhalten.« Ich stellte mich auf sein Tempo ein. »Was würden Sie vorschlagen, Herr Kollege?«

»Ich weiß natürlich nicht, wie eilig Sie sind...«, setzte er an.

Das war der Punkt. Wenn die Kollegen in Konstanz Silke Pape verhafteten, wurde sie verschubt. Auf dem üblichen Weg im Verbund von Gefängnis zu Gefängnis gen Norden transportiert. Das dauerte. Mindestens eine Woche, schlimmstenfalls zwei bis drei Wochen, bis sie hier bei uns ankam.

»Ich hatte vor, selbst runterzukommen und die Verhaftung mit einem Kollegen vorzunehmen.«

»Das spart natürlich Zeit, Frau Kollegin. Ich habe nichts dagegen, wenn wir das so handhaben.«

»Ich danke Ihnen für die Unterstützung.«

Ein Glück, daß er sich so kooperativ zeigte.

»Ja, wann wollen Sie dann kommen?«

»Wie lange sind wir zu Ihnen mit dem Auto unterwegs?«

»Normal so an die acht Stunden«, schätzte er. »Am besten, Sie fahren morgens los. Dann sind Sie abends bei uns und können am nächsten Tag in der Früh' tätig werden.«

»Wir fahren gleich morgen. Können Sie uns ein Zimmer besorgen, falls es spät werden sollte?«

»Versprechen kann ich Ihnen das nicht, verehrte Kollegin. Aber ich versichere, wir werden unser Bestes tun für die Kollegen aus dem Norden.«

Ich dankte ihm und legte auf. Alles Weitere ließ sich kurzfristig regeln.

Die Tür zu Heinzes Büro war verschlossen. Wie immer kam er eine halbe Stunde später als alle anderen. Ich überlegte noch, ob Warten sich lohnte, als er um die Ecke bog. Er schloß die Tür zu seinem Büro auf.

»Sie wollen zu mir?«

Er hatte es mal wieder erfaßt.

»Kommen Sie rein.« Er legte seine Ledermappe auf den Schreibtisch und ließ sich auf den Stuhl fallen.

»Was ist? Haben Sie endlich den Täter?«

»Es sieht ganz so aus, die Frau des Opfers.«

»Und«, knarrte er. »Wo ist sie?«

»Auf einem Campingplatz am Bodensee. Der Verwalter hat die Polizei informiert, als er das Foto in der Zeitung gesehen hat. Ich muß runter. Mit Weber.«

»Können das nicht die Kollegen vor Ort machen?«

»Nein. Da müssen wir hin. Ich will nicht, daß sie verschubt wird. Mir ist lieber, wenn der Fall so schnell wie möglich abgeschlossen werden kann.«

»Also Dienstreise«, stöhnte er. »Verdrücken Sie sich bloß nicht, ohne die Formulare auszufüllen.«

Er hatte es auf Anhieb geschluckt.

»Ich brauche einen schnellen Wagen aus dem Fuhrpark. Fluchtgefahr.«

»Machen Sie, was Sie wollen. Aber bringen Sie den Fall zu Ende.« Er faltete die Zeitung auseinander. »›Keine Fortschritte im Fall Pape. Die Polizei tappt im dunkeln.‹ Ich will so was nicht mehr lesen. Haben Sie verstanden?«

Bei der Lautstärke war die Frage vollkommen überflüssig.

»Wenn der Fall in die Hose geht, dürfen Sie in Zukunft dem Kollegen Kerner die Tasche tragen. Habe ich mich deutlich ausgedrückt?«

»Wer trägt mir die Tasche, wenn der Fall erfolgreich zu den Akten gelegt wird«, fragte ich, »darf ich mit dem Einsatz von Kollege Kerner rechnen?«

»Das bestimme immer noch ich.« Er trommelte mit der Faust gegen seine Brust. »Ich bestimme hier, wer wem die Taschen trägt, merken Sie sich das.«

Die Geste ließ an Deutlichkeit nichts zu wünschen übrig. Ein alternder Gorilla, der sich mit den Pfoten auf die Brust klopfte. Die Modelle männlichen Führungsverhaltens sind echt zukunftsweisend.

Weber saß an seinem Schreibtisch und sah betrübt auf den Platz, wo gestern noch der Käfig mit dem Kaninchen gestanden hatte.

»Hast du schon gehört? Wir dürfen nach Konstanz. Silke Pape ist da auf einem Campingplatz gesichtet worden.« Er hörte mir nicht zu.

»Wo ist er jetzt?«

Weber sah auf den Platz, wo der Käfig mit dem Kaninchen gestanden hatte. Ein Mann und sein Freund. Ich war gerührt.

»Bei mir. Es wollte ihn keiner haben.«

»Bei wem hast du es versucht?«

»Zuerst bei Familie Wessel. Angeblich haben sie ihn noch nie gesehen. Und fremde Tiere und fremde Leute kommen denen nicht ins Haus.«

»Das ist gelogen. Ich wette, die Kaninchenkötel unter der Couch waren seine. Warum lügen die?« Er zupfte ratlos an seinem Schnäuzer.

»Damit ihnen nie mehr Kötel ins Haus getragen werden, was weiß ich.«

»Und dann?«

»Eva Wessel wollte ihn auch nicht. Mit umgekehrter Begründung. Die wollte ihn nicht, weil er zur Familie gehört. Und mit denen will sie nichts zu tun haben.«

»Er gehört bestimmt der Kleinen«, sagte er. »Und die kriegt ihn auch zurück.«

»Was wird aus dem Mädchen, wenn wir die Mutter in den Knast bringen?«

»Familie«, vermutete er. »Die Großeltern, was sonst? Wann sollen wir los?« fragte er nach einer Pause.

»Morgen früh. Halb acht, acht?« schlug ich vor.

»Wer macht was?«

»Ich übernehme den Staatsanwalt, die Fahrbereitschaft und so weiter. Kümmerst du dich um den Schriftkram?«

»Für einen Freigang tu' ich alles«, versprach er. »Ich stell' die Akten zusammen und schreibe Papierchen, daß den Kollegen in Konstanz die Augen tränen.«

»Hier, das ist für dich.« Ich reichte ihm die Berichte von Fleischer und Gebhard über den Tisch. »Mehr hab' ich nicht. Alles andere ist auf deinem Schreibtisch.«

Er blätterte in dem Bericht von Gebhard.

»Du kannst den Mümmelmann nicht so lange allein lassen«, ermahnte er mich. »Was machst du mit ihm?«

»Er kommt wieder hierher zurück.«

»Und wer kümmert sich um ihn, wenn wir weg sind?«

Ich zeigte auf die Verbindungstür zum Büro unserer Sekretärin.
»Du meinst Petra?« fragte er. »Die pustet uns einen. Die füttert kein Männchen, das ihr auf den Rock gepinkelt hat.«
»Mir zuliebe bestimmt nicht. Aber wenn ein stattlicher, gutaussehender Mann mit braunen Locken sie höflich darum bittet...«
Webers Brust begann sichtlich unter dem Hemd aufzuleben. Selbstgefällig schniegelte er seine Barthaare.
»Du meinst, ich...?« Er lächelte geschmeichelt. »Verlaß dich ganz auf mich. Die Sache ist schon geregelt.«
Ein Auftrag nach seinem Geschmack. Er streckte sich zu voller Größe. Gemessenen Schritts ging er zur Tür und drückte die Klinke hinunter.
»Wie findest du mich?« Er drehte sich noch einmal um. Mit der freien Hand schob er eine dunkle Haarsträhne nach hinten.
»Unwiderstehlich«, log ich tapfer.

40

Es hätte ein schöner Ausflug in den Süden werden können. Wenn wir nicht schon auf den ersten Metern in einen Stau geraten wären... Wenn die Lüftung in unserem verdammten BMW funktioniert hätte... Wenn wir daran gedacht hätten, uns eine Kühltasche mit ein paar Flaschen Mineralwasser einzupacken. So aber saß ich trotz heruntergekurbelter Scheibe schwitzend vor dem Lenkrad, starrte auf die Auspuffgase, die das Hinterteil eines roten Mercedes mir vor die Scheibe puffte, und träumte von einer Tankstelle mit riesigen Kühlschränken voll kalter Getränke.
Weber hing völlig geschafft neben mir in den Gurten. Er hatte die Augen zu und befeuchtete seine rissigen Lippen mit der Zunge.
»Wo wollen die denn bloß hin?« stöhnte er.
Er hielt seinen Kopf nach draußen und begutachtete einen Campingbus, der vollgepackt mit Motorrädern und Surfbrettern in der Schlange rechts an uns vorbeirollte.
»In die Sonne«, verriet ich ihm.
Er fiel erschöpft in seinen Sitz zurück.

»Ist es noch weit?« Der Witzbold. Wir hatten gerade mal schlappe fünfzig Kilometer gepackt.

»Du wolltest mit«, erinnerte ich ihn. »Ich wäre auch allein gefahren.«

»Die von der Fahrbereitschaft hätten uns ein paar Dosen Cola mitgeben können, findest du nicht?«

Ich war zu kaputt, um irgend etwas zu finden außer der nächsten Tankstelle oder Raststätte.

Die nächsten Kilometer fuhren wir schweigend im Stop-and-go. Wenn wir so weitermachten, konnten wir froh sein, um Mitternacht in Konstanz anzukommen. Schäffle konnte sich die Suche nach einem Hotelzimmer glatt sparen.

»Eine Tankstelle«, jubilierte ich und setzte den Blinker, um auf die rechte Fahrbahn zu kommen. Ein Trabi mit einem Boot auf dem Dachgepäckträger ließ mich in die Lücke. Ich parkte den BMW auf den Parkplätzen neben zwei Lastwagen, stieg aus und vertrat mir die Beine. Weber rieb mit einer Hand den Schweiß aus dem Nacken.

»Besorg uns was zu trinken«, sagte ich. »In der Zwischenzeit kümmere ich mich um die Heizung.«

Ich machte die Kühlerhaube auf. Der Motor dampfte. Wasser war genug da. Das mußte erst mal abkühlen, eh' ich mir die Schläuche näher ansehen konnte.

Ich suchte mir ein Plätzchen auf der Bande im Schatten. Die Picknicktische weiter vorn waren voll besetzt. Mittagessenszeit. Verdammter Mist. Wir hätten schon in Frankfurt sein können.

Weber kam mit zwei Tüten zurück. Er stellte mir eine vor die Beine. Ich schnappte mir eine Dose. Sie war so angenehm kalt, daß ich sie mir erst mal über die Arme rollte.

»Gute Idee.« Er hielt seine in den Nacken.

Ich riß die Lasche runter, warf sie zu den hundert Metallschnipseln, die auf dem Boden lagen, und setzte die Dose an die Lippen. Ohne abzusetzen, trank ich sie leer. Dann nahm ich die nächste.

»Du kannst saufen.« Er staunte.

»Brauchen wir eine Heizung?« fragte ich ihn.

»Machst du Witze?«

»Ich lege das Kabel lahm, okay?«

»Die Kollegen von der Fahrbereitschaft werden nicht begeistert sein.«

»Ist mir schnuppe.« Ich riß, und das Kabel war draußen.

»Alles in Ordnung«, teilte ich Weber mit und knallte die Kühlerhaube wieder zu. »Wir können weiter.«

»Ich muß mal.« Er reichte mir seine Tüte mit den Chips. »Nimm. Das ist gut für den Salzhaushalt.«

»Wie weit ist es noch?« fragte Weber unschuldig, als er vom Pinkeln zurückkam und sich in den Wagen setzte.

»Wenn ich die Frage noch einmal höre, setze ich dich auf dem nächsten Parkplatz aus. Dann kannst du nach Konstanz trampen. Oder wieder nach Hause. Das ist mir egal.«

»Mein Gott, bist du empfindlich«, murrte er und zog den Gurt über die Brust.

Mein Einsatz bezüglich der Heizung hatte sich gelohnt. Die Heißluftwellen aus den Lüftungsgittern blieben uns erspart. Dafür knallte die Sonne von oben um so erbarmungsloser. Ein wunderbarer Tag zum Verreisen. Immerhin lief der Verkehr jetzt zügiger. Ich drückte das Gaspedal durch und ging auf die linke Spur. Der BMW durfte zeigen, was er unter der Haube hatte. Weber setzte seine Sonnenbrille auf und legte sich in die Polster zurück. Ich ließ ihn in Ruhe sein Nickerchen halten.

Weit hinter Frankfurt fuhr er hoch. Er setzte die Brille ab und blinzelte um sich. »Wo sind wir?«

»Heidelberg. So gut wie.«

»Wie spät ist es?«

»Fast drei.«

»So lange hab' ich geschlafen?«

»Sieht ganz so aus.«

»Soll ich dich ablösen?«

»An der nächsten Tankstelle.«

Die Landschaft links und rechts der Autobahn wandelte sich langsam. Ein paar Weinberge. Hügel mit Schlössern.

Ich bog in die Auffahrt zur Tankstelle. Wir tauschten die Plätze. Ich lehnte den Kopf an die Plastikstützen. Auf der Stelle döste ich weg.

Als ich wach wurde, fuhren wir auf einer schattigen Straße durch eine Schlucht. Graue Felsen auf beiden Seiten.

»Schwarzwald«, teilte mir Weber mit, ohne daß ich ihn gefragt hätte. »Wir schaffen es noch vor Mitternacht.«

Ich machte mir so meine Gedanken, was uns in Konstanz erwartete. Silke Pape würde nicht gerade erfreut sein, uns zu sehen, soviel war klar.

Ab Donaueschingen zuckelten wir wieder im Stau unserem Traumziel entgegen. Es dauerte noch, bis wir die Bekanntschaft von Kommissar Schäffle machen konnten.

Vor uns schaukelte ein offenes Motorboot auf einem Anhänger.

»Warst du schon mal hier unten?« fragte ich Weber.

»Wie die sprechen, da kann ich gleich ins Ausland fahren.«

»Wohin fahrt ihr diesmal?«

»Fuerteventura. Kluburlaub. Da können wir die Kinder schon mal abgeben und allein was unternehmen.«

Ich versuchte mir vorzustellen, wie das ist, für einen Menschen rund um die Uhr verantwortlich zu sein. Mir reicht es völlig, mich um den Golf zu kümmern, die Wohnung nicht vergammeln zu lassen. Auf Grünpflanzen verzichte ich lieber. Sorgenvoll dachte ich an das Kaninchen. Hoffentlich hatte Webers Charme bei Petra nicht versagt, und das Schlappohr kriegte sein Wasser und ein paar Körner.

»Und du? Wo fährst du hin?« Seine Frage riß mich aus meinen Gedanken.

»Ich weiß noch nicht. Mal sehen.«

»Mit Kindern kannst du das nicht. Da mußt du alles gut planen.«

»Familie Pape hat auch geplant. Den Urlaub in Holland, und dann ist alles ganz anders gekommen.«

Er starrte auf die Straße.

»Was willst du damit sagen?«

Ich drückte mich in den Sitz und streckte die Beine aus.

»Vielleicht, daß wir alle viel zuviel planen. Was weiß ich.« Ich massierte meine Waden. »Ich plane nicht mehr. Ich gucke, was kommt.«

»Ja. Nein«, sagte er. »Du planst auch. Du überlegst dir, was uns da unten erwartet. Machst dir einen Plan, wie es ablaufen wird, und handelst danach.«

»Nur, weil ich Angst habe, mache ich so einen Plan. Eigentlich weiß ich im voraus, daß es ganz anders kommt.«

»Wovor hast du Angst? Die ist doch bestimmt nicht bewaffnet. Ich glaub' nicht, daß die uns mit einer Knarre in der Hand erwartet.«

»Ich hab' Angst, daß ich das Falsche sage oder tue und daß dann ganz entsetzliche Sachen passieren, daß ich alles vermassele. Und du? Wovor hast du Angst?«

»Vor der Kugel«, sagte er, ohne zu überlegen. »Ich habe Angst vor der Sekunde, in der ich sie heranzischen höre. Nicht weiß, von woher, und auf einmal diesen Schlag gegen die Brust spüre. Daß dann alles schwarz wird. Ich hab' Angst vor dem Ende.«

Die Sonne verlor sich hinter den Bergen. Die Tannen warfen Schatten.

»Was meinst du, was uns da unten erwartet?« fragte ich ihn.

»Sie lebt auf einem Campingplatz. Da wird 'ne Menge los sein, wir sollten aufpassen, daß es keinen unnötigen Zirkus gibt.«

»Und die Kleine?«

»Das weißt du genau. Mir gefällt das auch nicht.«

»Die Mutter dreht durch, wenn wir ihr die Tochter wegnehmen.« Wir fuhren schweigend.

»Vielleicht hat sie Glück und kriegt nur ein paar Jahre. Da hat sich schon was geändert heute. Sie hat Geld für einen guten Anwalt. Ein paar Jahre auf Bewährung. Wer weiß.«

»Wenn es einfacher Totschlag wäre, vielleicht«, sagte ich. »Aber nicht bei dem, was sie mit der Leiche angestellt hat. Dafür muß sie bluten. Das lassen die einer Frau nicht durchgehen.«

»Wie heißt es so schön«, Webers Stimme klang sarkastisch. »In Anbetracht der besonderen weiblichen Gefühlslage ist der Tathergang als besonders kaltblütig und grausam einzuordnen.«

»Habt ihr das auch gemacht, in der Ausbildung, den Ziegelstein durchgehauen?«

»Wie könnte ich dieses erhebende Ereignis je vergessen?« grinste er.

»Es war grauenhaft«, erinnerte ich mich. »Das Dach der Turnhalle bebte von den Urschreien enthemmter Männerkehlen.«

»Da hast du mich nicht gehört. Um ein Haar wär' das Dach eingebrochen.«

»Die Kollegen waren auch nicht schlecht. Was haben eure Frauen gemacht?«

»Protestiert«, erinnerte sich Weber. »Die haben darauf bestanden, so ein unnützes Zeug nicht mitzumachen.«

»Bei uns auch. Ich war die einzige, die es gemacht hat.«

»Mit Urschrei?«

»Den hättest du hören sollen. Es war mir richtig peinlich.«

»Da kannst du mal sehen, was in dir steckt.«

»So ist es. Noch drei Jahre in dem Verein, und ich kenne mich nicht wieder.«

»Guck mal«, Weber wies auf ein Straßenschild. »Konstanz achtundvierzig Kilometer. Gleich haben wir's geschafft.«

41

Der Schlagbaum ging hoch. Das Taxi rollte den Weg zum See hinunter. Die Sonne würde gleich untergehen. Wolkenfetzen in den unglaublichsten Farbtönen trieben auseinander. Hellrot, dunkelrot, violett, lila. Als wäre der Horizont von einem Messer aufgeschlitzt und blutete.

Der Mann mit dem Pferdeschwanz parkte das Taxi neben dem Zelt. Er legte die Hände über das Lenkrad und sah in den aufgerissenen Himmel. Er griff die Zeitung vom Beifahrersitz. Einen Moment lang betrachtete er das Foto. Den seriösen Herrn um die Fünfzig, der voll Besitzerstolz die Hände um die Schultern einer jungen Frau und eines kleinen Mädchens gelegt hatte. Dann schlug er die Zeitung zusammen. Das Foto bekam einen häßlichen Knick.

Er stieg aus und ging nach hinten zum Kofferraum. Das kleine Mädchen lief ihm mit einem Ball entgegen. Er zog den Karton mit den Einkäufen heraus.

»Guck mal, was ich kann, Udo.«

Das Mädchen setzte sich den Ball auf den Kopf. Den Bruchteil einer Sekunde blieb er liegen, dann rollte er über ihre Schulter nach unten. Sie bückte sich. Der Ball lag im Gras neben ihren dünnen braunen Beinen.

»Soll ich noch mal?« Sie hob den Ball vom Boden.

»Ich hab's gesehen. Nicht schlecht.«

Die Klappe des Kofferraums fiel zu.

»Was ist da drin?«

Mirjam sah über den Rand des Kartons und ließ den Ball fallen. Er trudelte ein Stück durch das Gras, blieb neben dem hinteren Reifen liegen.

»Was ist da drin?«

An der Seite des Mannes, der den Pappkarton in den Händen trug, hüpfte sie dem Zelteingang entgegen.

»Zeig ich dir gleich.«

Er stellte den Karton neben den Gaskocher auf den Boden.

»Auspacken, auspacken«, forderte die Kleine.

»Wo ist deine Mami?« fragte er.

»Mami schläft.« Mirjam zeigte auf die Tür zum Wohnwagen. Der Mann kratzte sich mit einem Finger die Kopfhaut.

»Du bleibst hier«, sagte er und ging zum Wohnwagen. Mit den Fingerknöcheln klopfte er gegen das Plastik.

»Alles in Ordnung?«

Die Tür ging auf. Er sah verweinte Augen. Das Gesicht unter den kurzen roten Haaren war kalkweiß.

»Alles in Ordnung. Warum fragen Sie?«

»Na hören Sie mal. Sie lassen Ihre Kleine allein hier rumspringen. Das tun Sie ja sonst nicht.«

»Ich will nicht, daß sie sieht, wenn ich weine. Es ist so schon schlimm genug für sie.«

Sie stieg die Treppen hinunter.

»Guck mal, was Udo uns mitgebracht hat.«

Mirjam hatte den Inhalt der Kiste ausgeräumt. Ein Päckchen neben dem anderen lag auf grünem Grasboden.

»Räum das wieder ein, Mirjam.«

»Warum?« Der Mann kniete sich auf den Boden. »Helfen Sie uns lieber beim Auspacken.«

»Was ist da drin, Udo?«

Mirjam hielt ein längliches Paket in der Hand.

»Mach es auf.«

Mirjam legte es auf den Boden, griff den Anfang des Papiers und zog daran. Das Paket drehte sich auf. Aus feuchtem Papier ragten Fischköpfe.

»Fische«, Mirjam klang enttäuscht. »Ich dachte, wir fangen die Fische selber.«

»Heute nicht, heute braten wir sie. In einem Feuer am See. Komm, hilf mir. Was brauchen wir, wenn wir die Fische essen wollen?«

»Brot?« fragte Mirjam unsicher und griff ein langes Baguette.

»Ja, Brot ist gut«, lobte der Mann. »Und was noch?«

Mirjam fischte ein Stück Butter in Goldpapier vom Boden.

»Sie können schon mal Bestecke und so was zusammensuchen«, wies der Mann mit dem Ohrring die Frau an.

Das Feuer loderte. Der Mann mit dem Pferdeschwanz trug einen hellen Pullover mit Zopfmuster. Er hatte ein Taschenmesser in der Hand und schnitzte die Enden eines Holzsteckens zu einem spitzen Pfeil.

»Was machst du, Udo?« Das kleine Mädchen warf die Äste, die sie gesammelt hatte, auf die Steine neben das Feuer.

Der Mann, dessen Gesicht im Schein des Feuers braun funkelte, steckte den Holzzweig durch das offene Fischmaul, bis er vor der Schwanzflosse wieder heraustrat. Er legte den Fisch beiseite und trieb einen Stecken durch das Maul des nächsten Fischs.

»Tut das den Fischen nicht weh?« Das kleine Mädchen verzog das Gesicht.

»Die Fische sind tot. Denen tut nichts mehr weh.«

Der Mann steckte die Holzstäbe in den Spalt zwischen zwei Steinen. Die dünnen Stecken bogen sich unter dem Gewicht der Fische und hingen wie Angelruten über dem Feuer.

»Wie wär's mit einem Aperitif?«

Die Frau balancierte zwei Weingläser und ein Glas Saft für Mirjam über die Steine zu dem Mann am Feuer.

»Wir brauchen mehr Holz.«

Das kleine Mädchen klopfte sich den Pullover von Holzspänen frei. »Dahinten ist noch ganz viel.« Sie sprang über die großen Steine davon.

Die Frau hockte sich mit ihrem Glas auf einen breiten Stein und sah in die Flammen.

»Ich mag Feuer«, sagte sie. »Es ist schön warm.«

Sie hielt eine Hand über die Flammen.

»Passen Sie auf. Verbrennen Sie sich nicht.«

»Ich verbrenne nicht.« Sie hielt eine zweite Hand an das Feuer. »Ich bin aus Eis.«

Über die Steine schob sie sich näher ans Feuer.

»Das glaube ich nicht. Auch wenn Sie Ihren Mann ins Tiefkühlfach gelegt haben. Sie hatten bestimmt einen Grund.«

Sie stand auf, zog die Wolljacke über der Brust zusammen.

»Woher wissen Sie das?«

»Es steht in den Zeitungen. Ganz groß.«

Er zog einen Stecken aus den Steinen, drehte ihn herum, dann den nächsten.

»Wenn Sie wollen, daß wir gehen. Mirjam und ich ...«

»Das müssen Sie wissen. Von mir aus können Sie bleiben.«

»Warum tun Sie das?« fragte sie. »Sie haben doch nichts davon.« Sie verkroch sich in ihrer Strickjacke.

»Machen Sie sich mal um mich keine Sorgen. Ich tu' nichts, was ich nicht will.«

»Reicht das, Udo?« Mirjam warf die Äste aus dem Pullover auf den Boden.

»Wir brauchen mehr.«

»Ich geh' schon.« Mirjam lief über die Steine davon.

»Ich bringe nur Unglück.« Die Frau sprach laut. »Ich bringe allen immer nur Unglück.«

»Sie sind ganz in Ordnung. Wenn Sie nur nicht so einen Scheiß reden würden.« Der Mann warf ein Bündel Äste ins Feuer.

»Wer hat Ihnen den nur in den Kopf gesetzt?«

42

»Der Kommissar Schäffle ist nicht mehr im Hause. Sind Sie die Dame aus dem Norden?«

Er gab sich sichtlich Mühe, hochdeutsch zu reden.

»Das ist für Sie vom Herrn Schäffle.«

Ich riß den Umschlag auf, ein Stadtplan, auf dem mit Kuli Kreuze eingetragen waren. Von den Kreuzen führten gerade Linien an den Rand des Plans. Ich las Präsidium, Weinstube Fritz, Sierenmoosstraße 39, Frau Klinger. Darunter lag ein Farbprospekt »Konstanz, Perle am Bodensee«. An dem Prospekt hing ein handgeschriebener Zettel. »Willkommen in Konstanz. Sie finden mich von zwanzig bis dreiundzwanzig Uhr in der Weinstube Fritz. Sollten Sie später kommen, bei Frau Klinger sind zwei Einzelzimmer reserviert. Mit kollegialem Gruß Ernst Schäffle.«

Weber hatte den Stadtplan auf den Knien liegen. Ich fuhr auf eine Brücke. »Das ist der Rhein.« Er zeigte nach rechts. Ich sah ein altes Gemäuer und einen Ponton im Wasser, dahinter Wohnhäuser mit hellerleuchteten Fenstern.

»Links ist der See.«

Eine weite Wasserfläche, die sich breit öffnete.

»Geradeaus«, dirigierte er mich. »Gleich geht's irgendwo nach rechts. Dann brauchen wir einen Parkplatz.«

An dem beleuchteten Gebäude einer Zeitung vorbei fuhren wir eine Einkaufsstraße hoch. Ein Wagen mit einer Schweizer Nummer setzte aus einer Parklücke. Ich begab mich in Lauerstellung und parkte ein.

Vor einem Kino stand eine lange Schlange junger Leute, die auf die nächste Vorstellung warteten.

»Wie spät ist es?«

»Halb zehn.«

»Wo finden wir unseren Kollegen?« Ich beugte mich zu ihm über den Stadtplan.

»Wir sind hier.« Weber legte seinen Daumen auf den Straßennamen.

Ich drückte ihn zur Seite und las ›Marktstätte‹.

»Der See ist hier.« Ich zeigte auf die blaue Fläche.

»Komm, laß uns kurz hin. Die Füße vertreten.«

Wir liefen die Straße hinunter. Durch eine Unterführung kamen wir zum Hafen. Weiße Ausflugsboote schaukelten auf dem Wasser. Ein Boot war mit bunten Lampions beleuchtet. Fetzen von Tanzmusik wehten zu uns herüber.

Wir liefen am Ufer entlang. Die Wellen klatschten an die Mauer. Von der anderen Uferseite leuchtete es zu uns herüber.

»Wo ist sie jetzt?« fragte er.

»Irgendwo hier. Der See ist groß.«

»Auf einem Campingplatz.«

»Sieht ganz so aus«, bestätigte ich.

»Diese Nobelhütte und dann Camping.«

»Es ist doch egal, wo man wohnt, oder? Hauptsache ein Dach über dem Kopf.«

»Das dachte ich auch mal«, sagte er, »bis die Frauen mir erzählt haben, was sie sonst noch wollen. Teppichböden, Schrankwände, Gefrierschränke. Dafür schuften sich alle dumm und dusselig und haben für den Rest keine Zeit mehr. Spinnweben in der Hose.«

Mir stand nicht der Sinn danach, mich mit Weber über den Zusammenhang von Konsum und Potenz auszutauschen, Tips zur Beseitigung von Spinnweben in Männerhosen auszuteilen.

»Wo finden wir den Kollegen?«

Zurück auf neutrales Terrain.

»In der Altstadt.« Er zeigte auf die beleuchtete Spitze eines Kirchturms. »Wir brauchen uns nur nach dem Dom da zu richten.«

Über einen Platz mit holprigen Steinen liefen wir an der Kirche vorbei. Weber machte unter einer Laterne halt und studierte den Stadtplan.

»Es muß eine von den kleinen Straßen da hinten sein.«

Die Altstadt bestand aus schiefen alten Häusern. Manche waren sehr aufwendig restauriert. Wir guckten in ein paar Gassen. In jedem dritten Haus war eine Weinstube untergebracht.

Endlich fanden wir die Stammkneipe unseres Kollegen. Wir stiegen eine schmale Treppe in den Keller hinunter, in die Generationen vor uns die Dellen getreten hatten.

»Junge Frau«, wendete sich ein älterer Herr mit dunkelblauer Schürze an mich. »Was möget 'se trinke?«

»Ich suche den Herrn Schäffle«, sagte ich. »Kommissar Schäffle.«

»Der isch obbe, in der Wirtsstub.«

Wir bedankten uns, kletterten die Stufen wieder hoch und nahmen die Holzstiege in die erste Etage. Hinter dem Tresen füllte eine dralle Frau mit dunklen Knopfaugen ein knappes Dutzend Weingläser. Das volle Tablett trug sie an uns vorbei zu einem Tisch in der Ecke. Mit dem leeren Tablett kam sie zurück an die Theke.

»Wir suchen den Herrn Schäffle. Kommissar Schäffle«, sagte ich mein Sprüchlein.

»Kommet 'se mit«, sagte sie und ging vor uns in den hinteren Teil der Wirtsstube, wo ein Mann allein an einem Tisch saß und den Kopf hinter einer Zeitung versteckt hatte.

»Besuch, Herr Schäffle.« Die Wirtin verschwand an den Nachbartisch. Junge Leute hielten ihre leeren Gläser hoch.

Der Mann ließ die Zeitung sinken.

»Die Kollegen aus dem Norden.«

Ein Mann Mitte Dreißig mit beginnender Glatze und vollen, sinnlichen Lippen.

»Beate Stein«, sagte ich, »und das ist mein Kollege, Kommissar Weber.«

Er stand auf. Wir schüttelten uns die Hände.

»Setzen Sie sich.« Er deutete auf die Holzstühle.

»Haben Sie schon gegessen?«

»Gummisandwich«, gab ich Auskunft.

»Tankstellengummisandwich«, präzisierte mein Kollege.

»Hier gibt es nur Kleinigkeiten«, sagte Schäffle. »Wenn Sie großen Hunger haben, können wir woanders hin.«

Weber und ich schüttelten wie auf Verabredung die Köpfe.

Schäffle schob uns die Karte hin. »Ich empfehle Ihnen einen badischen Wurstsalat. Der ist gut hier. Oder eine Zwiebelsuppe oder ein Brot.«

Wir studierten die Karte. Er hatte alles aufgezählt, was man zu essen kriegte.

»Weißen oder roten?« fragte Schäffle.

»Weißen«, sagte ich.
»Roten«, entschied Weber.
»Mögen Sie trockene Weine?« Ich nickte begeistert.
»Also einen roten und einen weißen. Und zu essen?«
»Wurstsalat«, sagte ich.
»Wurstsalat«, echote Weber.
Schäffle verschwand. Ich sah auf die zusammengefaltete Zeitung. ›Südkurier‹ las ich. Der Artikel, den ich mit einem Auge erfaßte, handelte von der Besorgnis der örtlichen Winzer, ob der diesjährige Jahrgang mit der Öchslezahl des vorherigen konkurrieren konnte.
Schäffle kam mit drei Gläsern zurück. Er stellte den Wein vor mich auf den Bierdeckel.
»Hagnauer Gutedel. Das Beste, was wir hier am See haben, probieren Sie mal.«
»Für Sie habe ich einen Spätburgunder vom Kaiserstuhl besorgt. Das ist was ganz Feines«, sagte er zu Weber.
»Was trinken Sie?« fragte ich neugierig.
»Den Hagnauer. Es gibt nichts Besseres. Auf gutes Gelingen.« Schäffle hob sein Glas.
Die Wirtin servierte den Wurstsalat. Schäffle beobachtete amüsiert, wie wir uns auf ihn stürzten. Als die Wirtin die leeren Teller abräumte und uns die zweite Runde Wein vorsetzte, nahm Schäffle seine Pfeife und begann, sie zu reinigen und neu zu stopfen.
»Was ist das für ein Fall, wegen dem Sie hier sind?«
»Nichts Appetitliches«, ließ ich ihn wissen.
»Ziemlich übel«, übernahm Weber. »Eine männliche Leiche, in ihre Einzelteile zersägt und eingefroren.«
»Sehr einfallsreich«, fand Schäffle. »Bei uns werfen sie die Leichen meistens in den See. Und wir können suchen.«
»Da können Sie in etwa die Tatzeit feststellen. Machen Sie das mal mit Tiefkühlteilen«, empfahl ich ihm.
»Und jetzt wollen Sie die Dame verhaften, die es getan hat?«
Ich nickte. »Die Ehefrau des Opfers. Es sieht ganz so aus, als hätte sie allen Grund für die Tat gehabt.«
»Gibt es jemals einen hinreichenden Grund, einen anderen zu töten?« Schäffle sog an seiner Pfeife und sah mich an.
»In diesem Fall schon. Wir vermuten, daß der Tote seine Tochter

mißbraucht hat. Sie ist gerade mal fünf«, sagte ich und spürte meine alte Wut auf den Mann, der zu so etwas fähig war.

Schäffle stieß den Rauch aus, und eine Weile sagte er gar nichts.

»Und morgen wollen Sie sie verhaften? Mit unserer Hilfe.«

»Von wollen kann keine Rede sein«, sagte ich. »Ich muß sie verhaften. Es ist mein Job.«

»Ja, ich verstehe.« Schäffle paffte an seiner Pfeife.

»Mögen Sie noch einen Wein?«

Ich zögerte. »Dann schlafen Sie besser.«

»Ich werde Ihnen gute Leute mitgeben«, versprach er. »Vernünftige Leute. Das ist alles, was ich tun kann. Mit dem Haftrichter wird es keine Probleme geben. Kann ich sonst noch irgend etwas für Sie tun?«

»Die Kleine«, sagte ich. »Die wird hier in der Obhut des Jugendamts zurückbleiben. Wenn Sie dafür sorgen könnten, daß...« So genau wußte ich selbst nicht, was ich wollte.

»Ich kenne da jemanden«, sagte er. »Sie ist sehr gut mit Kindern. Machen Sie sich keine Sorgen.«

Er sah ganz in Ordnung aus. So, als ob man ihm trauen könnte.

Der Kollege zahlte unsere Zeche, und wir fuhren seinen Rücklichtern nach, unseren Betten entgegen. Er hielt vor einem Einfamilienhaus und ging gemeinsam mit uns an die Tür.

»Ja, der Herr Schäffle. Isch des e Freud.« Eine ältere Dame im Morgenrock hielt die Tür auf.

»Sie sind bei Frau Klinger gut aufgehoben«, sagte er, als er sich von uns verabschiedete. Ich glaubte ihm aufs Wort.

43

Ich schlief schlecht. Lauter ungebetene Bilder schwirrten mir durch den Kopf. Der Nagezahn, der völlig entkräftet auf seinem Käfigboden lag, eine aufgequollene rosa Zunge, die aus seinem Samtmaul hing. Fleischer, der seine schwarze Tasche nach einem Blick auf das Kaninchen wieder verschloß und sagte: »Da kommt jede Hilfe zu spät, verehrte Kollegin.« Kerner, der auf dem Stuhl an meinem Schreibtisch Platz nahm und von Heinze eine Beförderung entgegennahm. Ein kleines Mädchen mit einer Babypuppe im Arm, das mich fragte: »Was hast du mit meiner Mama gemacht?«

Als jemand an die Tür trommelte und »Frühstück« rief, war ich froh, daß die Nacht ein Ende hatte.

Ich schlug das schwere Federbett zurück, lief zum Fenster und schob die Gardinen zur Seite. Das Grün von Weinlaub und unreifen Trauben traf mich unverhofft. Frau Klinger wohnte an einem Weinberg. In luftigen Reihen zogen sich Weinstöcke terrassenförmig einen Hügel hoch. Ich betete zu einem heidnischen Gott des Weins, daß der heutige Tag nicht in einer Katastrophe enden würde.

Mein Kollege saß frischrasiert und mit vom Duschen nassen Haaren am Frühstückstisch und ließ sich von Frau Klinger bedienen.

»Die Kirschmarmelade ist köstlich.« Er kaute mit vollen Bakken. Ein Hauch Quark mit Kirsch hing in seinem Bart.

»Greifet Sie nur zu«, ermutigte mich Frau Klinger. »Sie könnet noch ebbes vertrage.«

Ich bediente mich mit Kaffee.

»Ja, dann laß ich Sie in Ruhe frühstücke. Wenn Sie ebbes brauche, rufet Sie nur.«

»Gut geschlafen?« fragte Weber.

Ich schüttelte den Kopf und kaute an einem Stück Brot, das in meinem Mund immer mehr wurde.

»Mach dir keine unnötigen Sorgen«, ermahnte er mich. »Du hast ja mich.«

Ich fragte mich, warum ich ihn nicht zu Hause gelassen hatte.

»Gibt es einen Joghurt oder so was?«

»Im Kühlschrank hinter dir.«

Ich machte den Schrank auf und angelte mir aus dem Seitenfach einen Heidelbeerjoghurt.

Der Gefrierschrank hatte eine gewisse Ähnlichkeit mit dem Teil, in dem wir die Leiche gefunden hatten.

»Erinnert dich das an was?« fragte ich meinen Kollegen.

Ich öffnete die Tür. Im obersten Fach lag eingefrorenes Brot, in Plastiktüten verknotet. Ich zog die nächste Schublade auf. Das war die Abteilung Obst aus dem Garten.

»Zu welchem Verbrechen hast du Frau Klinger angestiftet?«

Ich setzte Weber einen Beutel Gefrorenes mit rotem Inhalt auf den Frühstücksteller. Der Beutel hatte den gleichen Knoten, mit dem die Plastiktüten versiegelt waren, in denen unsere Leichenteile schwammen.

»Zum Gattenmord, wozu sonst?«

Er hielt den Beutel mit spitzen Fingern hoch und beförderte ihn auf meinen Teller.

»Oder hast du einen Herrn Klinger gesehen?«

Ich packte die Tiefkühltüte zurück in den Gefrierschrank und löffelte meinen Joghurt.

»Möget Sie noch ebbes?« Frau Klinger steckte den Kopf zur Tür herein.

»Vielen Dank.« Mein Kollege schüttelte den Kopf.

»Bleibet 'se heut nacht noch?« wollte Frau Klinger wissen.

»Leider nein, wir müssen wieder nach Hause.«

»Und wenn die Gangster vor Ihne Reißaus nehme?« Frau Klinger lächelte spitzbübisch. »Dann müsset Sie bleibe.«

44

Ich folgte dem grünweißen Heck der Kollegen. Wir verließen die Stadt auf einer breiten Ausfallstraße. Links und rechts sah es so aus wie an jedem Stadtrand. Genormte Flachbauten, üppige Parkplätze und riesige Werbetafeln. Ein paar Tankstellen, Möbelmärkte. Weiter weg mehrgeschossige Bettenburgen. Der Klub mit der roten Leuchtreklame war vermutlich der örtliche Puff.

Wir bogen auf einen schmalen Damm ab, der links und rechts von Pappeln gesäumt wurde, eine idyllische Landschaft. Kleine Buchten, von hohem Riedgras bewachsen. Dahinter Wasser. Am Ende des Damms folgten wir dem Schild mit der Aufschrift ›Camping‹. Die Kollegen fuhren am Eingang des Campingplatzes vorbei weiter geradeaus. Wir landeten auf einem Parkplatz direkt am See.

»Wahnsinn.« Weber hing vor der Scheibe und bestaunte die Segelboote und Motorjachten unterschiedlicher Größe, die an den

Holzstegen vertäut lagen. Leute in weißen Klamotten zupften an Bootsleinen und hüpften an Bord ihrer hübschen Spielzeuge.

Wir stiegen aus. Die Kollegen kamen uns entgegen.

»Pack mer's«, sagte der Größere von den beiden.

Wir gingen am Ufer des Sees entlang, bis ein etwa zwei Meter hoher Maschendraht den Weg versperrte. Unter hohen Bäumen sahen wir Zelte und Caravans. Dazwischen Autos, Motorräder, Boote und Luftmatratzen.

»Die Leute vom Camping haben ihre eigene Badestelle«, erklärte der lange Kollege.

»Strand, Bootsvermietung und Café«, ergänzte der andere.

Am Zaun entlang liefen wir zur Straße hoch.

»Der Eingang?« fragte ich.

»Von der Straße aus«, sagte der Kleine.

Zu viert passierten wir die Schranke, die gerade für einen Wagen mit holländischem Nummernschild hochgelassen wurde.

»Sie bleiben hier am Eingang. Wenn wir Sie brauchen, rufen wir.«

Kollege Schäffle hatte uns mit Walkie-Talkies versorgt.

»Sie haben ein Foto der Gesuchten gesehen?« fragte ich vorsichtshalber. Die beiden nickten.

»Sorgen Sie dafür, daß sie nicht hier durch den Eingang kommt. Falls sie uns entwischen sollte. Wo finde ich den Verwalter, der sich bei Ihnen gemeldet hat?«

»Bei der Bootsvermietung. Unten am Wasser. Viel Glück.«

Ich musterte die Frauen, die uns auf dem Weg entgegenkamen. Keine hatte auch nur eine entfernte Ähnlichkeit mit Silke Pape. Am Seeufer nahmen wir den Weg links in Richtung auf die Ruderboote, die neben dem Holzgebäude am Ufer lagen.

Ich stieg die Treppen hoch und klopfte an eine Tür mit einem Pappschild. BÜRO hatte jemand mit blauem Filzstift darauf geschrieben. Es rührte sich nichts. Ich klopfte stärker.

»Sind Sie narrisch? Wen wollen Sie verschrecken?«

Der Mann, der uns die Tür aufmachte, trug Shorts und hatte einen tiefbraunen Oberkörper mit einer weißen Haarmatte. Anfang Sechzig, braungebrannt. Das mußte der Mann sein, der den Campingplatz betreute.

»Mein Name ist Stein, Beate Stein. Und das ist mein Kollege, Kommissar Weber. Kommissar Schäffle hat Sie von unserem Besuch informiert.«

»Die Dame aus dem Norden.« Er kratzte sich hinter dem Ohr. »Grüß Gott, setzen Sie sich halt erst einmal.«

Wir setzten uns auf zwei wacklige Stühle. Er ging zu einem alten Schreibtisch, auf dem ein Computer stand. Mit einer Zeitung kam er zurück. Er rückte den Aschenbecher auf die Seite, klappte die Zeitung vor uns auseinander und kramte eine Brille aus einem Etui.

»Wie ich das Foto gesehen hab'. Da hab' ich zu meiner Frau gesagt: Das ist doch die Neue von dem Zigeuner.«

Er tippte auf das Foto.

»Zigeuner?« fragte ich.

»Es ist kein Zigeuner«, sagte er. »So nennen wir ihn bloß, wegen den schwarzen Haaren und dem Ohrring und dem Haarschwanz. Der trägt seine Haare so wie die Zigeuner. Aber es ist ein Deutscher. Ich hab' den Paß gesehen. Zigeuner kommen mir nicht auf den Platz. Der bleibt sauber.«

»Sie haben die Frau sofort erkannt?« fragte ich vorsichtshalber.

»Bei dem Geschäft hier brauchen Sie einen Blick für die Leute. Sonst läuft nichts. Und die hab' ich mir genau angeguckt. Schon allein, wo sie mit dem Zigeuner ankam. Und der wär' nicht hier, wenn's nach mir ging'. Der ist nur hier, weil der Wiesner dem seinen Caravan gegeben hat. Und der ist schon seit vierzehn Jahren hier auf dem Platz und hat immer pünktlich gezahlt und auch mal einen springen lassen.«

»Unter welchem Namen hat sie sich bei Ihnen angemeldet?«

»König, Silke König.«

Er ging zu dem Tisch und schaltete den Computer ein.

»Sie wollen sicher mehr wissen. Die Technik braucht eine Weile.«

Ich gab Weber ein Zeichen, und er stellte sich mit einem Notizblock neben den Naturburschen.

»Hier haben wir es«, sagte der Mann stolz. »Silke König, geboren in Hamburg, wohnhaft in Köln, Kurze Straße 107.«

»Seit wann ist sie bei Ihnen auf dem Platz?«

Er drückte ein paar Knöpfe.
»Seit dem 30. Juni. Was hat sie denn verbrochen?«
»Wir brauchen ein paar Auskünfte von ihr«, sagte ich ausweichend.
»Das hätte ich mir nicht denken können, daß die wem was tut.« Der Mann schaltete den Computer aus. »Das ist eine ganz Scheue.«
Ich ließ ihm seinen Glauben.
»Wo finde ich sie?«
»Soll ich mitkommen?« fragte er eifrig.
»Nein«, sagte ich schnell. »Das ist nicht nötig. Wenn Sie uns sagen, wo wir sie finden?«
»Kommen Sie.« Er machte die Tür auf. »Sie bleiben immer auf dem Weg hier, wie Sie hergekommen sind. Wenn Sie den Weg zum Eingang hochgehen, ist es die zweite Reihe links. Der dritte Wagen. Ein blaues Vorzelt. Das sehen Sie gleich.«
»Ist sie jetzt da?«
»Vor Mittag tut sich beim Zigeuner gar nichts, der fährt nachts Taxi. Und allein hab' ich sie noch nirgends hingehen sehen. Nur zum Wasser mit der Kleinen.«
»Vielen Dank für Ihre Hilfe.«
»Sagen Sie, Sie bei der Polizei. Warum nehmen Sie so ein altes Foto? Da sind wir hier moderner.« Er haute auf den Monitor des Computers.
»Das ist kein altes Foto«, sagte Weber.
»Sie sieht halt jetzt nimmer so aus wie auf dem Foto. Sie werden schon sehen.«

Wir gingen denselben Weg zurück. Die Sonne malte Schatten vor unsere Füße.
»Es muß ja wohl sein?« seufzte Weber, als wir den Weg zum Eingang hochliefen.
»Ich wüßte auch, was ich lieber täte.«
»Zweite Reihe links.« Wir bogen um die Ecke. »Dritter Wagen.«
»Das da drüben ist es. Das blaue Vorzelt.«
Eine Hälfte des Eingangs war offen.
»Hallo«, wir traten unter das Dach.

Eine Frau in einem Bikini mit kurzen roten Haaren stand vor einem Campingkocher. Sie sah uns näherkommen und blieb wie erstarrt stehen. Mit dem Kochlöffel in der Hand.

Ich erkannte sie auf Anhieb. Auch wenn sie die Haare abgeschnitten und gefärbt hatte.

»Mami, meine Milch.«

Jetzt sah ich das kleine Mädchen, das auf einem Holzpodest saß und eine Eisenbahn durch einen Tunnel rollte. Die Frau drehte sich um, schaltete das Gas aus und füllte eine Flüssigkeit in einen Trinkbecher.

»Paß auf, Mirjam. Es ist noch heiß.«

Sie stellte den Becher neben die Eisenbahn.

»Frau Pape. Wir müssen Sie bitten, mit uns zu kommen, und Ihre Tochter auch.«

Ihre Schultern sackten nach unten.

»Es war alles umsonst.«

»Mama, Mama.«

Das Mädchen hatte sich die Hälfte des Kakaos über den gelben Rock gegossen. Sie ging zu ihrer Tochter und hob den Rock hoch. Braune Sauce lief ein dünnes Kinderbein hinunter.

»Pusten, Mama.«

Die Kleine stellte das Bein auf, zeigte auf eine Stelle auf dem Oberschenkel. Sie beugte sich über das Bein und tat, was ihre Tochter wünschte.

»Heile, heile Gänschen. Warum singst du nicht, Mama?«

Ihr war jetzt mit Sicherheit nicht nach Singen zumute.

»Packen Sie Ihre Sachen zusammen, Frau Pape«, forderte ich sie noch einmal auf.

»Was ist denn hier los?«

Ein Mann in Jeans mit nacktem Oberkörper stieg die Stufen des Wohnwagens hinab. In einem Ohr trug er einen schmalen Goldring.

»Wir sind hier, um Frau Pape zu bitten, mit uns zu kommen.«

»Haben Sie einen Haftbefehl?« fragte er.

Ich nahm ein Papier aus meiner Tasche.

Der Mann mit dem schwarzen Zopf ging zu Silke Pape, faßte sie mit den Händen an der Schulter und sah sie an.

»Bist du okay?«

Sie nickte stumm. Er nahm die Hände von ihren Schultern.

»Frau Pape. Bitte packen Sie Ihre Sachen.«

Die dritte Aufforderung kam von Weber.

»So kann sie nicht gehen.« Sie deutete auf den Kakaofleck, der den Rock ihrer Tochter verunzierte. Flehend sah sie mich an.

»Meine Tochter muß duschen und frische Sachen anziehen.«

Weber und ich tauschten einen Blick.

»In Ordnung. Ich begleite sie.«

Er konnte dableiben und ihren Freund im Blick behalten.

»Beeilen Sie sich, bitte.«

Sie stieg in den Wohnwagen und kam mit einer Toilettentasche und einem Handtuch zurück. Das kleine Mädchen sprang an ihre Seite. Zu dritt liefen wir den Weg zum See hinunter.

»Mama, Enten.« Die Kleine riß sich von der Hand der Mutter los und lief durch den Sand ans Wasser hinunter. Zwei Enten watschelten zwischen den Booten an Land.

»Ich hole sie.« Sie lief zu ihrer Tochter.

Ich hatte nicht das Herz, Mutter und Tochter einen der letzten gemeinsamen Momente zu nehmen.

In der Tür des Holzhauses erschien der braungebrannte Alte mit dem Pelz auf der Brust.

»So, so, Sie haben sie gefunden.« Die Neugierde trieb ihn zu mir. »Wohin bringen Sie sie?« fragte er.

»Nach Hause«, antwortete ich knapp.

»Das wird dem Zigeuner nicht recht sein.«

»Was machen die da?« Seine Stimme wurde lebhaft. Er zeigte zum Ufer, wo die Ruderboote lagen. Silke Pape stand bis zu den Knien im Wasser. Neben sich ein Ruderboot mit ihrer Tochter.

»Das dürfen die nicht.« Er sah zu, wie sie in das Boot stieg und das Boot schaukelte.

Ich rannte ans Ufer.

»Kommen Sie zurück, Frau Pape«, schrie ich ihr zu.

»Lassen Sie uns in Ruhe«, rief sie zurück.

Sie klatschte die Ruder ins Wasser.

»Was ist das da drüben?« fragte ich den Platzwart, der mir nachgelaufen war. Ich zeigte auf das andere Ufer.

»Allensbach.«

Die deutsche Seite. Ich hatte Glück.

»Was tun die denn da... was tun die denn da...«, murmelte er fassungslos.

Ich streifte die Schuhe ab, schnappte mir eines der Boote und schob es ins Wasser.

»Informieren Sie meinen Kollegen«, rief ich ihm zu und sprang ins Boot. »Schnell.«

45

Ich griff die Ruder, wuchtete sie ins Wasser und zog sie lang durch. Je weiter ich mich vom Ufer entfernte, um so stärker wurde die Strömung. Silke Pape hatte es fast bis zur Mitte geschafft. Verbissen ruderte ich weiter. Der Schweiß begann zu laufen. Ich warf einen Blick über die Schulter. Keine fünf Meter von mir entfernt trieb das Boot mit der Strömung. Die Ruder hingen im Wasser. Verflucht. Sie hatte die Kontrolle über das Boot verloren. Ich mußte zu ihr, ehe ein Unglück passierte.

Das Boot kam näher. Silke Pape hielt sich mit beiden Armen am Bootsrand fest. Das Mädchen klammerte sich an die Mutter.

»Frau Pape«, keuchte ich zwischen zwei Ruderstößen.

»Alles in Ordnung?«

Von weitem sah ich ein Boot der Wasserpolizei herankommen. Weber hatte Verstärkung besorgt.

»Wir holen Sie gleich.«

Das Motorboot der Polizei näherte sich und stoppte. Das Ruderboot mit der Frau und dem Kind schaukelte unruhig in den Wellen. Silke Pape rutschte mit ihrer Tochter auf den Boden des Boots.

Ein Kollege in Uniform erschien mit einem Megaphon am Bug.

»Verhalten Sie sich ruhig. Wir werden mit dem Schiff backbord gehen und Sie an Bord nehmen.«

»Bleiben Sie, wo Sie sind«, die Stimme der Frau überschlug sich in Panik. »Sonst springe ich, zusammen mit meiner Tochter.«

Ihre Nerven lagen bloß. Männer in Uniform waren nicht dazu

angetan, sie zu beruhigen. Mein Bedarf an Katastrophen war für heute gedeckt. Ich zog meine Hose aus und sprang ins Wasser. Mit kräftigen Zügen kraulte ich dem Boot entgegen.

Die Flüstertüte der Kollegen schwieg. Wahrscheinlich berieten sie, was sie tun sollten. Silke Pape meinte es ernst. Sie war dabei, sich im Boot aufzurichten. Das Boot neigte sich gefährlich. Es sah aus, als würde sie jeden Moment ins Wasser kippen. Ich hängte mich an die andere Seite. Das Boot bewegte sich in Richtung Normallage.

»Machen Sie keinen Unsinn.« Ich legte die Arme auf die Bordkante. »Es hat doch keinen Sinn.«

»Mama.«

Das kleine Mädchen hatte nasse Wangen vom Weinen.

»Denken Sie an Ihre Tochter.«

Das Megaphon dröhnte.

»Geben Sie auf.«

Ich stemmte mich am Bug des Boots hoch und kletterte an Bord. Tropfend hockte ich auf allen vieren und suchte die Augen der Frau, die jetzt auf der Bootskante saß.

Wie ein in die Enge getriebenes Tier blickte sie auf das Boot der Kollegen, das zu uns herantrieb, auf ihre Tochter, die sich an ihr Bein klammerte, und auf mich, wie ich mich genau ihr gegenüber auf den Bootsrand setzte.

»Mama, was ist denn, Mama?«

Die Kinderstimme war voller Angst.

»Ist ja gut, Mirjam.«

Die Frau stieg von der Kante. Sie setzte sich auf die Bank und nahm ihre Tochter in den Arm. Ineinander verschlungen saßen die beiden auf der Holzbank.

Ich stand auf und gab den Kollegen mit den Armen Zeichen, daß es überstanden war. Das Motorboot schaukelte näher. Die Wassertropfen auf meinen Knien trockneten. Eine Gänsehaut überzog meine Beine.

»Alles in Ordnung?« fragte der Kollege.

Silke Pape löste sich von ihrer Tochter. Der Kollege hängte sich aus dem Boot und zog unseres mit den Armen heran. Er verknotete ein Seil um die Metallfassung, die das Ruder hielt.

»Kommen Sie, Frau Pape.«

Breitbeinig balancierte ich zum mittleren Bootssitz. Sie stand auf. Ich schob sie und ihre Tochter an mir vorbei.

»Erst die Kleine.«

Der Kollege stellte einen Fuß auf das Boot.

»Ich gehe zuerst«, sagte sie und beugte sich zu ihrer Tochter herunter. »Mama holt dich auf das große Boot.«

Sie wandte sich an mich.

»Nehmen Sie sie bitte, ja?«

Sie setzte den Fuß auf den Bootsrand. Das Boot schaukelte ein wenig, und schon war sie drüben.

»Jetzt kommst du dran, Mirjam.«

Auf dem Polizeiboot stand Silke Pape und hatte die Arme ausgebreitet. Ich hob die Kleine auf die Bootskante, setzte sie kurz ab und gab sie in die ausgestreckten Arme.

Dann sprang ich als letzte nach. Der Kollege reichte mir zwei Handtücher.

»Soll ich Ihnen eine Decke besorgen?«

Ich schüttelte den Kopf.

»Ich hol' Ihnen trotzdem eine.«

Er führte mich in die Kajüte. Silke und Mirjam Pape saßen auf einer Bank. Sie hatte einen Arm um ihre Tochter gelegt. Ich setzte mich auf die Bank gegenüber und legte ein Handtuch über meine Beine. Die Bullaugen gaben die Sicht auf blaugrünes Wasser frei, das schäumte.

Der Kollege reichte mir eine Decke.

»Hier, sonst werden Sie noch krank.«

»Danke.«

»Wir holen zuerst Ihr Boot, dann steuern wir den Hafen an.«

Ich hatte nicht gehofft, meine Klamotten so schnell wiederzusehen. Er verschwand nach oben. Ich zog die nasse Bluse aus und schlang die Decke wie einen Sari um mich, steckte die Enden fest. Unkontrolliert fingen meine Zähne an zu klappern.

»Was machst du?« fragte die Kleine interessiert, sprang von der Bank und sah mich an.

»Ich glaube«, preßte ich zwischen klickenden Zähnen hervor, »ich friere.«

Der Motor setzte sich mit einem Lärm in Bewegung, der jede weitere Unterhaltung unmöglich machte. Die Kleine kletterte auf die Bank zurück und sagte etwas zu ihrer Mutter, das ich nicht verstand.

Ich kuschelte mich in die Decke. Dampferfahrt auf dem Bodensee, die Kollegen würden mich beneiden.

Der Bootsmotor schwieg. Wir waren im Hafen. Ich packte meine nasse Bluse. Die Kollegen klappten ein Holzbrett aus, auf dem wir sicher an Land gelangten. Wir wurden auf dem Bootssteg erwartet. Weber und die Konstanzer Kollegen.

Ich bedankte mich bei den Kollegen von der Wasserpolizei für die Unterstützung.

»Hübschen Kolleginnen aus dem Norden helfen wir gern.«

Er sah so gut aus in seiner Uniform. Ein bißchen Geist wäre eine angenehme Garnierung gewesen.

»Hier haben wir noch etwas für Sie.«

Er reichte mir ein Bündel.

Auf diesen Moment hatte er gewartet. Eine halbnackte Frau, die mit einer Hand eine Decke hielt und mit der anderen eine nasse Bluse. Da guckten sie sich die Augen platt an den Playboys und Luis und waren immer noch geil auf Natur. Ich klemmte die Bluse unter den Arm. Die Decke bewegte sich keinen Millimeter. Dann hatte ich wieder einen Arm frei, um meine Klamotten entgegenzunehmen.

»Danke.« Er reichte mir das Päckchen.

Die Enttäuschung war ihm ins Gesicht geschrieben.

»Man darf dich keine zwei Minuten allein lassen.« Weber guckte streng. »Schon hat man nichts als Ärger.«

»Das nächste Mal bist du dran. Bötchen fahren, Bagger. Was du willst. Das versprech' ich dir.«

Weber wandte sich an Silke Pape. Die beiden Konstanzer Kollegen hatten vorsichtshalber neben ihr Stellung bezogen.

»Sie wollen es ja nicht anders.«

Er legte eine Handschelle um Silke Papes Knöchel und drückte zu. Dann nahm er sich die andere Hand vor.

»Ich auch.«

Die Kleine hielt ihre Hände hin.

»So kleine haben wir nicht.«

»Oh«, die Kleine hängte sich enttäuscht an den silbernen Ring ihrer Mutter.

Am Ende des Stegs stand ein Taxi. Der schwarzhaarige Mann mit dem Ohrring kam uns entgegen.

»Udo«, die Kleine strahlte.

Er blieb vor Silke Pape stehen.

»Kann ich dir irgendwie helfen?« fragte er und versteckte seine Hände in den Taschen der Jeans.

Sie schüttelte stumm den Kopf.

»Sag was«, fuhr er sie an.

»Es ist zu spät. Es hat keinen Sinn.«

Abrupt drehte er sich um und lief zu dem Taxi.

Unser Wagen stand da, wo wir ihn abgestellt hatten.

»Udo«, sagte Mirjam und sah aus dem Rückfenster.

Das Taxi fuhr an uns vorbei aus dem Hafen. Silke Pape sagte kein Wort. In ihren Augen standen Tränen.

46

Vor mir ragten die Hinterköpfe der Kollegen über die Rücksitze. Webers dunkle Haare, weiße Punkte, die nach unten rieselten. Grünes Tuch auf der Seite des Konstanzer Kollegen. Schäffle hatte für den Transport einen älteren Kollegen abgestellt, der sich über den Auftrag freute. Er hatte eine Tochter, die im Norden verheiratet war. Ich sah, daß der Kollege Weber ein Bild zeigte, von der Familie vermutlich.

Ich wagte einen Blick neben mich. Silke Pape hatte den Kopf nach hinten auf das Polster gelegt und die Augen geschlossen. Sie sah aus wie eine Fieberkranke. Auf jedem Stück Haut Flüssigkeit. Kleine Bläschen, die platzten und verdunsteten. Neue, die nachkamen. Das T-Shirt klebte an ihrem Körper.

Immer noch hatte ich diesen Geruch in der Nase. Nach Bohnerwachs, Staub und Schweiß. Nach den Deodorants, die den Geruch der Angst abtöten. Gerichtsgebäude riechen überall gleich. Erstaunlich gefaßt hatte sie alles über sich ergehen lassen. Bis zu dem Zeitpunkt, als die Frau vom Jugendamt ihre Tochter aus dem Saal führte.

»Mama, Mama«, hatte die Kleine gerufen.

Da war es mit ihrer Fassung vorbei. Sie schrie los wie ein Tier. Der Mann in der Robe hatte irritiert einen Stift zwischen seinen Fingern kreisen lassen. Auf allen Abbildungen ist Justitia eine Frau. Dabei lassen die Gesetze nicht die Spur eines Zweifels, von wem sie gemacht werden.

Ich beugte mich nach vorn zu Weber.

»Das Fenster.«

Eine Lungenentzündung sollte sie sich nicht noch holen. Er sah in den Rückspiegel und kurbelte das Fenster hoch. Meine linke Hand prickelte. Mit der Handschelle um das Gelenk lag sie im Polster. Eine kräftige Hand, leicht gebräunt. Eine Hand, die zuschlagen konnte. Meine Hand. In der Handschelle daneben eine weiße Hand mit langen schmalen Fingern.

Ich sah in ihr Gesicht. Die Augen waren geschlossen. Das war die Erklärung für alles. Eine Frau, die die Augen verschließt, weil das, was sie zu sehen bekommt, zu schmerzhaft ist, zu grausam. Wut stieg in mir auf. Wenn sie bloß ihre verdammten Augen aufbehalten hätte. Wenn sie früher gesehen hätte, was sich für ihre Tochter zusammenbraute. Wenn, wenn, wenn. Dann säße ich jetzt hier nicht neben ihr. Dann wäre ein kleines Mädchen jetzt nicht ohne seine Mutter.

Weber bog auf den Parkplatz vor der Raststätte. Auf der Kühlerhaube eines Autos wickelte eine junge Frau in Jeans ein Baby.

»Wie wär's mit einem Kaffee, die Damen?«

Der Konstanzer Kollege bemühte sich um eine heitere Stimmlage. Sie reagierte nicht. Ich nickte. Er stieg aus und lief den Weg zum Eingang der Raststätte hoch. Weber folgte seinem Beispiel und vertrat sich neben dem Auto die Beine. Ich machte die Tür an meiner Seite auf.

»Ich muß zur Toilette.«

Die ersten Worte, die sie in diesem Wagen gesprochen hatte. Ich machte die Tür wieder zu.

»Steigen Sie aus. Ich komme nach.«

Hinter ihr hangelte ich mich aus dem Wagen. Weber war sofort an unserer Seite. Noch einmal sollte sie uns nicht weglaufen. Der Kollege kam mit einem Tablett vom Rasthaus her über die Straße.

»Wir sind gleich zurück.«

Zu dritt machten wir uns auf den Weg zur Damentoilette.

»Ich warte hier.«

Weber bezog Posten neben der Tür.

Eine Frau mit blonden Dauerwellen und senfgelber Bluse verschwand vor uns in einer Toilette. Ich steuerte mit Silke Pape die Tür daneben an. Mit der freien Hand fischte ich nach Kleingeld in meiner Hosentasche.

»Wollen Sie nicht aufschließen?«

Sie hielt die Hand mit der Handschelle hoch.

»Nein.« Ich zeigte auf den Haken an der Innentür. »Hier kann zuviel passieren. Machen Sie schon.«

Ich drehte den Kopf zur Seite.

»Ich kann so nicht.«

»Das wird gleich anders.«

Ich drückte auf die Klospülung. Das Wasser rauschte. »Hilft garantiert.«

Es half. Ich hörte das Prasseln eines Wasserstrahls, der auf Keramik trifft. Durch ein Loch in der Wand sah ich in die Nachbartoilette. Die Frau mit dem senfgelben Oberteil verteilte eine Lage Klopapier auf dem Toilettensitz. Hinter mir hörte ich das Rascheln von Stoff und kurz darauf das Rauschen des Abzugs. Es war vollbracht.

Wir gingen zum Waschbecken. Ich drehte ihr den Wasserhahn auf. Während sie sich die Hände wusch, wurde meine Hand mit naß. Unsere Köpfe erschienen im Spiegel über dem Becken. Wir sahen uns ähnlich. Zwei blasse Frauengesichter, länglich und schmal. Beide mit den gleichen kurzen Haarstoppeln. Mit den Fingern der freien Hand fuhr ich durch meine Haare. Ich hielt mich an den Unterschieden fest. Ihre Haare rot, meine blond. Ihre Augen blau, meine grün. Was hätte ich an ihrer Stelle gemacht, wenn ich rausgekriegt hätte, daß mein Ehemann sich an der eigenen Tochter vergreift?

Weber war die Erleichterung anzusehen, als wir wohlbehalten wieder vor der Damentoilette auftauchten.

Der Kaffee war lauwarm. Silke Pape trank wortlos. Sie mit Milch und Zucker, ich schwarz. Warum waren mir die Unterschiede auf einmal so wichtig?

»Ich verschwinde noch mal.«

Meine Handschelle sprang auf. Über Silke Papes freier Hand drückte ich sie wieder zu. Ich massierte das Handgelenk. Wie befreit lief ich über die Straße. Der Himmel war blau, die Papierkörbe quollen von Eispapieren über. Im Treppenhaus des Rasthauses roch es nach Sauerbraten.

Für einen Augenblick war ich frei.

47

Es war noch hell, als wir vor dem Eisentor hielten. Weber nahm die Papiere und schellte an der Seitentür. Er verschwand hinter der grauen Tür.

Silke Pape sah auf das breite Tor vor uns.

»Sie übernachten hier. Nur für diese Nacht«, fügte ich schnell hinzu.

Sie sagte kein Wort. Ihre Augen klebten an dem Tor.

»Justizvollzugsanstalt Klingenthal. Es ist nur für eine Nacht.«

Keine Reaktion.

»Morgen holen wir Sie wieder ab. Sie fahren mit uns weiter.«

Sie lehnte sich zurück und schloß die Augen.

»Und dann?« fragte sie.

»Dann verhören wir Sie.«

»Und dann?«

»Bleiben Sie in Untersuchungshaft bis zum Prozeß.«

Weber kam zurück.

»Alles in Ordnung.«

Das Tor vor uns schwang zur Seite. Wir fuhren in den Gefängnishof. Ein Vollzugsbeamter winkte uns auf einen Parkplatz neben ein Fahrzeug für den Gefangenentransport. Gemeinsam mit dem Beamten gingen wir zur Eingangsschleuse, Weber, Silke Pape und ich.

Wir warteten in einem tristen Raum, an dessen Wänden verblichene Plakate zur Bekämpfung unterschiedlicher Suchtmittel aufriefen. Ein Summer ertönte, und eine Vollzugsbeamtin erschien in der Tür.

»Der Übernachtungsbesuch?«

»Für eine Nacht«, bestätigte ich und schloß die Handschellen auf. Ihre und meine. »Kann ich kurz mit rein?«

Die Beamtin musterte mich und nickte.

»Kommen Sie, Frau Pape.«

Ich nahm ihre Tasche und faßte sie unter den Arm. Es war wichtig, daß sie Vertrauen zu mir faßte. Das würde mir das Verhör morgen erleichtern.

Durch zwei Gittertüren folgten wir der Beamtin. Silke Papes Augen wanderten die Treppen hoch. Die Stufen mit den Eisengeländern, die Metallgitter, die horizontal eingezogen waren. Es roch nach süßem Parfüm, Seife und Haarschampon. Die Frau vor uns schloß eine schwere Holztür auf. Wir waren in einer Art Büro. Wandschränke, ein Holztresen, ein Schreibtisch, Stühle, ein Panzerschrank.

Die Beamtin zog den Reißverschluß auf und durchsuchte den Inhalt der Reisetasche. Als sie fertig war, stellte sie die Tasche auf den Schreibtisch.

»Wenn Sie irgend etwas Wertvolles dabei haben, dann lassen Sie es besser hier.«

Der Schlüsselbund klapperte. Die Beamtin zog ein Metallfach aus dem Panzerschrank.

»Ist sie das erste Mal bei uns?« wandte sie sich jetzt an mich. Ich nickte.

»Sie wollen doch bestimmt nicht, daß Ihr Schmuck wegkommt.« Sie zeigte auf die Ringe an ihren Fingern.

Silke Pape begann an einem Goldring zu drehen. Sie zog ihn vom Finger und legte ihn in die Metallschublade.

»Der ist doch bestimmt auch wertvoll.«

Die Beamtin zeigte auf einen Bandring, in den winzige Steinchen unterschiedlicher Farbe eingelassen waren.

»Nein.« Silke Pape schüttelte den Kopf. »Den gebe ich nicht ab.«

»Sie sind nicht allein in der Zelle. Wir können keine Haftung für Ihre Wertgegenstände übernehmen.«

Ich hatte schon erlebt, daß einer Frau drei Finger abgeschnitten wurden, nur weil die Ringe nicht herunterrutschten.

»Geben Sie ihn lieber ab«, riet ich ihr.

»Nein.« Silke Pape preßte die Hand mit dem Ring vor die Lippen. »Nein.«

»Ist das ein besonderer Ring?« fragte ich behutsam.

»Er hat ihn mir geschenkt«, sagte sie leise. »Zu Mirjams Geburt.«

»Wer hat Ihnen den Ring geschenkt?«

»Klaus. Er ist ins Krankenhaus gekommen. Ich lag mit Mirjam im Bett. Sie war gerade geboren.« Ihre Stimme zitterte.

Ich mußte gegen den Kloß in meinem Hals ansprechen. Das war eine Zeit, an die sie gern dachte. Die Zeit, als alles noch in Ordnung war. In Ordnung schien.

»Sie bekommen ihn ja zurück. Morgen früh.«

Sie zog ihn vom Finger und reichte ihn der fremden Frau.

»Der ist hier sicher.«

Die Beamtin schlug den Deckel über die Metallade. Mit einem Krach fiel er zu.

»Na, dann woll'n wir mal.«

Sie schnappte sich den Schlüsselbund, warf ihn in die Luft. Das Metall rasselte, als es wieder in ihrer Hand landete.

»Alles halb so schlimm. Manchen gefällt es hier bei uns besser als draußen.«

»Ich muß gehen.« Meine Stimme war rauh.

»Gehen Sie noch nicht.«

Sie streckte die Hand aus, als wollte sie mich festhalten. Auf halbem Weg stoppte sie die Bewegung und zog die Hand wieder zurück.

»Sagen Sie mir, was mit meiner Tochter wird.«

Die Vollzugsbeamtin verschwand in einen Nebenraum.

»Sie bleibt so lange in Konstanz, bis geklärt ist, ob sie von Ihrer Familie aufgenommen werden kann.«

»Nein.«

Ihre Pupillen weiteten sich. Schwarze Löcher mit einem blauen Rand.

»Es geht ihr gut in Konstanz.« Die Worte klebten an meiner Zunge. »Machen Sie sich keine unnötigen Sorgen.«

Ein Schlüssel drehte sich in einem Schloß. Die schwere Tür ging auf.

»Barbara, bist du das?«

Die Frau in der Tür sah uns entgeistert an.

»Was machen Sie denn hier?«

Ihre Kollegin kam mit einem Stapel weißer Wäsche aus dem Nebenraum zurück.

»Neuzugang.« Sie knallte die Wäsche auf den Schreibtisch. »Elke, bringst du die Kollegin von der Kripo wieder runter? Ich hab' hier noch zu tun mit der Dame.«

Sie zeigte auf Silke Pape.

»Alles klar?« fragte Weber, als ich neben ihm auf den Beifahrersitz stieg. Der Konstanzer Kollege hatte sich diskret nach hinten verzogen.

Ich nickte.

»Wie war's?« Er startete den Wagen.

»Wie Knast halt so ist.«

Das dicke Eisentor glitt zur Seite.

»Hauptsache, wir müssen hier nicht übernachten.«

Auch eine Sicht der Dinge.

»Ich habe die Adresse von einem Hotel.«

Er hielt einen Zettel hoch.

»Gasthof mit eigener Schlachterei. Wie findest du das?«

Ich enthielt mich eines Kommentars. Das Wirtshausschild sprach für sich. ›Zum Ochsen.‹

Sehr passend für meinen sensiblen Kollegen.

48

Ein Tag im Gasthof ›Zum Ochsen‹, und ich wäre zum eingeschworenen Vegetarier geworden. Das Rindssahnegulasch vom vergangenen Abend lag noch schwer in meinem Magen, als mich die Aufschnittplatten beim Frühstück anlächelten. Weber und der Kollege aus Konstanz langten begeistert zu. Ich kaute an einem Brötchen, das nur mit Butter bestrichen war, und überlegte, was die JVA Klingenthal wohl ihren Insassen vorsetzte.

»Na, hat es Ihnen geschmeckt?« Die Wirtin setzte sich neben Weber.

Weber war kein Kostverächter. Im allgemeinen schwärmte er eher für Zierliches. Rinderbraten, geräucherte Salami und Knackwürste hatten urtümlichste Instinkte freigesetzt. Er kaute an einem Stück gerollten Schinken ohne Brot und ließ seine Augen wohlgefällig über den kräftigen Busen unserer Wirtin kreisen, der in einer Rüschenbluse verpackt war.

Der Konstanzer Kollege hatte ebenfalls kräftig in der Aufschnittplatte gewütet und verdaute im Schutz des ›Klingenthaler Boten‹.

»Muß man sich merken.« Weber schickte dem Gasthofschild ›Zum Ochsen‹ einen dankbaren Blick nach, als wir vom Parkplatz fuhren.

»Sehr ordentlich«, bestätigte der Kollege. Knoblauchduft machte sich in unserem Dienstwagen breit. Die geräucherten Würste hatten es in sich. Ich kurbelte das Fenster runter.

»Heute abend bin ich bei meiner Tochter.« Der Kollege aus Konstanz war aufgekratzt.

»Haben Sie Familie?« fragte er mich.

»Ein Kaninchen, einen Liebhaber und eine Mutter, die ich am liebsten nur zu Ostern und Weihnachten treffe.«

»Ich habe vier Kinder«, sagte der Kollege stolz. »Alle sind was geworden.«

»Ah ja«, sagte ich. »Auch bei der Polizei?«

»Nein, die haben es alle besser getroffen, beruflich.«

»Wie meinen Sie das?« wollte ich wissen.

»Die verdienen alle ordentlich.«

Jetzt war ich neugierig. »Was machen sie denn?«

»Der große Bub ist in der Pharmaindustrie. Die bezahlen am besten.«

»Ah ja.« Es war nicht schwer, ihm zu folgen. »Und einer ist in der Autoindustrie?«

»Woher wissen Sie das?« Er war beeindruckt.

Vor uns tauchte das graue Tor auf.

»Wie viele Töchter haben Sie?«

Weber verschwand in der Seitentür.

»Zwei«, sagte er stolz. »Und beide gut verheiratet.«

Das Tor glitt zur Seite. Wir fuhren in den Hof.

»Hoffentlich haben sie einen ordentlichen Beruf. Jede dritte Ehe wird geschieden.«

»Meine Mädels lassen sich nicht scheiden.«

Gelobt sei die Einfalt der Männer.

Silke Pape stand startbereit neben einer jungen Beamtin. Sie hatte Ringe unter den Augen. Die roten Haare klebten an ihrem Kopf. In den Genuß einer Dusche war sie nicht gekommen.

»Haben Sie eine gute Nacht gehabt?« begrüßte ich sie.

»Ich konnte nicht schlafen.« Genauso sah sie aus.

»Sie erlauben?« Ich ließ die Handschelle erst über meinem Handgelenk, dann über ihrem zusammenschnappen. Der Ring mit den bunten Steinen saß wieder an ihrem linken Ringfinger.

»Heute geht es zum Verhör?« Sie wirkte müde, aber gefaßt.

»Es wird nicht so schlimm. Sie kennen mich ja schon. Ich leite das Verhör.«

»Warum haben Sie mich nicht da unten verhört? Warum haben Sie mich von meiner Tochter getrennt?«

»Wir sind die ermittelnde Behörde. Sie müssen uns vorgeführt werden.« Mir wurde bewußt, wie unverständlich mein Kauderwelsch auf normale Menschen wirken mußte. »Das sind die Gesetze«, versuchte ich zu vereinfachen. »Ich habe die auch nicht gemacht.«

»Wie weit ist es noch?« fragte sie, als wir von dem Gefängnishof fuhren.

»Zwei, drei Stunden, wenn wir gut durchkommen.«

Sie legte den Kopf in den Nacken und machte die Augen zu.

Der Aufkleber auf dem Heck eines Volvo trug die Worte: ›Ich liebe Schweden.‹ Auf unserer Strecke fuhren die Ferienreisenden in Richtung Skandinavien. Warum hatte ich sie nicht einfach entkommen lassen? Der Verkehr in Richtung Süden staute sich auf der Gegenfahrbahn. Ich hatte plötzlich diesen schalen Geschmack im Mund.

49

Erst als ich die Tür zu Petras Büro aufmachte und sah, wie sie mit ihren roten Krallen in einem bunten Prospekt wühlte, fühlte ich mich wieder zu Hause. Das Kaninchen stand aufrecht in seinem Käfig und beäugte mich freundlich. Petra schlug das dicke Heft zu und schwang in ihrem Drehstuhl in meine Richtung.

»Dicke Luft. Ihr werdet erwartet.« Sie stellte beide Füße gleichzeitig auf den Boden und kam zu mir an die Tür. »Der Alte schnaubt. Angeblich seid ihr auf dem falschen Dampfer mit eurer Frau. Irgendwer ist entführt worden.«

»Entführt? Wer denn?«

Petra zuckte die Achseln.

»Keine Ahnung. Der Alte hat sich mit Kerner eingeschlossen und total abgeschottet. Nur, daß du Bescheid weißt.«

»Danke, Petra.«

»Da ist noch was, Bea. Könnte wichtig sein.«

»Ja?«

»Seit ihr weg seid, ruft hier jeden Tag ein paarmal 'ne Frau an und will wissen, ob du zu sprechen bist.«

»Name?«

»Sagt sie nicht. Sie will wissen, ob du da bist, und dann legt sie auf.«

»Ist dir was aufgefallen?«

»Da waren so komische Geräusche im Hintergrund.«

»Was für Geräusche?«

»Hab' ich auch schon überlegt. Ein Kreischen oder ein Schreien. Ziemlich ätzend. Weißt du, wer das sein könnte?«

»Keine Ahnung. Vielleicht fällt mir was ein.«

Ich machte die Tür zu.

Silke Pape saß mit zusammengefalteten Händen auf ihrem Stuhl vorm Schreibtisch.

»Fang schon mal an mit den Routinesachen. Ich muß zum Alten. Es brennt.«

»Was ist denn?« fragte Weber.

Silke Pape verfolgte unsere Unterhaltung. Ich winkte ab.

»Später. Ich bin gleich zurück.«

Am Ende des Ganges sah ich Kerner hektischen Schritts um die Ecke biegen. Ich hatte das dumpfe Gefühl, daß sich irgend etwas Unangenehmes über meinem Kopf zusammenbraute.

»Herein.« Heinze hockte hinter seinem Schreibtisch.

»Das wurde ja auch Zeit, daß Sie von Ihrem Ausflug zurückkommen«, empfing er mich knurrend. »Haben Sie wenigstens den Täter?«

Ich setzte mich in den Stuhl vor seinem Schreibtisch.

»Weber fängt gerade mit dem Verhör an.«

»Dann verhören Sie mal. Oder hat sie schon gestanden?«

Seine Stimme troff vor Ironie.

»So gut wie gestanden.«

Wenn ich nur wüßte, welchen Joker er im Ärmel hatte.

»So gut wie ist nicht gut genug.« Er beugte sich über den Schreibtisch. »Haben Sie verstanden? Nicht gut genug.«

»Wie wäre es, wenn Sie mich über den Stand der Ermittlungen vor Ort informieren würden?«

Immer schön sachlich bleiben, kühl kontern.

»Es ist mir ein Vergnügen, werte Kollegin.«

Wenn er sich vergnügte, mußte ich auf das Schlimmste gefaßt sein.

»Hier hat sich einiges getan, während Sie sich auf Vergnügungsreise befanden. Während Sie weg waren, ist hier ein weiteres Verbrechen passiert. Menschenraub.«

»Es passieren täglich Verbrechen.« Das konnte ich mir nicht verkneifen. »Dieser Tatsache verdanken wir unsere Existenz.«

»Sehr witzig.« Er machte eine Pause. »Jetzt ist nicht der Zeitpunkt zum Witzemachen. Ein Mensch ist entführt worden.« Er ließ seine Faust auf den Schreibtisch sausen. »Ein Mensch.«

Für Tiere war die Polizei nicht zuständig. Ich verzichtete darauf, ihm diese Wahrheit näherzubringen.

»Wer ist es denn?« fragte ich statt dessen.

Auf diese Frage hatte er lange gewartet.

»Ein gewisser Herr Wessel, falls Ihnen der Name etwas sagt.«

»Wer hat uns informiert?«

»Seine Frau.«

»Wann?«

»Gestern.«

»Seit wann vermißt sie ihn?«

»Seit Mittwoch. Dem Tag, an dem Sie mit Weber zu Ihrem Ausflug aufgebrochen sind.«

Er ließ die Worte auf mich wirken.

»Wäre es vielleicht möglich, daß der Täter noch frei herumläuft?« Er sprach gefährlich leise. »Wäre es denkbar, daß Sie sich getäuscht haben, daß der Täter vielleicht gerade in diesem Moment sein zweites Opfer zersägt?« Er wurde lauter. »Beten Sie, daß er überlebt. Sonst sorge ich dafür, daß Sie in der Kleiderkammer landen. In der Kleiderkammer«, donnerte er in voller Lautstärke.

»Es gibt kein zweites Opfer«, sagte ich so standfest wie möglich. »Die beiden Fälle haben nichts miteinander zu tun. Das sind unterschiedliche Täter.«

»Alles Zufall, was? An Ihrer Stelle würde ich beten.«

»Wer arbeitet an der Entführung?«

»Die Ermittlungen liegen in kompetenten Händen.« Er grinste mich an. »Kollege Kerner ist damit betraut. Wenn Sie ihn behindern, sind Sie draußen. Haben Sie verstanden?«

Es bedurfte keiner intellektuellen Kraftakte, um ihm zu folgen. Ich schlug die Tür hinter mir zu.

Petra legte gerade den Telefonhörer auf die Gabel.

»Das war sie wieder. Ich hab' ihr gesagt, daß du da bist. Ist doch okay?«

»Wenn sie hier auftauchen sollte, dann sag mir Bescheid.«

»Ich erkenne die Stimme garantiert«, versicherte sie mir. »Du bist drüben?« Sie deutete auf die Tür unseres Büros.

Ich nickte. »Gib mal ein Telefonbuch.«

Petra zog eine Schreibtischschublade auf und reichte mir das gelbe Buch. Ich fand den Namen, den ich suchte. Fünfmal stand er da. Aber nie mit der richtigen Adresse.

»Pech gehabt.« Ich klappte das Telefonbuch zu.

»Wen hast du denn gesucht?«

Ich schlug das Buch wieder auf. Darauf hätte ich gleich kommen können.

»Wenn wir Glück haben, ist es das.«

»Wovon redest du?«

»Frag nicht, wähl. 121495.«

Petra setzte ihren roten Zeigefinger brav auf die Tasten.

»Was soll ich sagen, wenn sich jemand meldet?«

»Du hast dich verwählt.«

Petra hielt den Hörer vom Ohr ab, und ich hörte es tuten. Dann meldete sich jemand.

»Wer ist da?« hauchte Petra mit verstellter Stimme in den Apparat. »Entschuldigen Sie bitte, ich habe mich verwählt.

Es war ein Mann am Apparat. Aber das Geräusch stimmt hundertprozentig. Das war der Anschluß, von dem die Anrufe kamen. Hat das mit eurem Fall zu tun?« fragte Petra.

»Ja.« Ich strich mir mit beiden Händen die Haare aus der Stirn. »Wenn ich nur schon wüßte, wie...«

Das Geräusch war identifiziert. Die Säge aus dem Hinterhof in der Wörthstraße. Ich hatte Petra die Telefonnummer der ›WerkStadt‹ herausgesucht. Eva Wessel versuchte, mich zu erreichen. Was konnte sie wollen?

»Hat die ihren Alten zersägt?«

Petra zeigte auf die Verbindungstür zu unserem Büro. »Sie sieht so harmlos aus.«

»Sie hatte ihre Gründe.«

»Was denn für welche?« Petra hatte das gleiche Funkeln in den Augen, mit dem sie die Katastrophen der Boulevardpresse verfolgte.

»Erzähl' ich dir später.«

Das Telefon auf ihrem Schreibtisch schellte. Ich öffnete die Verbindungstür zu unserem Büro.

50

Der Konstanzer Kollege sprang auf, als er mich sah.

»Sie brauchen mich ja jetzt nicht mehr.«

»Wie kommen Sie zu Ihrer Tochter?«

»Sie kommt mich mit dem Auto abholen«, sagte er stolz.

»Ja, dann danke ich Ihnen ganz herzlich für die Zusammenarbeit.« Ich schüttelte ihm die Hand. »Grüßen Sie den Kollegen Schäffle von mir.«

»Der Herr Weber hat meine Adresse. Wenn Sie noch mal bei uns unten sind, melden Sie sich. Wir haben ein großes Haus. Da ist Platz für Gäste. Das Frühstück ist genauso gut wie im ›Ochsen‹.«

»Ich danke Ihnen für die Einladung.« Ich lächelte tapfer. Allein beim Gedanken an die Wurstplatten von heute morgen wurde mir übel.

Als er durch die Tür auf den Gang entschwand, sah ich, daß Weber dafür gesorgt hatte, daß zwei Kollegen in Uniform den Gang sicherten.

Ich setzte mich an den Schreibtisch und schob den Papierberg zur Seite, der sich während meiner Abwesenheit gesammelt hatte.

»Wie weit seid ihr?« fragte ich Weber.

Silke Pape sah auf den Streifen an der Wand, auf dem Weber die Urlaubskarten der Kollegen sammelte.

»Formkram erledigt. Du kannst übernehmen.«

Er schob das Aufnahmegerät zu mir herüber.

»Stört es Sie, wenn wir unsere Unterhaltung aufnehmen?«

Sie schüttelte den Kopf. Ich drückte auf die Taste.

»Es ist unsere Aufgabe, herauszufinden, wer für den Tod Ihres Mannes verantwortlich ist. Im Laufe der Ermittlungen sind wir auf Dinge gestoßen, die uns vermuten lassen, daß Sie die Tat begangen haben. Was sagen Sie dazu?«

»Ich bin schuld. Der Tod von Klaus ist meine Schuld.«

»Warum haben Sie Ihren Mann umgebracht?«

»Ich habe ihn nicht umgebracht.«

Sie flüchtete mit ihren Augen vom Kassettenrecorder zu der bunten Welt auf Postkarten. Ich tauschte einen Blick mit Weber. Was war jetzt los?

»Frau Pape.« Ich machte einen neuen Anlauf. »Sie haben gerade gesagt, daß der Tod Ihres Mannes Ihre Schuld ist.«

Sie nickte.

»Und gleichzeitig sagen Sie, daß Sie ihn nicht umgebracht haben. Das verstehe ich nicht.«

Sie sah zu mir.

»Aber es ist so.«

»Helfen Sie mir zu verstehen«, bat ich sie. »Wieso ist der Tod Ihres Mannes Ihre Schuld?«

»Er ist meinetwegen gestorben.«

»Weshalb genau ist er gestorben?«

»Darüber möchte ich nicht reden.«

Sie legte die Hände im Schoß zusammen wie ein braves Kind.

»Wer hat Ihren Mann umgebracht, wenn Sie es nicht waren?«

Sie schwieg und sah in ihren Schoß.

»Wenn Sie unschuldig sind, müssen Sie reden. Das ist Ihre einzige Chance.«

Sie begann, den Ring mit den bunten Steinen am Finger zu drehen. Ich legte eine härtere Gangart ein.

»Ist es nicht so, daß Sie Ihren Mann umgebracht haben und daß Sie einen guten Grund dafür hatten? Ist es nicht so, daß Sie Ihre Tochter vor etwas Bösem bewahren wollten, daß Sie sich keinen anderen Rat mehr wußten, daß Sie deshalb bis zum Äußersten gingen?«

Sie sagte nichts, drehte weiter an ihrem Ring.

»Ihre Tat hatte einen Grund. Wenn Sie gestehen, können Sie mit mildernden Umständen rechnen.«

Ihre Hände zitterten. Ich mußte am Ball bleiben.

»Frau Pape, Sie sind keine eiskalte Mörderin. Sie haben aus einem Affekt heraus gehandelt. Wie ist es passiert?«

Ohne zu überlegen, machte ich weiter, verstärkte den Druck. Es kommt darauf an, die richtige Mischung aus Druck und Einfühlung zu finden. Ich folgte meinem Instinkt.

Sie blieb stumm, aber ihre Hände zitterten.

»Erzählen Sie uns, wie es passiert ist. Haben Sie Ihren Mann auf frischer Tat ertappt? Wie er Ihre Tochter zu einer sexuellen Handlung gezwungen hat?«

Sie sah auf die bunten Postkarten. Tränen standen in ihren Augen. Lange hielt sie nicht mehr durch. Ich drehte die Schraube weiter zu.

»Sie waren allein. Sie wußten nicht weiter. Sie haben sich geschämt, daß Ihnen das passiert ist. Sie hatten niemanden, an den Sie sich wenden konnten. Ihre Eltern wollten Sie mit so etwas nicht belasten.«

Es klopfte. Petra stand in der Tür. Wenn Blicke töten könnten, läge sie jetzt auf der Schwelle unseres Büros.

»Ich wollte nicht stören.«

Selbst Weber sah genervt zu ihr hinüber.

»Aber vielleicht wollt ihr ein Brot aus der Kantine oder so?«

»Haben Sie Hunger?« fragte ich Silke Pape.

Sie schüttelte den Kopf.

Ich sah auf Weber. »Nein, danke.«

»War ja nur 'ne Frage.« Petra machte die Tür wieder zu.

»Frau Pape«, versuchte ich den Faden wieder aufzunehmen. »Es ist besser, wenn Sie die Wahrheit sagen. Sie haben ihn umgebracht. Wir haben Beweise.«

Sie schüttelte den Kopf wie ein verstocktes Kind. Immer wieder. Als ob sie nicht mehr aufhören wollte.

»Das ist nicht wahr.«

Glaubte sie etwa selbst an das, was sie sagte? Die totale Verdrängung? Das Leugnen einer Wahrheit, die zu schmerzhaft ist, um sie auszuhalten?

»Frau Pape, wir wissen, daß Sie neben dem Bett Ihrer Tochter geschlafen haben.«

Sie zuckte zusammen wie unter einem Hieb. Ich stieß nach.

»Ich habe das Märchen gelesen. Das Märchen von dem König, der seine Tochter zur Frau nahm. Wollen Sie nicht endlich reden?« Ich betonte jedes einzelne Wort.

»Nein.« Der Aufschrei eines gepeinigten Tiers. »Nein.«

Ich begann, mich zu hassen für das, was ich tat.

Weber sah an mir vorbei auf die Wand.

»Frau Pape, warum machen Sie es uns und sich so schwer?«

Sie wiegte sich vor und zurück wie ein autistisches Kind.

»Frau Pape, es war kein geplanter Mord. Es war Totschlag. Sie waren nicht voll zurechnungsfähig. Sie wußten nicht, was Sie taten.«

Nichts als dieses Wiegen vor und zurück.

»Frau Pape.«

Drang ich überhaupt noch zu ihr durch?

»Sie hatten keine Kontrolle über das, was Sie taten. Sie waren wie in einem Rausch. Nicht zurechnungsfähig. Sie haben sich gerächt für die Verletzungen, die Ihr Mann Ihrer Tochter angetan hat, und ihn dafür bestraft, mit ihm abgerechnet.«

So mußte es gewesen sein. So wie sie sich jetzt vor und zurück wiegte, genauso zwanghaft mußte sie mit dem Hackebeil den toten Männerkörper zerteilt haben. Ich sah ihren rechten Arm, der auf und nieder sauste. Nicht ruhte, bis der Körper, auf den sie einschlug, kein Körper mehr war. Nichts Menschliches mehr, nichts Bedrohliches, nichts Männliches. Nichts, was Angst verbreitete und Schmerzen zufügen konnte. Nur noch Stücke leblosen Fleischs.

Sie hielt inne. »Was wird mit Mirjam?«

»Sie bleibt in Konstanz. Dort wird man sich bemühen, herauszufinden, wer für Ihre Tochter sorgen kann, solange Sie…«, ich vermied das Wort Gefängnis, »für die Betreuung nicht zur Verfügung stehen.«

Was für eine Sprache.

»Es wird geprüft, ob Verwandte sie aufnehmen können. In ihrem Fall vielleicht die Großeltern. Sofern sich Ihre Mutter und Ihr Vater dazu bereit erklären, ihre Enkelin aufzunehmen.«

Ehe wir wußten, was geschah, rutschte Silke Pape vom Stuhl, lag auf dem Boden. Ich kniete mich zu ihr und nahm ihren Kopf hoch. Die Augäpfel zeigten nach oben.

»Wasser, schnell.«

Weber sprang zum Wasserhahn.

Ich setzte das Glas an ihre Lippen.

»Frau Pape. Alles in Ordnung?«

Die Augen sahen wieder normal aus. Für einen Moment hatte sie die Besinnung verloren. Sie trank in kleinen Schlucken.

»Ich mache alles falsch«, sagte sie mit gepreßter Stimme. »Was ich mache. Alles ist falsch.«

Sie versuchte aufzustehen. Weber und ich halfen ihr, hochzukommen. Sie setzte sich auf den Stuhl.

»Kann ich bitte noch ein Glas Wasser haben?«

Er ging zum Waschbecken und brachte ihr ein volles Glas. Wie eine Verdurstende stürzte sie das Wasser hinunter.

51

Es klopfte. Petra steckte wieder den Kopf zur Tür hinein. »Bea, wenn du mal kommen könntest.«

»Wir machen eine Pause«, sagte ich zu Silke Pape.

Weber ging zum Fenster und sperrte einen Flügel weit auf.

»Mögen Sie etwas anderes zu trinken?« wandte er sich an Silke Pape. »Orangensaft vielleicht?«

Ich hörte ihre Antwort nicht mehr. Vor Petras Schreibtisch stand eine Frau in einer roten Lederhose mit einem Motorradhelm in der Hand.

»Endlich sind Sie da. Ich muß Sie sprechen. Es ist wichtig.«

»Kommen Sie.«

Ich ging mit ihr zu dem Getränkeautomaten um die Ecke.

»Mögen Sie was?« Ich deutete auf die Namen der Getränke, die auf dem Blech standen.

Sie winkte ab und lehnte sich an die Wand neben dem Automaten.

»Haben Sie angerufen, ohne Ihren Namen zu nennen?«

Ich kramte in meiner Hosentasche nach einem Markstück.

»Ich war auch bei Ihnen privat. Aber Sie waren nicht da.«

Klappernd fiel eine Dose nach unten.

»Ich war am Bodensee.«

»Haben Sie meine Schwester gefunden?«

»Sie ist in meinem Büro.«

»Geht es ihr gut?«

»Nicht besonders.«

»Und Mirjam?«

Ich steckte den Strohhalm in die Öffnung des Metalls.

»Sie ist noch in Konstanz. Das Jugendamt kümmert sich um sie.«

»Alles wegen diesen Schweinen.«

Eva Wessel trat mit den Motorradstiefeln gegen den Getränkeautomaten. Es schepperte hell.

»Wen meinen Sie?«

»Kerls, wen sonst. Oder kennen Sie eine Frau, die Spaß daran hat, Kinder zu bumsen?«

»Weshalb wollten Sie mich sprechen?«

»Ich wollte Ihnen was geben.«

Sie zog das T-Shirt aus der roten Hose und holte einen Umschlag hervor, den sie am Leib getragen hatte.

»Das ist für Sie.«

Ich stellte die Coladose auf den Automaten.

»Darf ich?«

Sie nickte.

Ich fuhr mit der Hand in den Umschlag und stieß auf einen Packen fester Papiere. Fotos.

»Passen Sie auf, daß Ihnen nicht schlecht wird.«

Die Fotos zeigten niedliche kleine Mädchen mit hübschen Gesichtern und nicht ganz so niedlich anzusehenden hochgeschobenen Röcken, die den Blick auf glatte Schamteile erlaubten. Ich sah den Stapel durch. Ein halbes Dutzend unterschiedlicher Modelle.

»Woher haben Sie die?«

»Geklaut. Einem Mistkerl geklaut.«

»Warum kommen Sie damit zu mir?«

»Um meiner Schwester zu helfen.«

Eva Wessel fuhr sich mit einer Hand über das Kinn.

»Was haben die Bilder mit Ihrer Schwester zu tun?«

Ich tat sie in den Umschlag zurück.

»War Klaus Pape der Fotograf?«

»Mein Vater hat die Fotos gemacht.«

Dieser Satz war ihr nicht leichtgefallen. Ein roter Kranz umzog ihre Mundpartie. Die Haut glühte.

»Warum geben Sie mir die Fotos?«

»Verstehen Sie nicht?« Sie scharrte mit der Spitze ihres Motorradstiefels über den Boden.

Ich schob mehrere Möglichkeiten in meinem Kopf hin und her. »Er hat nicht nur Fotos mit fremden Kindern gemacht.« Vor mir tat sich ein Abgrund auf. »Das hat er auch mit Ihnen gemacht.«

»Mit uns hat er keine Fotos gemacht. Sehen Sie das hier?« Sie fuhr sich mit dem Finger um den Mund. »Das bin ich bis heute nicht losgeworden. Dreimal dürfen Sie raten, wann ich das zum ersten Mal gekriegt habe.«

Ich hatte einen Geschmack im Mund, als müßte ich mir auf der Stelle die Zähne putzen.

»Er hat Sie mißbraucht. Sie und Ihre Schwester.«

»Mich hat er in Ruhe gelassen, nachdem ich das hier gekriegt habe.« Sie massierte die Haut um ihren Mund.

»Und was hat das mit dem Mord an Ihrem Schwager zu tun?«

»Verstehen Sie nicht?« Sie sah mich eindringlich an. »Silke hat das jahrelang mit meinem Vater durchgemacht. Dann heiratet sie Klaus. Und was ist? Dasselbe in Grün. Sie haben mir selbst gesagt, daß er und Mirjam... Da ist sie durchgedreht. Sind das nicht mildernde Umstände?«

Eva Wessel sah mich fragend an. Deshalb hatte sie die Fotos gebracht. Um ihrer Schwester zu helfen.

»Wissen Sie, daß Ihr Vater vermißt wird? Ihre Mutter hat eine Vermißtenanzeige aufgegeben.«

»Der hat die Hosen voll, dieser Dreckskerl.« Ihre Stimme bebte vor Wut. »Ich habe ihm gesagt, daß er eine Aussage machen soll, um Silke zu helfen. Da ist er abgehauen, der Feigling.«

»Weiß er, daß Sie die Fotos von ihm haben?«

»Ich habe ihm gesagt, daß ich ihn anzeige, wenn er Silke nicht hilft.«

»Wo kann er sein?«

»Ich kenne seine Schlupfwinkel. Als ich von zu Hause weg bin, habe ich ihn ein Jahr lang verfolgt, um Beweise zu sammeln für das, was er treibt.«

»Warum haben Sie ihn nicht angezeigt?«

»Meine Mutter hat gesagt, daß sie sich umbringt, wenn ich das tue.«

Wir sahen uns nicht an. Eva Wessels Blick klebte an der Fußleiste, meiner ging die Getränkeliste des Automaten entlang.

»Für sie ist er der tollste Mann überhaupt. Nur ein bißchen schwach. Die Welt ist voll von Lolitas, denen er nicht widerstehen kann.«

»Hat sie nichts gemerkt, früher?«

»Sie wollte nichts merken. Sie hat Staub gesaugt. Jeden Tag. Fast eine Stunde. Das war seine Zeit.«

»Ich verstehe nicht...«

»Solange der Staubsauger lief, wußte er, daß er konnte. Und wenn sie aufgehört hat zu saugen, hatte er immer noch genug Zeit. Sie wissen ja nicht, wie lange es dauert, bis so ein Staubsauger wieder zusammengeräumt ist.«

Ich sah auf den Fußboden. Graues Linoleum. Eva Wessel hatte Holz in ihrer Wohnung, und bei Papes gab es keinen einzigen Teppich. Was für eine saubere Familie. Ich fror.

»Können Sie Ihren Vater ausfindig machen?«

»Ich glaube schon.«

»Würden Sie ihn mit meinen Kollegen suchen und herholen?«

»Jetzt gleich?« fragte sie überrascht.

»So schnell wie möglich.«

»Helfe ich ihr damit?«

Sie sah mich an, als ob das das Wichtigste für sie wäre. Ihrer Schwester zu helfen.

»Ich glaube schon«, sagte ich.

»Sie kriegen ihn, aber ich mach' das allein. Da will ich niemanden dabeihaben. Dazu brauche ich keine Hilfe.«

52

Ich haute den Umschlag mit den Bildern auf meinen Schreibtisch. Weber hatte ein Sandwich in der Hand und kaute. Ich hatte das unbestimmte Gefühl, daß mein Magen jeden Krümel Nahrung postwendend wieder ausstoßen würde. Wenn das so weiterging, mußte ich mich auf Haferbrei umstellen. Oder auf Wasser wie Silke Pape.

Im Raum war das Kauen von Weber und das entfernte Klingeln

von Telefonen. Ich sah den Stapel Papier auf meinem Schreibtisch durch, sortierte alles Unwichtige auf einen Haufen. Am Ende hatte ich einen neuen Haufen. Genau wie der alte. Mir kam alles unwichtig vor. Unwichtig im Vergleich zu einem biederen Papa, der seine Töchter mißbrauchte und kleine Mädchen mit hochgeschobenen Röckchen ablichtete. Die Welt war voll von biederen Vätern, die sich an ihren Töchtern vergingen. Herr Wessel, Herr Pape. Ob Weber etwa auch? Ich schob den Gedanken beiseite. So weit war es schon mit mir gekommen, daß ich in jedem Mann einen Vergewaltiger sah.

»Wie findest du das?«

Er hatte aufgehört zu kauen. Ich schob den Umschlag mit den Fotos zu ihm rüber.

Er sah sich ein Foto nach dem anderen an.

»So was gehört...« Mit Rücksicht darauf, daß wir nicht allein im Raum waren, sprach er den Satz nicht zu Ende.

»Frau Pape, ich hatte gerade Besuch von Ihrer Familie.«

»Meine Mutter?«

Täuschte ich mich, oder war da ein Hoffnungsschimmer in ihren Augen? Ich täuschte mich nicht. Ich fühlte Wut in mir aufsteigen. Wut auf die Frau in der hochgeschlossenen Bluse, die ihre Töchter verraten hatte.

»Nein, nicht Ihre Mutter.«

Die Hoffnung erlosch in ihren Augen.

»Ihre Schwester.«

»Eva?« Die Nachricht schien sie zu überraschen.

»Ja, Eva«, bestätigte ich. »Sie will Ihnen helfen.«

»Mir kann keiner helfen«, sagte sie müde.

»Wollen Sie nicht wissen, was sie für Sie getan hat?«

»Was hat sie getan?«

Sie war nicht wirklich neugierig. Sie tat, was ich von ihr erwartete.

»Gib mal.«

Weber schob mir die Fotos über den Schreibtisch.

»Das hat uns Ihre Schwester gebracht.«

Ich reichte ihr die Fotos.

»Sehen Sie genau hin.«

Sie legte die Fotos zurück auf den Schreibtisch.

»Das will ich nicht sehen.«

Ich nahm das oberste Foto, stand von meinem Stuhl auf und ging zu ihr. »Sehen Sie hin.«

Ich hielt ihr das Foto unter die Nase.

Sie machte die Augen zu.

»Wir wissen, wer die Fotos gemacht hat, und Sie wissen das auch. Wir wissen, wer die kleinen Mädchen nackt ausgezogen hat, wer ihnen die Blumen mit den Stielen in die Scham gesteckt hat.«

»Hören Sie auf.« Sie legte eine Hand auf die geschlossenen Augen.

Weber sah mich entsetzt an. Warum setzte ich ihr so zu? Weil ich Frauen hasse, die die Augen zumachen, wenn sie etwas Unangenehmes sehen, weil ich endlich aus ihrem Mund die Wahrheit hören wollte. Beate Stein, Bullenschwein.

»Ihr Vater hat Sie mißbraucht. Sie und Ihre Schwester. Ist das richtig?«

Sie schwieg.

»Hat er oder hat er nicht?« Meine Stimme war eine Spur zu laut. Ich war das Schleichen um den heißen Brei endgültig leid.

»Er hat.« Ihre Stimme war leise. Sie trank einen Schluck Wasser.

»Das wollte Ihre Schwester uns beweisen mit den Fotos.«

Sie stellte das Glas auf den Schreibtisch.

»Es war meine Schuld.«

Wer hatte ihr das nur eingeredet?

»Reden Sie keinen Unsinn. Kein Kind kann etwas dafür, wenn es von einem Erwachsenen mißbraucht wird.«

»Es war meine Schuld. Sie müssen mir glauben.«

»Es war nicht Ihre Schuld. Verdammt noch mal. Reden Sie nicht so einen Unsinn.«

Ich war ungewollt lauter geworden. Mein Kollege räusperte sich.

»Es kann nicht Ihre Schuld gewesen sein.«

Das kam in normaler Lautstärke.

»Wie alt waren Sie, als Ihr Vater Sie mißbraucht hat? Vier, fünf, sechs oder acht oder neun? Wie die Mädchen hier auf den Fotos?«

»Meine Schuld.«

»Es war nicht Ihre Schuld, verdammt noch mal«, herrschte ich sie an.

»Meine Schuld, Mama sagt, alles ist Silkes Schuld. Silkes Schuld.«

Wie ein kleines Kind redete sie von sich in der dritten Person. Eine Gänsehaut kroch mir den Rücken hoch.

»Warum war das Ihre Schuld?«

Weber ging es um mehr als um dieses Verhör. Die Sache betraf ihn als Mann und Vater.

»Ich habe zwei Kinder. Nichts, was sie tun könnten, würde rechtfertigen, daß ich mich an ihnen vergreife.«

»Silkes Schuld«, wiederholte sie.

»Warum?« fragte ich eindringlich. »Warum war das Ihre Schuld?«

Die Frage überhaupt.

»Weil Silke böse ist.«

»Warum ist Silke böse?«

Ich hielt vor Spannung fast den Atem an.

»Silke ist Papas Liebling.«

»Warum ist Silke böse«, beharrte ich.

»Papa tut nur, was Silke will.«

»Wer sagt das?«

»Mama sagt das. Mama sagt, Silke macht mit Papa, was sie will.«

Ich akzeptierte, daß es leichter für sie war, in der dritten Person von sich zu reden.

»Was macht Silke mit Papa?«

»Das ist Papas und Silkes Geheimnis. Papa ist immer lieb zu Silke. Papa schenkt Silke Othello.«

»Wer ist Othello?«

»Othello ist Silkes Katze.«

»Hören Sie auf.« Webers wütende Stimme.

»Er hat Sie benutzt. Es ist nicht Ihre Schuld.«

»Doch, doch, doch«, beharrte sie.

Warum dachte ich ausgerechnet jetzt an die Statistiken? Jedes sechste Kind wurde von einem Mann aus dem unmittelbaren Umkreis bedroht. Jedes sechste? Wenn die Dunkelziffer so war wie sonst, war es mindestens jedes dritte Kind. Mir wurde schwindelig.

»Ihre Schwester hat uns die Fotos gebracht, um Sie zu entlasten. Damit wir sehen, was Sie durchmachen mußten. Damit wir wissen, was Sie Ihrer Tochter ersparen wollten. Sie wollten ihr das doch ersparen?«

Sie nickte. Ich sah Weber an. Das war der Durchbruch. Endlich hatte sie zugegeben, daß ihre Tochter sexuell bedrängt wurde.

Es klopfte. Was war jetzt wieder los? Petra winkte mich zu sich. Weber würde sich schon etwas einfallen lassen, bis ich zurück war und das Verhör fortsetzen konnte.

53

Der Staatsanwalt war am Telefon. Ich verabredete mich mit ihm für den kommenden Morgen.

»Habt ihr sie weichgekocht?« Petra sah mich neugierig an.

Ich setzte mich auf die Kante ihres Schreibtischs und strich mir mit beiden Händen die Haare aus der Stirn.

»Du stöhnst ja.« Sie wunderte sich.

Ich sah auf den Käfig mit dem Kaninchen, der auf der Fensterbank stand. Der Nagezahn schob die kleine Nase aufgeregt hoch und runter.

»Der Fall ist so verdammt beschissen«, entfuhr es mir.

»Ihr habt sie doch bald soweit, oder?«

Ich preßte meinen Handballen gegen die Stirn.

»Kennst du das Gefühl, wenn eigentlich alles läuft und du trotzdem so eine Ahnung im Bauch hast, daß irgendwas faul ist?«

»Das hatte ich das letzte Mal, als ich dem Freund meiner kleinen Schwester die Wohnung geliehen habe. Hinterher fehlte die Stereoanlage und die Couchgarnitur.«

Ich stieg von der Kante und ging zum Fenster.

»Wenn ich nur wüßte, was es ist.«

Das Kaninchen kam mir entgegengehoppelt.

Ich war gerührt. Er erkannte mich wieder.

»Tut mir leid«, entschuldigte ich mich. »Keine Möhren. Ich hatte einfach keine Zeit.«

Der Nagezahn war für Argumente nicht zugänglich. Er klemmte seine Schnauze zwischen die Stäbe. Ich fuhr ihm mit einem Finger über die watteweichen Backen.

»Wohin kommt er jetzt?«

»Wer?«

»Der Mümmelmann, wer sonst?«

Petras Frage brachte einen Knoten in meinem Kopf zum Platzen. Ich sah vor mir Weber mit den Kaninchenköteln in der ausgestreckten Hand, Herrn und Frau Wessel, die mit starrem Blick behaupteten, wir haben das Tier noch nie gesehen, die Plastiktüten mit den eingefrorenen Himbeeren unserer Pensionswirtin in Konstanz. Tüten, die mit genau dem gleichen Knoten verschlossen waren wie die, in denen wir die Leichenteile gefunden hatten.

»Ich verdammte Idiotin.«

Petra schwieg diplomatisch.

»Ruf da bitte sofort an.«

Petra las, was ich auf den Zettel geschrieben hatte.

»Und lade freundlich ein, zu uns zu kommen. Umgehend. Sag, es gibt wichtige Neuigkeiten.«

»Geht in Ordnung.«

Ich hatte schon die Türklinke zu meinem Büro in der Hand, als ich es mir anders überlegte und zum Fenster zurücklief.

»Danke«, flüsterte ich dem Kaninchen zu. »Du hast mir sehr geholfen.« Der Nagezahn ließ sich von den süßen Tönen nicht täuschen. Irgend etwas in meiner Stimme hatte ihm verraten, daß wieder harter Seegang zu erwarten war. Noch ehe ich mir den Käfig schnappte, lag er plattgedrückt am Boden.

»Wegen mir kannst du ihn ruhig noch da stehen lassen.«

»Es ist nicht wegen dir.«

»Weswegen denn?« fragte Petra.

54

Weber zupfte ratlos an seinem Bart, als er mich mit dem Käfig kommen sah. Sobald er sich von der Überraschung erholt hatte, begann er die Papiere auf dem Schreibtisch beiseite zu schieben, um Platz zu schaffen.

Silke Pape richtete sich kerzengerade in ihrem Stuhl auf. Ihr Blick klebte an dem Käfig in meinen Händen. Ich stellte ihn an seinen alten Platz auf die Ritze zwischen unseren Schreibtischen. Drei Augenpaare starrten auf den Käfig mit dem plattgedrückten Kaninchenkörper.

Das Kaninchen war der Schlüssel zu diesem Fall. Tagelang hatte es auf unserem Schreibtisch gestanden, und wir hatten nichts gemerkt. Das Kaninchen richtete sich auf. Es setzte sich mit erhobenem Kopf auf die Hinterläufe, richtete die Ohren auf. Das Kaninchen war die Spur, die wir übersehen hatten.

»Gehörte das Kaninchen Ihrer Tochter?«

Silke Pape schüttelte den Kopf.

Weber kratzte sich verwundert am Hals.

»Wollen Sie nicht endlich reden?«

Sie sah auf die bunten Karten an der Wand.

»Frau Pape, ich weiß jetzt, wer Ihren Mann umgebracht hat. Wir haben uns geirrt. Sie waren es nicht.«

Auf einmal war ich so sicher.

Ich ging zur Fensterbank und kam mit einer durchsichtigen Plastiktüte zurück, auf deren Boden Körner lagen. Weber starrte auf die Reste seines Kaninchenfutters.

»Machen Sie einen Knoten.«

Ich legte ihr die Tüte in den Schoß.

»Was für einen Knoten?«

Sie drehte die Packung unsicher in den Fingern.

»Sie werden die Packung doch mit einem Knoten verschließen können?«

»Ich mache nie Knoten«, sagte sie. »Ich nehme Klammern.«

Weber machte große Augen.

Ich nahm ihr das Futter aus der Hand und schickte einen triumphierenden Blick über den Schreibtisch. Jetzt kam es darauf an, den Punkt zu treffen, der sie zum Reden brachte. Ich setzte alles auf eine Karte.

»Wenn Sie nicht wollen, daß Mirjam zu ihren Großeltern kommt, müssen Sie reden.«

Sie sah mich an. Ihre Augen waren feucht.

»Wollen Sie, daß Ihre Tochter zu ihrem Großvater kommt?«

Sie schüttelte den Kopf.

»Dann reden Sie. Oder wollen Sie ins Gefängnis und Mirjam ihrem Großvater überlassen?«

»Ich weiß nicht, wo ich anfangen soll«, sagte sie endlich. »Sie wissen doch schon alles.«

»Wann ist das Kaninchen zu Ihnen ins Haus gekommen?«

»Am 15. Mai. Einen Tag vor Mirjams Geburtstag. Mein Vater hat es gebracht.« Sie schluckte. »Mirjam war schon im Bett. Da kam mein Vater mit dem Kaninchen.«

Sie sah auf den Käfig.

»Wir sollten es ihr ins Bett setzen. Als Überraschung.«

So hatte es angefangen. Mit einem Geburtstagsgeschenk. Der Opa schenkt der Enkelin etwas ganz Besonderes zum Geburtstag. Etwas zum Liebhaben. Ein lebendiges Kuscheltier. Das Traumgeschenk überhaupt.

Sie wischte sich eine Träne von der Wange.

»Für meine kleine Prinzessin, hat er gesagt.«

Ich sah, wie sie den Fingernagel ihres linken Zeigefingers in das Stück Haut neben dem Daumen der rechten Hand trieb. Es mußte weh tun. Weh genug, um einen schlimmeren Schmerz zu vertreiben.

»Meine kleine Prinzessin. Das hat er früher auch zu mir immer gesagt. Meine kleine Prinzessin.«

Der Zeigefinger saß wie eine Schraube im Fleisch ihrer Hand.

»Als er weg war, habe ich geweint. Die halbe Nacht.«

Sie machte eine Pause.

»Ich wollte das nicht. Klaus hat das Tier weggeschafft. Auf den Boden. In der gleichen Nacht.«

Eine Weile war es still im Zimmer.

»Warum wollten Sie nicht, daß Ihr Vater Mirjam ein Tier schenkt?«

»Wegen Othello«, sagte sie leise.

»Ihre Katze?«

Sie nickte stumm.

»Wie alt waren Sie, als Ihr Vater Ihnen die Katze geschenkt hat?«

»Fünf oder sechs. Ich weiß nicht.«

»Sie haben Ihre Katze geliebt?«

Die Schraube in ihrer Hand konnte die Tränen in ihren Augen nicht verhindern. Ich stellte die nächste Frage.

»Warum wollten Sie nicht, daß Ihre Tochter ein Tier bekommt? Was ist so schlimm daran, ein Tier zu haben?«

Tränen liefen über ihre Wangen. Ihre Hände lagen jetzt nebeneinander in ihrem Schoß. Die Stelle neben dem Daumen war geschwollen.

»Er hat gesagt, Othello stirbt, wenn ich Mama unser Geheimnis verrate.«

Weber preßte sich die Handflächen an die Schläfen.

»Das wollten Sie Ihrer Tochter ersparen.«

Sie nickte stumm.

»Das und alles, was damit zusammenhängt.«

Sie nickte wieder. Der Anfang der Katastrophe.

»Haben Sie Ihrem Mann alles erzählt?«

Sie schüttelte den Kopf. Die Tränen liefen weiter. Ihr Gesicht glänzte feucht.

Weber kramte eine Packung Papiertaschentücher aus seiner Schublade. Ich brauchte keinen Druck mehr zu machen. Der Damm war gebrochen.

»Ich habe Klaus ein Märchen gegeben. Ich konnte nicht reden. Nicht darüber.«

»Es war einmal eine Königin, die war so häßlich...«

»Das kennen Sie auch.«

Sie riß das Papier auf und zog ein Papiertaschentuch aus der Packung.

»Ich habe das Märchen im Papierkorb gefunden.«

Sie faltete das weiße Taschentuch auseinander.

»Das ist nicht das richtige Märchen. Nicht das, was ich Klaus zu lesen gegeben habe.«

Sie schneuzte kräftig in das Tuch. Ihr Gesicht glänzte feucht.
»Im richtigen Märchen ist die Königin schön?«
»Die Königin ist schön, und die Tochter ist schön.«
Sie drückte das Taschentuch in ihren Händen zu einem Ball zusammen.
»Und der König?« fragte ich.
»Der König will sie heiraten, aber sie will nicht.«
Sie legte den Papierball neben die Packung auf den Schreibtisch. Weber schob den Ball in den Papierkorb.
»Was macht die Tochter in dem Märchen?«
»Sie macht sich häßlich und geht. Sie geht, und alles wird gut.«
Sie putzte sich die Nase.
»Hat Ihr Mann verstanden, was Sie ihm mit dem Märchen sagen wollten?«
Sie nickte. Weber hustete, als ob er einen Kloß aus der Kehle pressen wollte.
»An Mirjams Geburtstag sind wir weg. Wir waren nicht da, als meine Eltern kamen.«
Eine Frage brannte mir auf den Lippen.
»Das Märchen mit der häßlichen Königstochter, das haben Sie erfunden? Warum?«
»Das war die Idee von Klaus. Er wollte mir helfen. Er hat mir Mut gemacht, ein ganz neues Märchen zu schreiben.«
Sie machte eine Pause.
»Ich habe es versucht, aber es ging nicht.«
Sie sah mich aus geröteten Augen an.
»Mein Märchen war schlimmer als das alte. Ich habe mich so geschämt.«
»Wie ging es weiter?« Die Frage kam von Weber.
»Alles wurde anders. Von da an.«
Sie faßte sich an den Ring mit den bunten Steinen.
»Was wurde anders?« fragte Weber nach einer Weile.
»Muß ich das erzählen? Ich schäme mich so.«
»Wenn es wichtig ist für das, was geschehen ist, dann sagen Sie es uns am besten. Was Sie auch erzählen, Sie können sicher sein, wir haben schon Schlimmeres gehört.«
Er glaubte an das, was er sagte. Ich beneidete ihn.

»Ich habe nicht mehr ertragen, daß mein Mann mich anfaßt, danach.«

Sie sah in ihren Schoß. Mit drei Fingern schob sie den Ring mit den Steinen hin und her. Dann hörte sie auf, sah auf den Käfig mit dem Kaninchen.

»Wenn er mich angefaßt hat, bin ich auf die Toilette und habe mich übergeben.«

Gut, daß Weber nicht sprechen mußte. Seine Stimme hätte nicht mehr ganz so überzeugend geklungen wie vor einer Minute.

»Wir konnten über alles reden. Aber ich habe es nicht ausgehalten, daß er mich anfaßt.« Sie schwieg.

»Ich bin zu Mirjam ins Zimmer gezogen und habe da geschlafen.«

Weber war weiß im Gesicht.

»Wie hat Ihr Mann das verkraftet?«

»Es war schwer für ihn.« Sie suchte nach Worten. »Er war traurig; und wütend auf meinen Vater. Später hat Klaus meine Eltern zu uns bestellt.«

Ihr Blick fiel auf unseren Kalender neben den Postkarten. »Einen Tag, bevor wir in die Ferien wollten. Mittags. Mirjam war im Bett.«

Die Erinnerung fiel ihr nicht leicht. Schweißperlen standen auf ihrer Stirn.

»Er wollte nicht, daß Mirjam meinen Vater jemals wiedersieht.«

Es war, als könnte sie die Sätze nur noch stoßweise herausbringen. Einen nach dem anderen.

»Vater sollte das Kaninchen aus dem Haus schaffen.«

Sie holte tief Luft.

»Und nie mehr zu uns kommen. Er hat ihm das Haus verboten. Er hat ihm ins Gesicht gesagt, daß er alles weiß.«

Sie atmete schwer.

»Ihr Mann hat Ihrem Vater gesagt, daß er weiß, daß er Sie über Jahre mißbraucht hat.«

Sie zuckte zusammen bei dem Wort mißbraucht.

»Vater wollte das nicht hören. Er hat sich die Ohren zugehalten. Er hat gerufen: Hör auf. Aber Klaus hat weitergeredet.«

Sie sank in sich zusammen.

»Er hat ihm alles gesagt, was er von mir wußte.«

Ihre Lippen bebten, als erlebte sie alles hier und jetzt noch einmal.

»Ich bin schuld an allem«, flüsterte sie. »Mein Vater hat das nicht ertragen. Es ist meine Schuld.«

Das Ehepaar Wessel hatte bei der Erziehung dieser Tochter ganze Arbeit geleistet. Es gab nichts, wofür sie sich nicht die Schuld gab.

Weber ging zum Waschtisch. Ich sah, daß er die Notapotheke öffnete, etwas herausnahm und den Wasserhahn aufdrehte. Er kam zurück und reichte ihr ein nasses Tuch.

»Hier«, sagte er. »Legen Sie sich das in den Nacken. Das tut gut.« Er setzte sich wieder an den Schreibtisch.

Sie wischte sich mit dem Tuch den Schweiß aus dem Gesicht, faltete es und legte es sich in den Nacken. Ihr ganzes Leben hatte sie getan, was andere ihr gesagt hatten.

»Vater hat den Aschenbecher vom Tisch genommen. Er wollte, daß Klaus aufhört zu reden.« Sie machte eine Pause.

»Er hat Klaus den Aschenbecher ins Gesicht gehauen.«

Sie legte eine Hand auf das feuchte Tuch im Nacken.

»Aber Klaus hat weitergeredet, auch als er schon aus dem Mund geblutet hat.«

War das das Ende?

»Da hat Vater einen Stuhl genommen.« Sie schwieg.

»Bis Klaus am Boden lag und kein Wort mehr sagen konnte.«

Ich stellte mir die Szene vor, die sie gerade beschrieben hatte.

»Ihr Vater hat Ihren Mann zu Tode geprügelt«, brachte ich die Ereignisse auf den Punkt.

Sie protestierte.

»Er wollte das nicht. Er wollte nur, daß Klaus nicht mehr redet.«

Mir war kalt, obwohl die Luft im Büro warm und verbraucht war. Durch die geschlossene Tür drang das entfernte Klingeln von Telefonen. Sonst nichts. Ich dachte an die Schwester. An den roten Kranz um ihren Mund, an die Steine, die sie über das Wasser geschleudert hatte. Eva Wessel hatte wenigstens ihre Wut. Was hatte Silke außer diesem verdammten Gefühl, an allem schuld zu sein?

Mein Blick fiel auf den Käfig. Silke Pape hatte ihre Tochter. Ich hatte mal wieder das Wichtigste übersehen.

»Warum sind Sie weggelaufen?« fragte ich sie.

»Ich konnte nicht dableiben.«

Einmal hatte sie etwas aus eigenem Antrieb getan.

»Als das Blut aus dem Kopf kam, habe ich mein Ohr auf sein Herz gelegt, und es hat nicht mehr geschlagen. Es war grauenhaft. Ich habe die Stirn gegen den Boden geschlagen. Bis mir der Kopf dröhnte.«

Sie nahm das Tuch aus dem Nacken und sah uns an.

»Ich konnte nicht glauben, daß er tot war.«

Es war still im Zimmer. Nur ein sanftes Knacken. Das Kaninchen rieb die Zähne an den Käfigstangen.

Silke Pape brach die Stille.

»Ich lag auf der Erde bei Klaus. Und meine Eltern standen über mir. So groß.«

Sie legte ihr Gesicht in das nasse Tuch auf ihren Händen. Nach einer Weile hob sie wieder den Kopf.

»Sie beugten sich zu mir herunter. Mein Vater streckte die Hand nach mir aus.«

Sie schwieg.

»Ich wollte nur noch weg. Weg von dieser Hand.«

Sie sah uns an.

»Ich wollte nicht, daß mein Vater Mirjam noch einmal anfaßt.«

Für ihre Tochter hatte sie das Unerhörte getan, war ins Nichts aufgebrochen, hatte alles hinter sich gelassen. Eva Wessel hatte ihre Wut. Silke Pape hatte ihre Tochter.

»Ich bin zu Mirjam ins Zimmer. Sie war wach. Ich habe schnell ein paar Sachen in die Reisetasche getan, Pullover, Portemonnaie. Dann bin ich mit ihr aus der Wohnung. Ich wollte nur weg.«

Eine Tür, die ins Schloß fällt. Zwei Menschen, die mit einer Leiche zurückbleiben. Ich stellte mir Herrn Wessel vor, wie er den Käfig mit dem Kaninchen anstarrte. Für Frau Wessel gab es nur eine Rolle. Sie würde tun, was sie ein Leben lang getan hatte, die Dinge wieder in Ordnung bringen, die ihr Mann durcheinandergebracht hatte. Ganz normale Aufräumarbeiten. Mit der Routine der langjährigen Hausfrau sah ich sie die Enden eines Plastikbeutels zu einem Knoten zusammenziehen. Eine sparsame Hausfrau kaufte keine Verschlußklammern.

55

Es klopfte an der Verbindungstür.

»Bea, kannst du mal bitte…«

Auf dem Weg zur Tür drückte ich Silke Pape die Schulter. »Sie haben es bald überstanden. Der Kollege macht das Protokoll.«

Vor Petras Schreibtisch stand ein Mann in Jeans und einem Hemd, auf dem ein gelber Fleck explodierte, sich in orangerote Teilchen auflöste. Er drehte den Kopf zu mir. Der schwarze Pferdeschwanz schaukelte. Er hatte einiges getan, um hierher zu kommen.

»Wo ist sie?«

Ich zeigte mit dem Daumen zur Tür.

»Kann ich sie sehen?«

»Sie hat es bald geschafft. Dann können Sie mit ihr reden.«

»Wo sitzt sie ein?« fragte er.

»Gar nicht. Sie kommt frei.«

Petra fiel der Bleistift, an dem sie genagt hatte, aus dem roten Mund. Er knallte auf die Schreibtischplatte.

»Keine U-Haft?« fragte der Mann.

»Sie ist unschuldig.«

Petra hatte sich von der Überraschung noch nicht erholt. Der rote Mund, aus dem der Bleistift gefallen war, stand offen.

»Unschuldig?«

Es traf ihn genauso unvorbereitet wie sie. Ein Fingernagel seiner rechten Hand verschwand zwischen den Haarsträhnen, die an seinem Kopf nach hinten gezogen wurden.

»Sind Sie sicher?« Der Fingernagel schabte über die Kopfhaut.

»Hundertprozentig. Sie ist unschuldig«, wiederholte ich. Warum tat es mir so gut, dieses Wort auszusprechen? Un-schul-dig. Weil ich diesem unglaublichen ›Das ist meine Schuld, meine Schuld‹ etwas entgegensetzen wollte?

»Sie können draußen im Flur auf sie warten.«

Ich machte die Tür zum Korridor auf. Die Bank war frei. Er setzte sich und klopfte eine Zigarette aus einer blauen Schachtel. Das Schild ›Bitte nicht rauchen‹ hing genau über seinem Kopf.

Schritte hallten über den Gang. Eva Wessel mit ihrem Vater. Sie hatte ihm die Hände mit einem Seil zusammengebunden und führte ihn an der Leine wie einen Tanzbären. Über der linken Schulter hing eine schwere Tasche, und in ihrer Hand baumelte der Motorradhelm.

Die beiden kamen näher.

»Hier ist er.«

Eva Wessel ließ das Seil los. Der Mann mit dem Pferdeschwanz verfolgte die Szene, die sich vor seinen Augen abspielte. Er preßte den Rauch durch die Nasenlöcher und musterte den Mann, der mit zusammengebundenen Händen vor mir stand. Ein Mann mit Bartstoppeln und einem Schmutzrand im weißen Hemdkragen. Sein Blick war an mir vorbei in die Ferne gerichtet.

Ich band den Knoten auf, mit dem sie ihm die Hände zusammengebunden hatte. Schlanke Finger mit langen blonden Haaren auf der Handoberfläche. Hände, die über glatte Kinderkörper gestrichen waren, Beine auseinandergestoßen, Fleischknebel in Kindermünder gepreßt hatten. Ich verstand, warum Eva diese Hände mit einem Seil verknotet hatte.

»Kommen Sie.«

Ich hielt die Tür zu Petras Büro auf. Eva Wessel stand hinter ihrem Vater, wartete, bis er ins Zimmer ging, eh' sie nachkam.

»Setzen Sie sich.«

Herr Wessel nahm auf dem Stuhl vor Petras Schreibtisch Platz.

»Der ist für Sie.«

Eva Wessel folgte meiner Einladung und ließ sich auf den anderen leeren Stuhl fallen.

»Willst du dich setzen?« fragte Petra sarkastisch und erhob sich von ihrem Schreibtischstuhl. »Ich kann ja gehen.«

»Bleib. Das ist Herr Wessel, und das ist seine Tochter Eva«, stellte ich die beiden vor. »Sobald Weber fertig ist, bist du uns los.«

»Ist das für uns?« fragte ich Eva Wessel und zeigte auf die Tasche, die sie neben dem Stuhl abgestellt hatte.

Sie kramte darin herum und holte eine gelbschwarze Schachtel heraus. Ihre Finger öffneten sie an der Seite und setzten ein dunkles Rad auf die Schachtel.

»Wissen Sie, was das ist?«

Ich ging näher heran.

»Zeigen Sie mal.«

Sie reichte mir das runde Rad. Es war ein Magazin. In dem grauen Kreis steckten Dias.

»Das können Sie endlos laufen lassen«, erklärte sie. »Dann haben Sie beide Hände frei und können sich vergnügen.«

Ich nahm ein Dia heraus und hielt es gegen das Licht. Sofort hatte ich wieder diesen schalen Geschmack im Mund. Als bräuchte ich eine Packung Zahnpasta, um es zu vertreiben. Ich schluckte.

»Die ganze Tasche ist voll von dem Dreck.« Ihre Stimme überschlug sich. »Ich könnte kotzen.«

Petra sah von der Tasche zu dem Mann, der vor ihrem Schreibtisch saß. Sie kaute auf der Unterlippe.

»Wenn Sie wollen, können Sie nach Hause gehen«, sagte ich zu Eva Wessel.

»Brauchen Sie meine Aussage nicht?«

»Doch, aber das hat Zeit.«

»Wie geht es meiner Schwester?«

»Besser, jetzt, wo sie alles rausgelassen hat.«

»Wo ist sie? Kann ich sie sehen?«

»Warten Sie einen Moment.«

Ich machte die Tür zu unserem Büro auf. Weber haute wie wild in die Tasten. Das Protokoll. Es war bestimmt bald fertig.

Silke Pape nippte an einem Glas Wasser. Sie sah immer noch ziemlich mitgenommen aus.

»Möchten Sie Ihre Schwester sehen?« fragte ich sie. »Sie ist draußen.«

Sie schüttelte den Kopf und sah auf den Käfig.

»Sie würde Sie gern sehen«, machte ich einen letzten Versuch.

Sie schüttelte den Kopf.

Ich ging wieder nach draußen.

»Was ist? Kann ich sie sehen?«

»Sie möchte Sie nicht sehen.«

Eva Wessel haute mit dem Fuß gegen die Schreibtischwand. Der Knall hallte durch das Zimmer. Eine Weile blieb sie stumm.

»Sie kann mich nicht leiden. Kann man nichts machen.«

Der Kranz um ihren Mund nahm Farbe an.

»Geben Sie ihr Zeit.«

Die Haut um ihren Mund glühte rot.

»Das hat er auch geschafft.« Sie zeigte auf den Mann, der teilnahmslos ins Fenster starrte. »Daß sie mich haßt.«

Ich widerstand der Versuchung, ihr einen billigen Trost zu servieren.

»Wozu hab' ich das dann gemacht?«

Sie stand vom Stuhl auf und ging zur Tür. Ich begleitete sie nach draußen.

»Wie lange dauert es noch?« fragte der Mann mit dem Pferdeschwanz, der auf der Bank wartete. Ihn hatte ich ganz vergessen.

Ich lief mit Eva Wessel den Gang hinunter. Mir fiel ein, daß sie nicht wußte, daß ihre Schwester unschuldig war.

»Ihre Schwester ist unschuldig«, sagte ich unvermittelt.

Sie blieb stehen.

»Unschuldig?«

»Sie hat ihn nicht umgebracht.«

»Wer war es dann? Wer hat die Sache für sie erledigt? Der Typ mit dem Pferdeschwanz vielleicht? Ich wußte doch, daß sie das nicht bringt.«

Ich konnte die Bitterkeit in ihrer Stimme verstehen.

»Nein. Es war alles ganz anders.«

Ich zog sie am Ärmel der Motorradjacke weiter.

»Eigentlich dürfte ich Ihnen das gar nicht sagen.«

»Warum tun Sie's dann?«

»Es war Ihr Vater. Klaus Pape hat ihn mit ein paar unangenehmen Wahrheiten konfrontiert. Das hat er nicht ausgehalten.«

»Und Klaus und Mirjam?«

»Da haben wir uns geirrt. Gründlich. Da war nichts. Es ging um Ihren Vater und Mirjam. Klaus Pape hat ihm das Haus verboten.«

»Klaus hat ihr nichts getan?«

»Im Gegenteil. Er wollte Mirjam vor ihrem Großvater schützen.«

»Mein Vater wird nichts zugeben.«

»Das braucht er nicht. Wir haben die Aussage Ihrer Schwester.«

»Sie hat gegen ihn ausgesagt? Das glaube ich nicht.«

»Sie tun Ihrer Schwester unrecht«, sagte ich. »Sie hat es getan. Für Mirjam.«

Wir standen vor dem Paternoster. Leere Holzkörbe zogen auf einer Seite nach oben, auf der anderen nach unten.

»Was wird mit ihm?«

»Er wird verurteilt. Ihre Bilder helfen dabei.«

Sie sprang in einen leeren Käfig.

»Und wem nützt das jetzt noch?« rief sie mir zu, als sie nach unten entschwebte.

Wieder so eine verdammte Frage, auf die ich keine Antwort wußte.

»Dauert es noch lange?« fragte der Mann mit dem Pferdeschwanz, als ich auf Petras Büro zusteuerte.

Ich schüttelte den Kopf und drückte die Türklinke herunter.

Herr Wessel saß in der gleichen Pose vor Petras Schreibtisch, in der ich ihn verlassen hatte. Wie eine Puppe aus dem Wachsfigurenkabinett. Wir stellen vor, den Verführer von nebenan. Hätten Sie gedacht, daß dieser Mann kleinen Mädchen die Unschuld raubt?

Petra räumte die Schreibtischplatte blank.

»Ich mach' Feierabend. Bin sowieso schon viel zu lange geblieben.«

»Warte noch einen Moment, ja?«

Ich ging in unser Büro.

Silke Pape setzte gerade die Unterschrift unter das Protokoll. Ich stellte mich neben sie und überflog ein paar Passagen. Soweit schien alles in Ordnung.

»Sie haben es geschafft«, sagte ich. »Sie können gehen.«

»Und Mirjam?«

»Sie können zu ihr, sie abholen.«

»Ich habe kein Geld. Wie soll ich das schaffen, allein? Ohne Klaus?«

In ihrer Stimme schwang Panik.

»Draußen wartet jemand auf Sie.«

»Auf mich? Meine Mutter?«

Wieder dieser erwartungsvolle Blick.

»Nein. Ihr Freund aus Konstanz.«

Die Erwartung war aus ihrem Blick gewichen. Der Mann mit dem Pferdeschwanz war nicht zu beneiden.

Weber streckte die Hand über den Schreibtisch. Er räusperte sich.

»Alles Gute. Ihnen und Ihrer Tochter.«

Wir gingen gemeinsam zur Tür. Ich hielt die Tür für sie auf.

Vor Petras Schreibtisch stand eine Frau in einem weißen Faltenrock mit einer dunkelblauen Bluse, hochgeschlossen mit langen Ärmeln. Mit der Perlenkette, die ich so gut kannte.

Silke Pape hatte ein Lächeln auf den Lippen, als sie die Frau sah.

»Mama«, sagte sie leise. »Mama.«

Die Frau warf einen Blick auf sie. Auf die roten Haarfransen, die in eine verschwitzte Stirn fielen. Auf das Baumwollhemd mit den Schweißflecken. Die nackten Arme. Auf den kurzen Rock, unter dem bloße Beine hervorkamen.

Silke Pape machte einen Schritt auf sie zu.

Die Frau trat einen Schritt zurück.

»Du warst immer schon ein Luder«, sagte sie scharf, »schon mit fünf warst du ein Luder.«

»Kommen Sie.«

Ich nahm Silke Pape in den Arm und führte sie zur Tür. Sie hielt den Kopf gesenkt und ließ es geschehen.

»Was haben Sie mit ihr gemacht?« rief der Mann mit dem Pferdeschwanz entsetzt, als er die Frau sah, die ich durch die Tür schob.

»Bullenpack. Dreckiges Bullenpack.«

Die Worte hallten über den Gang.

Ich beneidete ihn um die Freiheit, seine Wut herauszuschreien.

»Lassen Sie sie los.«

Jetzt stützte er die Frau, die sich nur mühsam auf den Beinen halten konnte. Sie liefen den Gang hinunter. Ich brauchte mich nicht von Silke Pape zu verabschieden. Das war nicht der Moment.

»Wenn Sie mit herüberkommen würden?«

Seite an Seite gingen Herr und Frau Wessel an mir vorbei durch die Tür in unser Büro. Sie hatte ihn untergehakt. Die Hände der beiden waren fest verschlungen.

56

Wir standen am Fenster. Zwei Kollegen in Uniform führten Herrn Wessel die Treppe hinunter. Ein anderer Kollege hielt die Tür des grünen Transporters auf. Herr Wessel verschwand zusammen mit den beiden im Inneren des Wagens. Der Kollege verschloß die Tür und stieg ins Führerhaus. Wir warteten. Der Wagen mit den vergitterten Fenstern startete. Er bog um die Ecke. Weg war er.

»Er hat kein Wort gesagt.«

»Braucht er auch nicht. Was wir haben, reicht.«

»Wofür?« Weber zog einen Strich durch die Staubschicht der Scheibe. »Totschlag. Das ist alles. Der ist schnell wieder draußen.«

»Vergiß nicht die Dias. Die bringen ihm ein, zwei Jahre mindestens.«

»Solchen Schweinen sollte der Schwanz abgeschnitten werden.«

»Das meinst du nicht ernst?«

Ich sah meinem Kollegen ins Gesicht.

»Meinst du, der hört auf, wenn er wieder draußen ist?«

Auf die Frage brauchte ich ihm nicht zu antworten.

»Siehst du.« Er zog eine zweite Linie quer durch die erste. Ein Kreuz leuchtete aus der Staubschicht.

»Das ist das einzige, was hilft.«

»Eigentlich sollten wir uns auf die Schulter klopfen...«

»Wofür, verflucht noch mal?« fragte er und machte eine Reihe kleiner Kreuze, als wollte er auf der Fensterscheibe einen Friedhof anlegen.

»Wir haben diesen Scheißfall gelöst.«

»Und wie viele von diesen Dreckskerlen schnappen sich ihre Kinder? Jetzt in diesem Moment. Da hinten in den Häusern, wo die Lichter angehen. Mama steht hinter dem Herd und kocht das Abendessen, und Papa spielt mit den Kleinen im Kinderzimmer oder der Badewanne oder der Garage. Was weiß ich...«

Mit der blanken Hand wischte Weber die Scheibe frei.

Er sah sich die Innenflächen seiner Hand an.

»Nichts als Dreck, wo wir hinpacken.«

Er ging zum Waschbecken.

»Glaubst du wirklich, daß sie nicht wußte, was da im Busch war mit ihren Töchtern?«

Ich wußte sofort, wen er meinte.

Ich schüttelte den Kopf. »Die wußte das.«

Er trocknete sich die Hände ab.

»Der waren ihre Töchter scheißegal.«

»Es läuft darauf hinaus«, gab ich zu. »Der Mann war ihr wichtiger, die Ehe, die Versorgung, die heile Welt.«

»Er hat das nicht gebracht.«

»Was meinst du?« fragte ich.

»Das Zerlegen der Leiche, das war sie. Da kannst du Gift drauf nehmen. Er hat höchstens die Tüten gehalten. Die hat bestimmt noch die Knöpfe vom Anzug abgetrennt und ins Nähkästchen getan, bevor sie ihn verbrannt hat oder ins Wasser geworfen oder so.«

Er schwieg.

»Weißt du, an wen sie mich erinnert?«

Woher sollte ich?

»An meine Schwiegermutter. Der gleiche Eisschrank. So ein Blick, dem nichts recht ist. Ich schmeiß sie raus, wenn ich nach Hause komme und sie ist noch da.«

Er stellte seine Tasche auf den Stuhl.

»Ich schmeiß sie raus.«

»Wart noch einen Moment.«

Ich zog die Schreibtischschubladen auf.

Er sah mich fragend an.

»Kerner.« Ich lief zur Tür hinaus.

Sein Büro war zu. Das Papier gegen den Türrahmen gepreßt, schrieb ich mit rotem Filz: »Verehrter Kollege! Habe Ihren Entführungsfall gelöst. Der Entführte ist in Sicherheit. Blumen und Präsente im Vorzimmer abgeben! Beate Stein.« Ich schob den Zettel unter die Tür.

Den Fight hatte ich gewonnen. Ein klarer K.o. Ich brauchte einen aufbauenden Gedanken.

»Was ist mit Kerner?« fragte Weber, als ich zur Tür reinkam.
»Er bearbeitet die Entführung Wessel.«
»Entführung Wessel?«
»Erklär' ich dir morgen. Laß uns gehen.«
»Was wird aus dem Kaninchen?«
Wir standen vor dem Käfig. Das Schlappohr hoppelte zu uns und stellte sich auf die Hinterbeine.
»Ich kümmer' mich um ihn«, sagte ich.
»Willst du ihn behalten?«
»Ich bringe ihn zu einer Freundin. Aufs Land. Da hat er's gut.«
»Er wird mir fehlen.«
»Du hast ein Streifenhörnchen, drei Hamster, zwei Kinder und eine Frau«, zählte ich auf.
»Und eine Schwiegermutter.« Er schlug die Tür zu.
Im Gang empfing uns das Brummen einer Bohnermaschine. Wir grüßten die Frau im Kopftuch, die die Maschine über den Boden schob.
»Denkst du das gleiche wie ich?« wollte Weber wissen, als wir dem Brummen entkommen waren.
Ich sah auf das Kaninchen, das wieder plattgedrückt auf dem Boden lag.
»Ich glaub' schon.«
»Und?«
»Wo sind ihre Kinder jetzt?«
Wir drehten uns nach der Frau mit dem Kopftuch und der Bohnermaschine um. Meine Hände klammerten sich an den Käfig.
»Bestimmt hat sie einen netten Mann, und der ist schon auf dem Weg zu ihr, um sie mit den Kindern abzuholen«, sagte ich, als wir im Paternoster nach unten fuhren.
»Bestimmt«, sagte Weber und klapperte mit den Fingernägeln über die Stangen des Käfigs. Das Kaninchen zitterte.
»Laß das«, herrschte ich ihn an.
»Der Nagezahn mag das. Bestimmt.« Er grinste.
In diesem Augenblick hätte ich ihm mein Knie zwischen die Beine rammen können.

Epilog

Das kleine Mädchen saß auf dem Boden. Es trug ein luftiges Kleid ohne Ärmel. Über die Brust liefen Elefanten, die sich mit dem Rüssel an dem Schwanz ihres Vordermannes festhielten. Weiße Kniestrümpfe ringelten sich um die Knöchel. Zwischen den ausgestreckten Beinen stand ein flaches Holzgestell, auf dem eine Reihe länglicher Platten lagen. Das Mädchen haute mit einem Stock auf die goldenen Scheiben. Ein runder Ball traf auf das Metall und brachte es zum Klingen. Das Mädchen legte den Kopf in den Nakken und lauschte dem Ton, der durch die Luft schwebte. Die blonden Haare, die auf dem Kopf von einer Spange mit roten Herzen zusammengehalten wurden, wippten.

In der Ferne begann ein Staubsauger zu röhren. Das Mädchen sprang auf. Der Stock mit dem runden Ball rollte zwischen die Füße des Schaukelpferds. Das Mädchen lief zu der Bank, auf der Stofftiere unterschiedlicher Größe saßen, und griff sich das größte. Einen braunen Hund mit langen Ohren. Mit dem Hund unter dem Arm ging es zu seinem Bett. Das Mädchen kroch angezogen unter die Bettdecke und hielt den Hund in den Armen. Es legte sein Gesicht in das weiche Fell und machte die Augen zu.

Der Mann kam zur Tür herein und schloß sie sorgfältig. Der Lärm des Staubsaugers war nur noch ein fernes Brummen. Er ging zum Fenster und zog die Gardinen mit dem Sternenhimmel vor die Scheibe. Der Mann setzte sich an das Bett zu dem Mädchen. Er schlug die Bettdecke zurück und löste mit seinen Fingern die Arme, die das Mädchen um den Hund geschlungen hatte. Mit einer Hand warf er den Hund aus dem Bett. Mit der anderen fuhr er dem Mädchen über die Beine. Das Mädchen lag ganz steif da auf dem Rücken, die Beine lang ausgestreckt, die Arme dicht an den Körper gepreßt, die Augen geschlossen.

»Meine kleine Prinzessin.« Der Mann schob den Rock des Kleides hoch und strich mit seiner Hand über die Unterhose.

»Ich hab' dich so lieb«, sagte er und legte sich neben sie auf das Bett.

Das Mädchen drehte sich zur Seite und sah auf die bunten Figuren aus Holz, die an der Wand hingen. Der Mann schlang beide Arme um sie, legte seine Hände zwischen ihre Schenkel. Mit einem Finger drang er in sie. Das Mädchen war bei seinen Freunden. Es saß am Brunnen neben dem Frosch mit dem goldenen Ball im Maul. Der Mann preßte sich fester an sie. Das Mädchen war im Wald bei der Freundin mit der roten Mütze. Es war in den Wolken bei der Frau, die Schneeflocken aus den Betten schüttelte.

»Meine Prinzessin.«

Lippen wie Eis saugten an ihrem Hals. Kalte Küsse holten das Mädchen von seinen Freunden zurück.

Der Mann löste sich von dem Mädchen und setzte sich auf das Bett. Er griff das Mädchen an den Schultern und setzte sie neben sich. Ihre Beine hingen über die Bettkante. Sie erreichten den Boden nicht.

»Ich kann zaubern«, sagte er. »Sieh mal.«

Der Mann hatte die Hose vorn offen.

»Das ist mein Zauberstab.«

Er hob das Mädchen vom Bett und setzte es vor sich zwischen die Beine. In der rechten Hand hielt er sein Geschlecht. Mit der linken preßte er den Kopf des Mädchens dagegen.

»Nimm ihn in den Mund«, befahl er.

»Dann bekommst du von mir auch etwas ganz Schönes.«

»Ja, so ist es brav.«

Der Mann stöhnte.

»Was wünscht sich meine kleine Prinzessin?«

»Eine Katze«, sagte das Mädchen.

Das Brummen des Staubsaugers war nicht mehr zu hören. Der Mann ließ das Mädchen los und knöpfte seine Hose wieder zu.

»Das ist unser Geheimnis. Hast du verstanden?«

Das Mädchen schaute auf den Boden.

»Hast du verstanden?« Das Mädchen nickte.

»Kein Wort zu Mama. Und auch nicht zu Eva.«

Der Mann ging zum Fenster und zog die Vorhänge wieder auf. Die Sterne verschwanden zwischen den Falten.

Er sah auf das Mädchen, das die Arme um ihre Beine geschlungen hatte und sich vor und zurück wiegte.

»Vergiß nie, daß Papi dich liebhat.«

Er ging zur Tür hinaus. Die Tür stand offen.